O Vendedor de Sonhos

Augusto Cury

O
Vendedor
de
Sonhos

O CHAMADO

)||(Academia

Coordenação editorial: Pascoal Soto e Débora Guterman
Preparação: Francisco José M. Couto
Revisão: Fátima Couto
Capa: Marcílio Godoi
Projeto de miolo e diagramação: Printmark Marketing Editorial

Dados Internacionais de Catalogação na Publicação (CIP)
(Câmara Brasileira do Livro, SP, Brasil)

Cury, Augusto
    O vendedor de sonhos / Augusto Cury. -- São Paulo :
Editora Academia de Inteligência, 2008

    ISBN 978-85-60096-27-5

    1. Ficção braslieira I. Título

08-04033   CDD–869.93

Índices para catálogo sistemático:
1. Ficção: Literatura brasileira   869.93

2008
Todos os direitos desta edição reservados à
Editora Academia de Inteligência Ltda.
Avenida Francisco Matarazzo, 1500 - 3º andar - conj. 32B
Edifício New York
05001-100 - São Paulo - SP
www.academiadeinteligencia.com.br
www.editoraplaneta.com.br
vendas@editoraplaneta.com.br

Dedicatória

Dedico este romance aos queridos leitores de todos os países onde meus livros têm sido publicados. Em especial aos que de alguma forma vendem sonhos por meio da sua inteligência, crítica, sensibilidade, generosidade, amabilidade. Os vendedores de sonhos são freqüentemente estranhos no ninho social. São anormais. Pois o normal é chafurdar na lama do individualismo, do egocentrismo, do personalismo. O seu legado será inesquecível.

Sumário

Prefácio, 9

O encontro, 13
A apresentação, 18
O terremoto emocional, 26
As perdas, 31
O chamado, 38
O primeiro passo, 44
Tirando o gesso da mente, 52
Chamando os complicados, 59
O inusitado sonho de Bartolomeu, 65
Minha casa é o mundo, 69
Um bando de malucos, 76
As pequenas e bravas andorinhas, 86
Os espaços mais sóbrios do manicômio social, 94
Uma solene homenagem, 100
Um milagreiro que amava seu ego, 107
Um discípulo pra lá de complicado, 112
Um obsessivo no ninho, 120

Colocando de pernas para o ar um asilo, 129

O templo da informática, 142

Descortinando a fábrica de estresse, 153

O veneno do assédio social, 163

A superioridade das mulheres, 174

O templo da moda, um sorriso no caos, 180

Chamando uma modelo e uma revolucionária, 189

As borboletas e o casulo, 203

A jornada, 210

Enviando os discípulos, 218

O vendedor de sonhos no templo financeiro, 232

Abalando alguns pilares da teoria marxista, 242

A casa do terror, 255

Psicótico ou sábio?, 270

Se eu pudesse retornar no tempo, 285

Agradecimentos e homenagens, 291

Prefácio

Este é meu quarto livro de ficção e meu vigésimo segundo livro. Meus romances, como *O futuro da humanidade* e *A ditadura da beleza*, não objetivam criar tramas que apenas entretêm, divertem, excitam a emoção. Todos eles envolvem teses psicológicas, psiquiátricas, sociológicas e filosóficas. Têm a intenção de provocar o debate, viajar no mundo das idéias e ultrapassar as fronteiras do preconceito.

Escrevo continuamente há mais de vinte e cinco anos e publico há pouco mais de oito anos. Tenho mais de 3 mil páginas ainda inéditas, não publicadas. Muitos não entendem por que meus livros são tão procurados, já que não tenho atração por propagandas e, dentro do possível, possuo uma vida social um tanto reclusa. Talvez seja por causa das viagens pelo território do insondável mundo da mente humana. Sinceramente, não mereço esse sucesso. Não sou um autor capaz de produzir textos com agilidade. Sou, sim, um escritor determinado. Costumo brincar que sou um grande teimoso. Procuro ser um artesão das palavras. Escrevo e reescrevo continuamente cada parágrafo, dia e noite, como se fosse um escultor compulsivo. Você vai ver neste romance diversos pensamentos que foram esculpidos depois de terem sido reescritos, forjados em minha psique dez ou vinte vezes.

Há livros que saem do cerne do intelecto; outros saem das entranhas da emoção. *O vendedor de sonhos* saiu dos recônditos desses dois espaços. Há muitos anos o venho elaborando, até que chegou o momento de escrevê-lo. Enquanto o escrevia, fui bombardeado com inumeráveis questionamentos, sorri muito e ao mesmo tempo repensei nossas loucuras, pelo menos as minhas. Este romance passeia pelos vales do drama e da sátira, pela tragédia dos que perderam e pela ingenuidade dos que fizeram da existência o picadeiro de um circo.

O personagem principal é dotado de uma ousadia sem precedente. Ele esconde muitos segredos. Nada, ninguém consegue controlar seus gestos e palavras, a não ser sua própria consciência. Sai bradando aos quatro ventos que as sociedades modernas se tornaram um grande manicômio global, onde o normal é ser ansioso, estressado, e o anormal é ser saudável, tranqüilo, sereno. Ele instiga a mente de todos os que passam por ele, seja nas ruas, nas empresas, nos shoppings, nas escolas, com o método socrático. Torpedeia as pessoas com inumeráveis perguntas.

Sonho que este livro possa ser lido não apenas pelos adultos, mas também pelos jovens, pois penso que muitos deles estão se tornando servos passivos do sistema social. Não são arrebatados pelos sonhos e pelas aventuras. Tornaram-se, apesar das exceções, consumidores de produtos e serviços e não de idéias. Entretanto, consciente ou inconscientemente, todos querem uma vida regada a emoções borbulhantes, até bebês quando se arriscam a sair do berço. Mas onde encontrá-las em abundância? Em que espaço da sociedade tais emoções se encontram? Alguns pagam muito dinheiro para consegui-las, mas vivem angustiados. Outros se desesperam em busca de fama e reputação, mas morrem entediados. Outros ainda escalam íngremes montanhas para ter algumas doses de aventura, mas elas se dissipam no calor do dia seguinte. Na contramão da massacrante rotina social estão os personagens deste romance. Eles viverão altas doses de adrenalina diariamente. Entretanto, o "negócio" de vender sonhos tem um alto preço. Por isso, riscos e vendavais os acompanharão.

O encontro

No mais inspirador dos dias, sexta-feira, cinco da tarde, pessoas apressadas — como de costume — paravam e se aglomeravam num entroncamento central da grande metrópole. Olhavam para o alto, aflitas, no cruzamento da Rua América com a Avenida Europa. O som estridente de um carro de bombeiros invadia os cérebros, anunciando perigo. Uma ambulância procurava furar o trânsito engarrafado para se aproximar do local.

Os bombeiros chegaram com rapidez e isolaram a área, impedindo os espectadores de se aproximar do imponente Edifício San Pablo, pertencente ao grupo Alfa, um dos maiores conglomerados empresariais do mundo. Os cidadãos se entreolhavam, e os transeuntes que chegavam pouco a pouco traziam no semblante uma interrogação. O que estaria acontecendo? Que movimento era aquele? As pessoas apontavam para o alto. No vigésimo andar, num parapeito do belo edifício de vidro espelhado, debruçava-se um suicida.

Mais um ser humano queria abreviar a já brevíssima existência. Mais uma pessoa planejava desistir de viver. Era um tempo saturado de tristeza. Morriam mais pessoas interrompendo a

13

própria vida do que nas guerras e nos homicídios. Os números deixavam atônitos os que refletiam sobre eles. A experiência do prazer havia se tornado larga como um oceano, mas tão rasa quanto um espelho d'água. Muitos privilegiados financeira e intelectualmente viviam vazios, entediados, ilhados em seu mundo. O sistema social assolava não apenas os miseráveis, mas também os abastados.

O suicida do San Pablo era um homem de quarenta anos, face bem torneada, sobrancelhas fortes, pele de poucas rugas, cabelos grisalhos semilongos e bem-tratados. Sua erudição, esculpida por muitos anos de instrução, agora se resumia a pó. Das cinco línguas que falava, nenhuma lhe fora útil para falar consigo mesmo; nenhuma lhe dera condições de compreender o idioma de seus fantasmas interiores. Fora asfixiado por uma crise depressiva. Vivia sem sentido. Nada o encantava.

Naquele momento, apenas o último instante parecia atraí-lo. Esse fenômeno monstruoso que costumam chamar de morte parecia tão aterrador... mas era, também, uma solução mágica para aliviar os transtornos humanos. Nada parecia demover aquele homem da idéia de acabar com a própria vida. Ele olhou para cima, como se quisesse se redimir do seu último ato, olhou para baixo e deu dois passos apressados, sem se importar em despencar. A multidão sussurrou de pavor, pensando que ele saltaria.

Alguns observadores mordiam os dedos em grande tensão. Outros nem piscavam os olhos, para não perder detalhes da cena — o ser humano detesta a dor, mas tem uma fortíssima atração por ela; rejeita os acidentes, as mazelas e misérias, mas eles seduzem sua retina. O desfecho daquele ato traria angústia e insônia aos espectadores, mas eles resistiam a abandonar a cena de terror. Em contraste com a platéia ansiosa, os motoristas parados no trânsito estavam impacientes, buzinavam sem parar. Alguns colocavam a cabeça janela afora e vociferavam: "Pula logo e acaba com esse show!".

Os bombeiros e o chefe de polícia subiram até o topo do edifício para tentar dissuadir o suicida. Não tiveram êxito. Diante do fracasso, um renomado psiquiatra foi chamado às pressas para realizar a empreitada. O médico tentou conquistar a confiança do homem, estimulou-o a pensar nas conseqüências daquele ato... mas nada. O suicida estava farto de técnicas, já havia feito quatro tratamentos psiquiátricos malsucedidos. Aos berros, ameaçava: "Mais um passo e eu pulo!". Tinha uma única certeza, "a morte o silenciaria", pelo menos acreditava que sim. Sua decisão estava tomada, com ou sem platéia. Sua mente se fixava em suas frustrações, remoía suas mazelas, alimentava a fervura da sua angústia.

Enquanto se desenrolavam esses acontecimentos no alto do edifício, apareceu sorrateiramente um homem no meio da multidão, pedindo passagem. Aparentemente era mais um caminhante, só que malvestido. Trajava uma camisa azul de mangas compridas desbotada, com algumas manchas pretas. E um *blazer* preto amassado. Não usava gravata. A calça preta também estava amassada, parecia que não via água há uma semana. Cabelos grisalhos ao redor da orelha, um pouco compridos e despenteados. Barba relativamente longa, sem cortar há algum tempo. Pele seca e com rugas sobressaltadas no contorno dos olhos e nos vincos do rosto, evidenciando que às vezes dormia ao relento. Tinha entre trinta e quarenta anos, mas aparentava mais idade. Não expressava ser uma autoridade política nem espiritual, e muito menos intelectual. Sua figura estava mais próxima de um desprivilegiado social do que de um ícone do sistema.

Sua aparência sem magnetismo contrastava com os movimentos delicados dos seus gestos. Tocava suavemente os ombros das pessoas, abria um sorriso e passava por elas. As pessoas não sabiam descrever a sensação que tinham ao ser tocadas por ele, mas eram estimuladas a abrir-lhe espaço.

O caminhante aproximou-se do cordão de isolamento dos bombeiros. Foi impedido de entrar. Mas, desrespeitando o bloqueio, fitou os olhos dos que o barravam e expressou categoricamente:

— Eu preciso entrar. Ele está me esperando. — Os bombeiros o olharam de cima a baixo e menearam a cabeça. Parecia mais alguém que precisava de assistência do que uma pessoa útil numa situação tão tensa.

— Qual o seu nome? — indagaram sem pestanejar.

— Não importa neste momento! — respondeu firmemente o misterioso homem.

— Quem o chamou? — questionaram os bombeiros.

— Você saberá! E se demorarem me interrogando, terão de preparar mais um funeral — disse, elevando os olhos.

Os bombeiros começaram a suar. Um tinha síndrome do pânico, outro era insone. A última frase do misterioso homem os perturbou. Ousadamente ele passou por eles. Afinal de contas, pensaram, "talvez seja um psiquiatra excêntrico ou um parente do suicida".

Chegando ao topo do edifício, foi barrado novamente. O chefe de polícia foi grosseiro.

— Parado aí. Você não devia estar aqui. — Disse que ele deveria descer imediatamente. Mas o enigmático homem fitou-lhe os olhos e retrucou:

— Como não posso entrar, se fui chamado?

O chefe de polícia olhou para o psiquiatra, que olhou para o chefe dos bombeiros. Faziam sinais um para o outro para saber quem o chamara. Bastaram alguns segundos de distração para que o misterioso malvestido saísse da zona de segurança e se aproximasse perigosamente do homem que estava próximo de seu último fôlego.

Quando o viram, não dava mais tempo para interrompê-lo. Qualquer advertência que fizessem contra ele poderia desencadear o acidente, levando o suicida a executar sua intenção. Tensos, preferiram aguardar o desenrolar dos fatos.

O homem chegou sem pedir licença e sem se perturbar com a possibilidade de o suicida se atirar do edifício. Pegou-o de surpresa, ficando a três metros dele. Ao perceber o invasor, o outro gritou imediatamente:

— Vá embora, senão vou me matar!

O forasteiro ficou indiferente a essa ameaça. Com a maior naturalidade do mundo, sentou-se no parapeito do edifício, tirou um sanduíche do bolso do paletó e começou a comê-lo prazerosamente. Entre uma mordida e outra, assoviava uma música, feliz da vida.

O suicida ficou abalado. Sentiu-se desprestigiado, afrontado, desrespeitado em seus sentimentos.

Aos berros, clamou:

— Pare com essa música. Eu vou me jogar.

Intrépido, o estranho homem reagiu:

— Você quer fazer o favor de não perturbar meu jantar?! – disse com veemência. E deu mais umas boas mordidas, mexendo as pernas com prazer. Em seguida, olhou para o suicida e fez um gesto, oferecendo-lhe um pedaço.

Ao ver esse gesto, o chefe de polícia tremulou os lábios, o psiquiatra estatelou os olhos e o chefe dos bombeiros franziu a testa, perplexo.

O suicida ficou sem reação. Pensou consigo: "Não é possível! Achei alguém mais maluco do que eu".

A apresentação

Ver alguém comer um sanduíche com eloqüente prazer diante de quem estava para se matar era um cena surreal. Parecia extraída de um filme. O suicida fechou parcialmente os olhos, aumentou um pouco a freqüência respiratória e contraiu ainda mais os músculos da face. Não sabia se se atirava, se gritava, se bronqueava com o estranho. Ofegante, bradou, altissonante:

— Se manda! Eu vou me atirar. — E ficou a um fio de cair. Parecia que dessa vez ele realmente se esborracharia no chão. A multidão sussurrou, apavorada, e o chefe de polícia colocou as mãos nos olhos para não ver a desgraça.

Todos esperavam que, para evitar o acidente, o estranho homem se retirasse imediatamente de cena. Ele poderia dizer, como fizeram o psiquiatra e o policial: "Não faça isso! Eu vou embora", ou dar um conselho do tipo: "A vida é bela. Você pode superar seus problemas. Você tem muitos anos pela frente". Entretanto, num sobressalto, colocou-se rapidamente em pé e, para assombro de todos e em especial do suicida, bradou um poema filosófico em voz alta. Declamava-o para os céus e apontava as mãos na direção daquele que queria exterminar seu fôlego de vida:

*— Seja anulado no parêntese do tempo o dia em que
este homem nasceu!*
*Que na manhã desse dia seja dissipado o orvalho que
umedecia a relva!*
*Que seja retida a claridade da tarde que trouxe júbilo
aos caminhantes!*
*Que a noite em que este homem foi concebido seja
usurpada pela angústia!*
*Resgate-se dessa noite o brilho das estrelas que pon-
tilhavam o céu!*
Recolham-se da sua infância seus sorrisos e seus medos!
Anulem-se da sua meninice suas peripécias e suas aventuras!
*Risquem-se da sua maturidade seus sonhos e pesadelos,
sua lucidez e suas loucuras!*

Após ter recitado o poema a plenos pulmões, o estranho
expressou um ar de tristeza e, abaixando o tom de voz, disse
o número um, sem dar qualquer explicação da contagem. A
multidão, atônita, perguntava-se se aquilo não era uma peça de
teatro a céu aberto. Tampouco o policial sabia como reagir: seria
melhor intervir ou continuar acompanhando o desenrolar dos
fatos? O chefe dos bombeiros olhou para o psiquiatra, pedindo
explicações. Confuso, ele disse:

— Não conheço nada na literatura sobre anular a existência, recolher sorrisos. Não entendo de poesia... Deve ser mais
um maluco!

O suicida ficou pasmado, quase em estado de choque. As
palavras do forasteiro ecoaram em sua mente sem que ele lhes
desse permissão. Indignado, reagiu com violência:

— Quem é você para querer assassinar o meu passado?!
Que direito tem de destruir minha infância? Que ousadia é

essa? — Após agredir o invasor com essas frases, caiu em si e pensou: "Será que não sou eu o autor desse assassinato?". Mas lutava para dissipar qualquer ponderação.

Vendo-o circunspecto, o misterioso homem teve o atrevimento de provocá-lo ainda mais:

— Cuidado! Pensar é perigoso, principalmente para quem quer morrer. Se quiser se matar, não pense.

O suicida ficou embaraçado; fora fisgado pelo invasor. Pensou consigo: "Esse sujeito está me encorajando a morrer ou o quê? Será que estou diante de um sádico? Será que ele quer ver sangue?". Sacudiu a cabeça, como se assim pudesse interromper seus devaneios, mas os pensamentos sempre traem os desejos impulsivos. Percebendo a confusão mental do suicida, o estranho homem falou com suavidade, mas com não menos contundência:

— Não pense! Porque, se você pensar, vai perceber que quem se mata comete homicídios múltiplos: mata primeiro a si, e depois, aos poucos, os que ficam. Se pensar, entenderá que a culpa, os erros, as decepções e as desgraças são privilégios de uma vida consciente. A morte não tem esses privilégios! — Em seguida, o forasteiro saiu do estado de segurança e passou para o de angústia. Disse o número quatro e movimentou indignadamente a cabeça.

O suicida ficou paralisado. Queria rejeitar as idéias do forasteiro, mas elas pareciam um vírus penetrando nos circuitos de sua mente. Que palavras eram aquelas? Perturbado e tentando resistir às reflexões, enfrentou o forasteiro:

— Quem é você que, em vez de me poupar, me confronta? Por que não me trata como um miserável doente mental, digno de pena? — e, aumentando o tom de voz, decretou: — Cai fora! Sou um homem completamente acabado.

Em vez de se intimidar, o estranho homem perdeu a paciência e censurou seu interlocutor perturbado:

— Quem disse que você é uma pessoa frágil ou um pobre deprimido que esgotou o prazer de viver? Ou um desprivilegiado... um frustrado? Ou um moribundo que não consegue carregar o peso das suas perdas? Para mim, você não é nada disso. Para mim, você é apenas um homem orgulhoso, preso na sua gaiola emocional, alienado de misérias maiores que a sua.

O suicida colocou as duas mãos para trás e se afastou, assustado, da linha de tiro em que se encontrava. Com raiva e a voz já embargada, indagou:

— Quem é você para me chamar de orgulhoso, um prisioneiro em minha gaiola emocional? Quem é você para dizer que estou alienado de sofrimentos maiores que os meus?!

Ele sentia-se alvejado no peito, sem ar. O intruso acertara na mosca. Seus pensamentos penetraram como um raio nos recônditos da sua psique. Naquele momento, o triste homem pensou no pai, que lhe esmagara a infância, lhe causara muita dor. Seu pai emocionalmente distante, alienado, enclausurado em si mesmo. Mas o suicida não tocava nesse assunto com ninguém; era-lhe extremamente difícil lidar com as cicatrizes do passado. Atingido por essas recordações angustiantes, disse em tom mais ameno, com lágrimas nos olhos:

— Cale-se. Não fale mais nada. Deixe-me morrer em paz.

Ao perceber que havia tocado numa ferida profunda, o homem que o questionava diminuiu também o tom de voz.

— Eu respeito a sua dor e não posso elaborar nenhuma tese sobre ela. Sua dor é única, e é a única que você consegue realmente sentir. Ela te pertence e a mais ninguém.

Essas palavras iluminaram os pensamentos do homem quase em prantos. Ele entendeu que ninguém pode julgar a dor dos outros. Compreendeu que a dor de seu pai era única e, portanto, não poderia ser sentida ou avaliada por mais ninguém a não ser por ele mesmo. Sempre condenara veementemente seu pai, mas começou a vê-lo, pela primeira vez, com outros olhos. Nesse instante, para sua surpresa, o intruso lhe teceu algumas palavras que era difícil dizer se eram elogios ou críticas:

— Para mim, você é também um ser humano corajoso, pois tenciona esmagar seu corpo em troca de uma longa noite de sono no claustro de um túmulo! É, sem dúvida, uma bela ilusão — e interrompeu seu discurso, para que o suicida se desse conta das conseqüências imprevisíveis do seu ato.

Mais uma vez, o homem deprimido interrogou-se sobre aquela estranha figura que havia surgido para atrapalhar seus planos. Que homem era esse? Que palavras! Uma noite de sono eterno no claustro de um túmulo... essa idéia lhe causava repugnância. Porém, insistindo em levar seu projeto adiante, rebateu:

— Não vejo motivo para continuar esta merda de vida! — resmungou veementemente, e franziu a testa, atormentado pelas idéias que vinham sem pedir licença. O forasteiro calibrou a potente voz e o confrontou energicamente:

— Merda de vida? Mas que ingratidão! Seu coração, nesse instante, deve estar querendo rasgar seu tórax e protestar com lágrimas de sangue o extermínio da vida! — e, com rara eloqüência, mudou o timbre, tentando traduzir a voz do coração do suicida: — "Não! Não! Tenha compaixão de mim! Eu bombeei seu sangue incansavelmente, milhões de vezes. Supri suas necessidades... fui seu servo sem reclamar. E agora você quer me calar, sem nem me dar direito de defesa? Ora... eu fui o mais fiel dos escravos. E qual é o meu prêmio? Qual a minha recompensa? Uma morte estúpida! Você quer interromper minha pulsação só para estancar seu sofrimento. Ah! Mas que tremendo egoísta você é! Quem me dera eu lhe pudesse bombear coragem! Enfrente a vida, seu egocêntrico!" — e, instigando o suicida, pediu que ele prestasse atenção no peito para perceber o desespero do seu coração.

O homem sentiu a camisa vibrar. Não notara que seu coração estava quase a explodir. Parecia que, de fato, estava gritando dentro do peito. O suicida arrefeceu. Ficou impressionado com o impacto da fala daquele estranho em seus pensamentos. Mas, quando parecia derrotado, mostrou o pouco da determinação que lhe restava.

— Já me sentenciei a morte. Não há esperança.

O maltrapilho, então, lhe deu o golpe derradeiro:

— Você já se sentenciou? Você sabia que o suicídio é a condenação mais injusta? Porque quem se mata executa contra si mesmo uma sentença fatal sem ao menos se dar o direito de defesa. Por que se autocondena sem se defender? Por que não se dá o direito de argumentar com seus fantasmas, encarar suas perdas e lutar contra suas idéias pessimistas? É mais fácil dizer que não vale a pena viver... Você é realmente injusto consigo mesmo!

O estranho demonstrava saber com maestria que os que tiram a própria vida, ainda que planejem sua morte, não têm consciência das dimensões do fim da existência. Sabia que, se vissem o desespero dos íntimos e as conseqüências indecifráveis do suicídio, voltariam atrás e se defenderiam. Sabia que nenhuma carta ou bilhete poderia ser atestado de defesa. O homem do topo do Edifício San Pablo havia deixado uma mensagem para seu único filho, tentando explicar o inexplicável.

Ele também já tinha comentado com seus psiquiatras e psicólogos sobre suas idéias de suicídio. Fora analisado, interpretado, diagnosticado, e ouvira muitas teses sobre suas deficiências metabólicas cerebrais, bem como fora encorajado a superar seus conflitos e ver seus problemas sob diversos ângulos. Mas nada tocava aquele rígido intelectual. Nenhuma dessas intervenções ou explicações o retirou do seu atoleiro emocional.

O homem era inacessível. Mas estava pela primeira vez atordoado por aquela pessoa estranha que o interpelava no topo do edifício. A julgar pelas vestes e pela aparência humilde, tratava-se de um miserável que pedia esmolas. Contudo, as idéias e o discurso deixavam entrever um especialista em abalar mentes impenetráveis. Suas palavras geravam mais inquietação do que tranqüilidade. Parece que sabia que sem inquietação não há questionamento, e que sem questionamento não se encontram alternativas, não se abre o leque de possibilidades. A ansiedade do suicida aumentou tato que ele acabou por decidir fazer ao forasteiro uma pergunta; resistira muito a fazê-la, pois havia presumido, pelos primeiros embates, que entraria num campo minado. E entrou.

— Quem é você?

O suicida ansiava por uma resposta curta e clara, mas ela não veio. Em vez disso, mais uma rajada de indagações.

— Quem sou eu? Como você ousa perguntar quem eu sou se não sabe quem você é? Quem é você, que procura na morte silenciar sua existência diante de uma platéia assombrada?

Tentando desdenhar do homem que o interpelava, o suicida retrucou com certo sarcasmo:

— Eu? Quem eu sou? Sou um homem que em poucos momentos deixará de existir. E já não saberei quem sou e o que fui.

— Pois eu sou diferente de você. Porque você parou de procurar a si mesmo. Tornou-se um deus. Enquanto eu diariamente me pergunto: "Quem sou?". – E mostrando astúcia, fez outra pergunta: — E quer saber qual é a resposta que encontrei?

24

O suicida, constrangido, meneou a cabeça, dizendo que sim. O forasteiro prosseguiu:

— Eu lhe respondo se primeiramente me responder. De que fonte filosófica, religiosa ou científica você bebeu para defender a tese de que a morte é o fim da existência? Somos átomos vivos que se desintegram para nunca mais resgatar a sua estrutura? Somos apenas um cérebro organizado ou temos uma psique que coexiste com o cérebro e transcende seus limites? Que mortal o sabe? Você sabe? Que religioso pode defender seu pensamento se não usar o elemento da fé? Que neurocientista pode defender seus argumentos se não usar o fenômeno da especulação? Que ateu ou agnóstico pode defender suas idéias sem margem de insegurança e sem distorções?

O forasteiro parecia ter conhecido e ampliado o método socrático. Fazia intermináveis indagações. O suicida ficou atordoado com essa explosão de perguntas. Era um ateu, mas descobriu que seu ateísmo era uma fonte de especulação. Como muitos "normais", dissertava teses sobre esses fenômenos com uma segurança insustentável, sem nunca debatê-las isentas de paixões e tendências.

O homem de roupas rotas e semblante circunspeto dirigia sua máquina de perguntar também a si mesmo. E, antes de receber qualquer resposta, definitiva ou provisória, de quem o ouvia, deu um ultimato:

— Somos dois ignorantes. A diferença entre nós é que eu reconheço que sou.

O terremoto emocional

Enquanto grandes idéias eram debatidas no topo do edifício, algumas poucas pessoas da multidão se afastavam sem saber o que estava acontecendo. Não suportavam esperar o desfecho final da desgraça alheia. Mas a maioria permanecia firme; não queriam perder o desenrolar dos fatos.

De repente, apareceu no meio do povo um homem curtido no uísque e na vodca, chamado Bartolomeu. Era mais um ser humano com cicatrizes ocultas, embora fosse extremamente bem-humorado e, em alguns momentos, petulante. Cabelos pretos desgrenhados, relativamente curtos, que há semanas não viam pente nem provavelmente água. Tinha mais de trinta anos. Pele clara, sobrancelhas exaltadas, rosto um pouco inchado, que escondia as cicatrizes da surrada existência. Trançava as pernas ao andar, de tão bêbado que estava. Com a voz pastosa e a língua presa, esbarrava em algumas pessoas e, em vez de agradecer pelo apoio, reclamava.

Para uns, dizia:

— Ei, você me atropelou. Não vê que estou na mão esquerda?

Para outros, falava:

— Dá licença, amigo, que estou com pressa.

Bartolomeu deu alguns passos a mais e tropeçou na sarjeta. Para não se espatifar no chão, tentou se apoiar onde pôde, até que encontrou uma velhinha e caiu por cima dela. A coitada quase quebrou a coluna. Tentando se desvencilhar dele, deu-lhe uma bengalada na cabeça e gritou, assustada:

— Sai de cima, seu tarado!

Ele não tinha força para se deslocar. Vendo a velhinha gritar sem parar, para não ficar em maus lençóis, gritou mais alto que ela.

— Socorro! Gente, me acode! Esta velhinha está me agarrando.

As pessoas próximas deslocaram os olhos do céu para a terra. Fitaram a reação do bêbado. Percebendo sua astúcia, tiraram-no de cima da velhota, deram-lhe uns empurrões e disseram:

— Sai para lá, seu malandro.

Mas ele, não querendo sair por baixo, falou, todo atabalhoado:

— Obrigado, gente, por esse empu... empu... — Estava tão embriagado que ensaiou três vezes falar a palavra "empurrãozinho". – Em seguida, tentou sacudir a poeira da calça e quase caiu de novo:

— Vocês me salvaram dessa...

A velhinha estava de prontidão quando ele ameaçou caluniá-la. Levantou sem titubear a bengala e preparou-se para desferi-la novamente em sua cabeça, mas o esperto corrigiu-se a tempo.

— ... dessa senhora bonitona...

E deixou o campo de batalha. Começou a andar. Enquanto caminhava por entre a aglomeração, perguntava-se, intrigado, por que todo mundo estava compenetrado, olhando para cima. Achou que as pessoas estavam vendo um extraterrestre. Olhou para o alto do edifício com dificuldade e, tumultuando mais uma vez o ambiente, começou a gritar:

— Estou vendo! Estou vendo o E.T. Cuidado, gente! Ele é amarelo e chifrudo. E tem uma arma nas mãos!

Na realidade, Bartolomeu estava alucinando. Sua mente estava tão perturbada que construía imagens irreais. Não era um alcoólatra comum, era um amotinador. Além de beber tudo que estivesse à sua frente, era um especialista em chamar a atenção social. Por isso seu apelido era Boquinha de Mel. Amava beber e amava mais ainda falar. Aliás, os amigos mais íntimos diziam que tinha a SCF, a síndrome compulsiva de falar.

Ele agarrava as pessoas próximas, estimulando-as a ver o que só ele via. Elas tentavam se soltar das mãos dele com safanões e xingamentos:

O bêbedo balbuciava:

— Que povo mal-educado! Só porque vi primeiro o E.T. eles morrem de inveja.

Enquanto isso, no topo do San Pablo, o homem que pensara em desistir da vida começou a pensar que, na verdade, precisava exterminar era seu preconceito, pois estava repleto de idéias vazias e conceitos superficiais sobre a vida e a morte. Exaltava a própria cultura, mas agora precisava exaltar a própria ignorância — um comportamento improvável (e até doloroso) para quem sempre se julgara um brilhante intelectual. Dentro do mundo acadêmico, ele parecia ter vastos conhecimentos, que ostentava com tanto orgulho, mas nunca poucos minutos haviam sido tão longos para fazê-lo enxergar a sua insensatez.

Sentiu que estava tomando uma ducha de serenidade. E essa ducha não parava de jorrar do homem saturado de incógnitas e

28

sem *glamour* social. Como se não bastasse o que havia argüido, o forasteiro ampliou o bombardeamento. Fez um passeio pela história de um grande pensador:

— Por que Darwin, nos instantes finais de sua vida, quando sofria de intoleráveis náuseas e vômitos, bradava "Deus meu"? Era ele um fraco ao clamar por Deus diante do esgotamento de suas forças? Era ele um covarde por se perturbar diante da dor e, ao se aproximar da morte, considerá-la um fenômeno antinatural, embora a sua teoria se fundamentasse em processos naturais da seleção das espécies? Por que ocorreu um grave conflito entre sua existência e sua teoria? A morte é o fim ou o começo? Nela nos perdemos ou nos encontramos? Será que, quando morremos, somos regurgitados da História como atores que nunca mais contracenam?

O suicida reagiu com espanto, engoliu saliva. Nunca havia pensado nessas questões. Jamais refletira sobre a hipótese de que, de forma tão singela quanto um bebê que regurgita o leite que o amamentou, ele, ao querer morrer, estaria regurgitando sua história da História. Embora fosse partidário da teoria da evolução, desconhecia o homem Darwin e seus conflitos. Mas será que Darwin havia sido incoerente e frágil? Não... não podia ser. "Darwin não desistiu de viver. Ele certamente se apaixonou pela vida muito mais do que eu", pensou.

A sensação que tinha era de que o homem das questões inumeráveis lhe tirara a roupa da soberba sem pedir permissão. Enquanto o coração se acalmava, procurou recuperar o fôlego, como se pegasse carona no ar que aspirava para percorrer áreas de sua mente jamais percorridas. Respondeu com franqueza:

— Não, não sei. Jamais pensei nessas questões.

E o forasteiro emendou:

— Trabalhamos, compramos, vendemos e construímos relações sociais; discorremos sobre política, economia e ciências, mas no fundo somos meninos brincando no teatro da existência, sem poder alcançar sua complexidade. Escrevemos milhões de livros e os armazenamos em imensas bibliotecas, mas somos a-penas crianças. Não sabemos quase nada sobre o que somos. Somos bilhões de meninos que, por décadas a fio, brincam neste deslumbrante planeta.

O suicida diminuiu a respiração. Começou a resgatar sua história e sua identidade. Júlio César Lambert — esse era o seu nome — era portador de raciocínio arguto, rápido, privilegia-do. Em sua promissora carreira acadêmica, quando defendera suas teses de mestrado e doutorado, obtivera notas máximas com louvor. Também havia participado de muitas bancas como avaliador de trabalhos alheios. Perturbava mestrandos e douto-randos com suas críticas ácidas. Sempre fora um ególatra, e sua expectativa era a de que os outros gravitassem na órbita da sua inteligência. Agora, no entanto, participava de uma banca cujo avaliador era um maltrapilho. Sentia-se uma criança indefesa diante dos próprios medos e da própria falta de sabedoria. Mas, pela primeira vez, foi chamado de menino, e não se contorceu de raiva, pela primeira vez teve prazer em reconhecer sua pequenez. Já não se sentia um homem diante do próprio fim; via-se como um ser humano em reconstrução.

As perdas

As loucuras só podem ser tratadas quando abandonam seus disfarces. E Júlio César se escondia atrás de sua eloqüência, cultura e *status* acadêmico. Agora, começava a remover suas camuflagens. Haveria um longo caminho pela frente.

O sol já se punha no horizonte. E o suicídio se dissipava no topo do San Pablo. Nesse momento, o homem que resgatara Júlio César citou o número vinte, mostrando-se consumido por um estado de aflição. Júlio César, intrigado, questionou:

— Por que você cita números enquanto conversamos?

O homem não respondeu de imediato. Olhou para o horizonte, viu várias luzes se acendendo, mas outras se apagavam. Respirou lentamente, como se quisesse estar presente em todos os lugares para reacendê-las. Virou o rosto para Júlio César, penetrou profundamente em seus olhos e falou, com tensa suavidade:

— Por que eu conto números? No breve intervalo de tempo em que permanecemos no alto deste edifício, vinte pessoas fecharam os olhos para sempre. Vinte pessoas desistiram de viver. Vinte seres humanos não deram o direito de defesa a si mesmos, como você não dava. Pessoas que um dia brincaram,

31

amaram, choraram, batalharam, recuaram... agora deixam um rastro de dor na memória dos que ficam.

Júlio César não entendia a apurada sensibilidade daquele homem. Quem era ele? O que vivera para ter tamanha afetividade? O sagaz professor tentava definir o intruso, sem êxito. E, num lance de olhar, percebeu que o forasteiro estava chorando. Era uma reação incompreensível para um homem tão forte, afinal. Parecia que penetrava na dor indescritível dos filhos que perderam os pais e cresceram se perguntando: "Por que não suportou sua dor por mim?". Ou parecia que percorria a mente dos pais que perderam os filhos e que, apesar de freqüentemente terem feito muito por eles, se contorciam de culpa, alimentada pelo pensamento: "O que eu poderia ter feito por meu filho e não fiz?". Ou ainda parecia que o invasor chorava porque resgatava suas perdas desconhecidas.

O fato era que tanto as palavras como as lágrimas do forasteiro fizeram Júlio César se desarmar completamente. O intelectual começou, assim, uma viagem para os trilhos da sua infância, e não o suportou. Permitiu-se, também, cair em pranto. Como poucas vezes na vida, chorou sem se importar com as pessoas que o observavam. Era um homem de cicatrizes profundas.

— Meu pai brincava comigo, me beijava e me chamava de "meu filho querido".

E, suspirando fundo, falou de algo que julgava proibido falar, algo que mesmo seus colegas mais íntimos desconheciam. Algo que estava enterrado, mas continuava vivo e influenciando a sua maneira de interpretar a vida.

— Mas ele me abandonou quando eu era criança, sem me dar explicação. — Fazendo uma pausa, acrescentou: — Eu assistia a um desenho animado, na sala, quando ouvi o forte estalido que vinha de seu quarto. Quando cheguei para saber o que havia ocorrido, vi que ele estava sangrando, caído no chão. Eu tinha apenas seis anos. E gritava sem parar, pedindo ajuda. Minha mãe não estava em casa. Corri até os vizinhos, mas meu desespero era tão grande que, por alguns momentos, ninguém entendeu minha crise. Mal começava a vida e perdia minha infância, minha inocência. Meu mundo desabou. Passei a detestar desenhos animados. Não tive outros irmãos. Minha mãe, viúva e pobre, tinha de trabalhar fora; lutou como uma valente para me sustentar, mas contraiu um câncer e morreu quando eu tinha doze anos. Fui criado por tios. Passava de casa em casa, sentia-me um estranho em lares que nunca foram meus. Fui um adolescente irritadiço, pouco afeito às festas de família. Pudera: não poucas vezes, fui tratado como um empregado e tinha de me calar.

Júlio César havia desenvolvido uma personalidade agressiva. Era pouco sociável, tímido e intolerante. Sentia-se feio e mal-amado. Para não se destruir, compensara seus conflitos no estudo. Com dificuldades, entrou para a universidade e tornou-se um aluno brilhante. Trabalhava durante o dia, ia para a faculdade à noite, estudava nas madrugadas e nos finais de semana. E, externando uma raiva jamais superada, adicionou:

— Mas ultrapassei todos aqueles que zombaram de mim. Tornei-me mais culto e bem-sucedido que eles. Fui um universitário exemplar e tornei-me um professor respeitadíssimo. Fui invejado por uns e odiado por outros. Muitos me admiravam. Casei-me e tive um filho, João Marcos. Mas acho que não fui nem bom amante nem bom pai. O tempo passou e, há um ano, me apaixonei por uma aluna quinze anos mais nova. Fiquei desesperado. Tentei seduzi-la, comprá-la, contraí dívidas. Acabei com meu crédito, perdi minha segurança... e, por fim, ela me abandonou. Meu chão se abriu. Minha esposa descobriu meu caso e me abandonou também. Quando ela se foi, percebi que ainda a amava; não podia perdê-la! Tentei reconquistá-la, mas ela estava cansada do intelectual que nunca fora afetivo, que era pessimista, deprimido e ainda por cima estava falido. Deixou-me.

Nesse momento, começou a se permitir chorar, algo que nunca mais acontecera depois da perda da sua mãe. Lacrimejava e começou a limpar os olhos com a mão direita. Quem via o autoritário professor não conhecia suas cicatrizes. E continuou seu inquietante relato:

— João Marcos, meu filho, caiu no mundo das drogas. Agressivo, sempre me acusou de nunca ter brincado ou ter sido amável, companheiro e amigo. Foi várias vezes internado. Hoje mora em outro estado e se recusa a falar comigo. Resumindo, desde os cinco anos coleciono incontáveis abandonos. Alguns por culpa dos outros, outros por culpa minha – disse com sinceridade, começando a aprender a retirar seus disfarces.

Assim que terminou, um filme passou rapidamente pela sua mente. Recordou as últimas imagens do pai, imagens que estavam bloqueadas. Recordou também que o chamara dia e noite por longas semanas após sua perda. Cresceu com raiva do pai, crendo que ele estava preso em sua gaiola emocional, alienado das dores que ele, Júlio, sentiria no futuro.

Agora estava repetindo a mesma trajetória. O passado calava mais forte do que sua notável carreira acadêmica. Sua cultura não o tornara flexível nem o relaxara. Era um homem engessado, impulsivo, tenso. Nunca se desarmou diante de seus psiquiatras e psicólogos. Não raras vezes os criticava frontalmente por considerar as interpretações deles infantis para alguém do seu nível intelectual. Convencê-lo era uma tarefa dantesca.

Após rasgar a sua história e expô-la cruamente, o intelectual fechou-se novamente, pois temia que o homem ao seu lado lhe desse uma enxurrada de conselhos, de pensamentos de auto-ajuda, de informações sem raízes e de orientações sem efeitos. Mas o forasteiro não fez nada disso. Brincou num momento em que era quase impossível brincar. Disse suavemente:

— Meu amigo, você está numa grande enrascada.

Júlio César deu um leve sorriso. Não esperava essa resposta. Os conselhos não vieram. Em seguida o estranho mostrou que, apesar de não conseguir sentir a dor dele, conhecia a matemática do abandono.

— Sei muito bem o que é perder! Há momentos em que o mundo desaba sobre nós e ninguém é capaz de nos compreender!

Enquanto falava, tocou o dedo indicador no olho direito e depois no esquerdo e enxugou também suas lágrimas. Talvez as suas cicatrizes fossem tão profundas ou maiores do que as que ouvira.

Júlio César, novamente sensibilizado, perguntou:

— Diga-me: quem é você?

A resposta foi um cálido silêncio.

— É psiquiatra ou psicólogo? — perguntou, pensando estar diante de um profissional inusitado, incomum.

— Não sou — afirmou com segurança o estranho.

— É filósofo?

— Aprecio o mundo das idéias, mas não sou.

— É um líder religioso? — falou, achando que podia se tratar de um líder católico, protestante, mulçumano ou budista.

— Não sou! — respondeu com firmeza o homem.

Como não obtivera nenhuma resposta, Júlio César, intrigado, perguntou com impaciência: — Você é louco?

— É provável – respondeu o outro, com um pequeno sorriso no rosto. Júlio César não poderia estar mais confuso.

— Quem é você? Diga-me.

Pressionava o protagonista contemplado por uma multidão confusa, que não sabia o diálogo que se desenrolava no topo do edifício. O psiquiatra, o chefe dos bombeiros e o da polícia se esforçavam para ouvir a conversa, mas nem sempre era audível. Com a insistência de Júlio César, a reação do misterioso homem não poderia ser mais perturbadora. Ele abriu os braços, levantou-os para o alto e disse:

— Quando considero a brevidade da existência dentro do pequeno parêntese do tempo e reflito sobre tudo o que está além de mim e depois de mim, enxergo minha pequenez. Quando considero que um dia tombarei no silêncio de um túmulo, tragado pela vastidão da existência, compreendo minhas extensas limitações e, ao deparar com elas, deixo de ser deus e liberto-me para ser apenas um ser humano. Saio da condição de centro do universo para ser apenas um andante nas trajetórias que desconheço...

Suas palavras não responderam às indagações de Júlio César, mas ele as bebeu. Elas produziram em seu intelecto uma indagação que seria comum na boca de muitos que cruzariam a história do forasteiro: "Esse homem é um psicótico ou um sábio? Ou os dois?". Tentava alcançar as nuances dos pensamentos que ouvira, mas era uma árdua tarefa.

O intrépido homem novamente olhou para o alto e mudou de discurso, começando a questionar a Deus de um modo que Júlio César nunca ouvira:

— Deus, quem és tu? Por que te calas diante das loucuras de alguns religiosos e não abrandas o mar de dúvidas dos céticos? Por que disfarças teus movimentos atrás das leis da física e escondes a tua assinatura nos eventos que ocorrem ao acaso? Teu silêncio me inquieta!

O intelectual era um especialista em sociologia da religião, conhecia o cristianismo, o islamismo, o budismo e outras religiões, mas esses textos não o ajudavam a compreender a mente do forasteiro. Não sabia se ele era um ateu irreverente ou alguém que tivesse uma intimidade informal com o Autor da existência. O notável professor novamente se interrogou: Que homem é esse? De onde saiu? Qual a sua origem?

O chamado

As pessoas, na sociedade moderna, inclusive líderes de vários segmentos, eram por demais previsíveis. Suas reações transitavam dentro do trivial. Não tinham comportamentos que provocassem a emoção alheia nem excitassem a imaginação. O que faltava nos "normais" sobejava no misterioso homem que estava diante de Júlio César. Sua curiosidade para saber a identidade do forasteiro expandiu-se tanto que ele novamente perguntou, mas dessa vez foi diferente. Primeiro se interiorizou e reconheceu que sabia muito pouco sobre si mesmo.

— Eu não sei quem sou, preciso me achar. Mas, por favor, insisto, quem é você?

O homem abriu um sorriso a meio mastro; Júlio César começava a falar a sua linguagem. Sob forte inspiração ele se revelou. Em pé, observando o horizonte onde o sol se punha, abriu um pouco as pernas, levantou os braços e comentou com segurança:

— Sou um vendedor de sonhos!

A mente do intelectual ficou mais obscura ainda. Parecia que o estranho deixava seu estado de lucidez e mergulhava num estado de insanidade. Para Júlio César, a identificação do estranho não representava nada, a não ser assombro, mas para ele ela queria dizer quase tudo.

Lá embaixo, Bartolomeu não parava de gritar e incomodar as pessoas:

— Olhem o chefe dos E.T.s. Está de braços abertos e mudou de cor.

Dessa vez não era uma alucinação, mas um erro de interpretação. Ou não! Era difícil saber. Após se declarar, o vendedor de sonhos compenetrou-se, olhou para a multidão e teve uma reação estranha. Compadeceu-se dela.

Júlio César esfregou as mãos no rosto. Não acreditava na definição que tocava seus ouvidos.

— Vendedor de sonhos? Como assim? O que é isso? — perguntou, completamente perdido em sua racionalidade.

O estranho parecia tão inteligente! Revelara maturidade intelectual, estilhaçara seus paradigmas, ajudara a organizar sua confusão mental e, quando o céu estava azul-celeste, fez desaguar uma súbita tempestade. Jamais Júlio César ouvira alguém se auto-intitular desse modo.

O psiquiatra, a vinte e cinco metros de distância, ao ouvir a expressão, fez uma análise rápida. Sem margem de insegurança, assegurou para o chefe dos bombeiros e da polícia:

— Eu sabia. São da mesma laia.

Não bastasse a estranheza do título, o forasteiro, ao se identificar, olhou para o lado direito e viu uma pessoa num edifício vizinho, a cerca de cento e cinqüenta metros, apontando uma arma para ele. Estava com silenciador. Numa reação magistral, empurrou Júlio César para o chão e ambos caíram. Júlio César não entendeu o que acontecera, apenas ficou atônito. Para não assustá-lo ainda mais, o vendedor de sonhos disse:

— Se essa queda o perturbou, imagine o que aconteceria quando você tocasse o solo desse edifício.

A multidão pensou que o homem havia contido o suicida. Todos estavam sem entender os fatos. Ambos se levantaram. O vendedor de sonhos olhou para o horizonte e viu que o atirador havia saído de cena. Será que ele estava tendo alucinações? Quem desejaria a morte de alguém tão simples? Em seguida, ambos apareceram de pé, livres, no parapeito do edifício.

Júlio César olhou para o estranho e este reafirmou, sem margem de insegurança:

— Sim, sou vendedor de sonhos.

Confuso, Júlio César, por alguns momentos, pensou que o homem que estava diante de si fosse um vendedor ambulante. Ou um vendedor de ações da bolsa. Mas, com aquelas idéias, parecia impossível. Curioso, questionou-o:

— Como assim? Que produtos você vende?

— Eu procuro vender coragem para os inseguros, ousadia para os fóbicos, alegria para os que perderam o encanto pela vida, sensatez para os incautos, críticas para os pensadores.

Júlio César, num rompante de orgulho, lembrando-se do tempo em que se sentia um deus por ter vasta cultura acadêmica, disse consigo: "Não é possível! Estou tendo um pesadelo. Acho que já morri e não percebi. Num momento eu queria tirar minha vida porque estava preso no novelo dos meus conflitos. Noutro, estou mais perturbado ainda porque estou diante de alguém que me resgatou e diz que vende o que é invendável. Vende o que todos procuram mas não existe nos mercados". E, para sua surpresa, o estranho completou:

— E para os que pensam em pôr um ponto final na vida, procuro vender uma vírgula, apenas uma vírgula.

— Uma vírgula? — perguntou, confuso, o sociólogo.

— Sim, uma vírgula. Uma pequena vírgula, para que eles continuem a escrever sua história.

Júlio César começou a transpirar. De repente, sob um estado de iluminação interior, caiu em si. O irreverente homem acabara de vender para ele uma vírgula, e ele a comprara sem perceber. Não houve preço, não houve pressão, não houve chantagem, não houve apelos. Ele a comprara para retornar às raízes da essência humana. O intelectual tornara-se aluno do maltrapilho. Fora irrigado por uma suave solidariedade. Colocou as mãos na cabeça para ver se tudo o que se passava com ele era real.

O ilustre professor de sociologia começou a ter *insights*. Olhou para baixo e viu a multidão esperando sua reação. No fundo, aquelas pessoas estavam tão perdidas quanto ele. Eram livres para ir e vir, mas se sentiam pesadas, controladas, sem suavidade. Faltava-lhes liberdade para arejar a própria personalidade.

O professor parecia penetrar nas entranhas de um filme cujas cenas eram surreais e ao mesmo tempo concretas. "Esse sujeito é real ou tudo o que estou vendo é uma armadilha da minha mente?", indagou para si mesmo, sob uma aura de fascínio e insegurança. Nunca ninguém o encantara como o incompreensível peregrino.

Em seguida, o misterioso homem fez um convite que o abalou ao máximo.

— Venha e siga-me, e eu o farei um vendedor de sonhos.

O chamamento provocou um burburinho em milhões de neurônios do intelectual. Ele não conseguiu reagir. Sua voz se embargou. Estava fisicamente paralisado, mas pensativo. "Que proposta é essa? Como posso seguir um homem que conheci há cerca de uma hora?", pensou, transtornado. Mas ao mesmo tempo sentiu uma atração irresistível pelo enigmático chamamento.

Estava cansado dos debates acadêmicos. Ele era um dos mais eloqüentes intelectuais entre seus pares, mas muitos dos colegas, inclusive ele mesmo, viviam no lodo do ciúme e das vaidades intermináveis. Sentia que faltava, no templo do conhecimento, na universidade, tolerância, estímulo à rebeldia do pensamento e uma dose de loucura para libertar a criatividade. Alguns templos do conhecimento tinham se tornado tão rígidos como as mais rígidas religiões. Os professores, cientistas e pensadores não tinham liberdade. Tinham de seguir a cartilha dos departamentos.

Agora Júlio César estava diante de um homem malvestido, cabelos desarrumados, sem *glamour* social, mas instigante, aventureiro, rebelde ao pensamento vigente, crítico, arrebatador, livre, e que, para completar, lhe fazia a mais maluca e excitante das propostas: vender sonhos. "Como? Para quem? Com que objetivo? Será que serei alvo de deboche ou de aplausos?", refletia o intelectual. Ao mesmo tempo que se perturbava com o chamamento, vinha à sua mente que todo pensador deve andar por ares nunca antes percorridos.

Embora tivesse grave transtorno emocional e fosse saturado de orgulho, Júlio César sempre fora ponderado, jamais havia dado vexame em público. A primeira vez foi no edifício San Pablo. Sabia que dessa vez dera o maior de todos os escândalos. Não fizera teatro, estava realmente pensando em pôr um fim em sua vida. Como tinha medo de usar armas ou tomar remédios, fora ao topo do edifício.

O convite continuava ecoando em sua mente como uma granada que se estilhaça em mil pedaços, rompendo seus paradigmas. Um longo minuto se passara. Em conflito, pensou: "Tentei viver sob o teto do júbilo e dos alicerces da segurança, mas me afundei. Tentei estimular meus alunos a pensar, mas formei muitos repetidores de informações. Tentei contribuir para a sociedade, mas era uma ilha de soberba. Se conseguir vender um pouco de sonhos para algumas pessoas, tal qual esse misterioso homem me vendeu, talvez minha vida tenha mais sentido do que teve até aqui".

Então resolvi segui-lo. Eu, o narrador desta história, sou Júlio César, o primeiro dos discípulos desse homem extraordinário e inquietante.

Ele se tornou meu mestre. Fui o primeiro que arriscou seguir uma jornada sem destino, sem agenda, completamente imprevisível. Loucura? Talvez, mas não menos do que aquela que vivi.

O primeiro passo

Logo que saímos de cena fomos barrados por um dos personagens que nos observavam atentamente no topo do edifício, o chefe da polícia. Era um homem alto, de um metro e noventa, com leve sobrepeso, farda impecável, cabelos grisalhos, faces sem rugas e com ar de quem amava o poder.

Conteve-nos, e não se importou comigo. Estava acostumado a lidar com suicidas; considerava-os frágeis e não seres humanos complexos. Para ele, eu era mais uma estatística da sua profissão. Não gostei. Senti o gosto amargo do preconceito. Afinal de contas, eu era muito mais culto do que esse portador de armas. Minhas armas são as idéias, mais poderosas, mais penetrantes. Mas não tinha força para me defender. Não precisava. Tinha um torpedo ao meu lado, o homem que me resgatara.

O real interesse do policial era interrogar o homem que me resgatara. Queria saber quem era o amotinador. O comportamento dele não estava na sua estatística. Não conseguira ouvir muito do que falávamos, mas o pouco que conseguiu escutar o deixara também assombrado. Olhou de cima a baixo o vendedor de sonhos, observou sua aparência, e não acreditava na imagem que contemplava. O forasteiro parecia fora do contexto social. Inquieto, começou a fazer seu interrogatório. Pressenti que, tal como eu, o policial entraria no vespeiro. E entrou.

— Qual o seu nome? — perguntou, num tom arrogante.

O homem que estava ao meu lado fitou furtivamente seus olhos, mudou de assunto e chocou-o com estas palavras:

— Você não está alegre por essa pessoa ter corrigido sua rota? Não entrou num estado de júbilo pelo fato de ela ter resgatado sua vida? — E apontou o olhar para mim.

O frio policial caiu do pináculo do poder. Perdeu o rebolado. Não esperava que sua insensibilidade fosse desnudada em poucos segundos. Constrangido, disse formalmente:

— Sim, claro que estou feliz por ele.

Todas as pessoas que respondiam estupidamente para o mestre engoliam sua insensatez. Eram estimuladas a enxergar seu superficialismo e a cheirar o odor das próprias tolices. Ele continuou a torpedeá-lo:

— Se você está feliz, por que não exterioriza sua felicidade? Por que não pergunta seu nome e lhe dá os parabéns? Afinal de contas, a vida de um ser humano não vale mais do que o edifício que nos sustenta?

O chefe da polícia ficou nu mais rápido do que eu. E achei ótimo, saí do estado de vergonha para os patamares nobres da auto-estima. O homem que ele impactou era arguto, um especialista em instigar a inteligência. Enquanto ele constrangia o chefe da polícia, comecei a ter *insights*. Percebi que não é possível seguir um líder sem admirá-lo. A admiração é mais forte que o poder. O carisma é mais intenso que as pressões. Eu começara a admirar muito o carismático homem que me chamou.

Enquanto refletia sobre isso, veio à minha mente a relação com meus alunos. Eu era um depósito de informações.

Nunca entendera que o carisma é fundamental para assimilar o conhecimento. Primeiro vem o carisma do mestre, depois o conhecimento que ele detém. Eu tinha a doença da maioria dos intelectuais: chatice. Era um sujeito sem sabor, crítico, cobrador. Nem eu me suportava.

Embaraçado com os surpreendentes pensamentos que ouvira, o chefe da policia olhou rapidamente para mim e disse, mais constrangido ainda, como se fosse uma criança recebendo orientações:

— Parabéns, senhor. — No momento seguinte, num tom mais brando, ele pediu os documentos para o vendedor de sonhos.

Com singeleza, este respondeu:

— Não tenho documentos.

— Como assim? Todo mundo tem documentos na sociedade! Sem documentos o senhor não tem identidade.

— Minha identidade é o que sou — enfatizou.

— O senhor poderá ser preso se não se identificar. Poderá ser considerado um terrorista, um perturbador da ordem social, um psicopata. Quem é o senhor? — perguntou o policial, voltando a ter um tom agressivo.

Nesse momento, franzi a testa. Pressenti que o policial entraria mais uma vez numa fria. O personagem que agitara meu cérebro lhe retrucou:

— Respondo-lhe se me responder primeiro. Com que autoridade o senhor quer penetrar nos espaços mais íntimos do meu ser? Quais são suas credenciais para invadir as entranhas da minha psique? — expressou, com segurança.

O policial aceitou o desafio. Elevou o tom de voz. Não sabia que seria preso na própria astúcia.

— Sou Pedro Alcântara, chefe da polícia deste distrito — disse, soltando o ar, orgulhoso e autoconfiante.

Indignado, meu mestre o questionou:

— Não perguntei sua profissão, seu *status* social, suas atividades. Quero saber qual é sua essência. Quem é o ser humano que está por detrás dessa farda?

Revelando um tique nervoso, o policial coçou rapidamente as sobrancelhas com a mão direita, e não soube responder. Diminuindo o tom de voz, novamente o mestre perguntou:

— Qual é seu grande sonho?

— Meu grande sonho? Bom, eu, eu... — gaguejou, e novamente não soube responder.

Nunca alguém com tão poucas palavras havia confrontado o autoritário chefe da polícia. Ele portava um revólver, mas ficou sem ação. Pude olhar nos olhos daquele que me resgatara e sentir um pouco o que ele pensava. O chefe da polícia cuidava da segurança dos "normais", mas era inseguro; procurava proteger a sociedade, mas não tinha proteção emocional.

Enquanto eu o julgava, de repente comecei a me ver nele. E o que vi me incomodou. Como poderia uma pessoa sem sonhos proteger a sociedade, a não ser que fosse um robô ou uma máquina de prender? Como um professor sem sonhos pode formar cidadãos que sonham em ser livres e solidários?

Em seguida, o enigmático mestre acrescentou:

— Cuidado! O senhor luta pela segurança social, mas o medo e a solidão são ladrões que furtam a emoção mais do que perigosos delinqüentes. Seu filho não precisa de um chefe de polícia, mas de um ombro onde chorar, um ser humano a quem possa segredar sentimentos e que o ensine a pensar. Viva esse sonho!

O chefe da polícia ficou pasmado. Fora treinado para lidar com marginais, para prendê-los, e nunca ouvira falar dos ladrões que invadem a psique. Não sabia o que fazer sem sua arma e seu distintivo. Como a maioria dos "normais", inclusive eu, era um profissional austero, e quando entrava pelo portão de casa não sabia ser pai, continuava sendo um profissional. Não sabia separar os papéis. Ganhava medalhas de honra ao mérito, mas estava morrendo como ser humano.

Quando o ouvi derrotar a arrogância do policial, deu-me uma vontade imensa de perguntar se ele realmente tinha um filho ou se o mestre havia chutado. Mas vi o chefe da polícia compenetrado; parecia algemado em seu intelecto, tentando sair de uma prisão em que há anos se metera.

O psiquiatra não se agüentou. Vendo o chefe da polícia completamente perdido, procurou constranger o forasteiro. Certamente pensava que suas idéias puxariam o tapete dele, revelariam sua insegurança. Com astúcia psicológica, afirmou:

— Quem não revela a identidade esconde sua fragilidade.

— Você acha que sou frágil? — indagou o mestre.

— Não sei — reagiu o psiquiatra, titubeando.

— Pois você está correto. Sou frágil. Tenho aprendido que ninguém é digno de ser uma autoridade, inclusive científica, se não reconhece seus limites e suas fragilidades. Você é frágil? — metralhou.

— Bem...

Vendo-o hesitar, continuou a indagar-lhe:

— Qual a linha terapêutica que você segue?

O homem que me cativara me surpreendeu com essa pergunta. Não entendi o motivo dela. Parecia não ter conexão com o assunto. Mas o psiquiatra, que também era psicoterapeuta, disse, assoberbado:

— Sou freudiano.

— Muito bem. Então me responda: o que é mais complexo, uma teoria psicológica, seja ela qual for, ou a mente de um ser humano?

O psiquiatra, temendo uma armadilha, ficou sem responder por um momento. Em seguida, não respondeu diretamente:

— Usamos as teorias para decifrar a mente humana.

— Por favor, deixe-me propor mais uma questão: você pode mapear uma teoria, esgotar sua leitura, mas poderá esgotar a compreensão da mente humana?

— Não. Mas eu não estou aqui para ser indagado por você – disse com desdém, sem entender aonde o estranho queria chegar.

— E muito menos eu, que sou um perito em mente humana.

Vendo sua arrogância, o outro lhe deu o golpe fatal:

— Os profissionais de saúde mental são poetas da existência, têm uma missão esplêndida, mas jamais podem colocar um paciente dentro de um texto teórico, e sim um texto dentro do paciente. Não enquadre excessivamente seus pacientes dentro dos muros de uma teoria, caso contrário reduzirá suas dimensões. Cada doença pertence a um doente. Cada doente tem uma mente. Cada mente é um universo infinito.

Entendi o recado que passara para o psiquiatra, pois senti na própria pele o que queria dizer. Quando o psiquiatra me abordou, usou técnicas e interpretações. Eu as rechacei imediatamente. Tratou do ato suicida, mas não do ser humano dilacerado que estava em mim. Sua teoria poderia ser útil em situações previsíveis, em especial quando o paciente procura ajuda espontânea, mas não em situações em que é resistente ou perdeu a esperança. Eu estava resistente, precisava primeiro do ser humano psiquiatra e depois do profissional psiquiatra. Como ele me abordara diretamente, eu o senti como invasor, me recolhi dentro de mim, entrei num cofre.

O vendedor de sonhos fez o caminho inverso. Começou pelo sanduíche: invadiu minha psique com penetrantes questionamentos, como um nutriente que invade a corrente sanguínea e estimula as células. No segundo momento, tratou do ato suicida. Percebeu que eu era um doutor em resistência e obstinação. Quebrou a espinha-dorsal da minha auto-suficiência.

O psiquiatra, embora tenha sido chamado de poeta da existência, não gostou de ser questionado por um desconhecido malvestido e sem currículo. Não demonstrou que estava feliz porque eu havia retirado da cabeça a idéia de suicídio. Desgraça de ciúme! Fiquei mordido de raiva ao enxergar isso, mas me lembrei que no templo da universidade havia cometido esse crime por diversas vezes.

Nessa altura, o mestre tocou o ombro direito do jovem chefe dos bombeiros com a mão esquerda e disse-lhe:

— Parabéns, meu filho, pelos riscos que tem corrido por pessoas que desconhece. Você é um vendedor de sonhos.

Após essas palavras, deu alguns passos na direção da porta para pegar o elevador. Lá vou eu seguindo o intrigante homem. Mas as surpresas ainda não tinham acabado. O psiquiatra olhou para o chefe da polícia e deixou ganhar sonoridade um pensamento, sem que, obviamente, o vendedor de sonhos e eu ouvíssemos. Mas, para a minha surpresa, o homem que eu acompanhava voltou-se para eles e repetiu o pensamento simultaneamente com o psiquiatra.

— Os loucos se entendem!

O psiquiatra ficou vermelho com sua reação. Assim como eu, certamente deve ter perguntado para si mesmo: "Como esse estranho conseguiu repetir ao mesmo tempo o pensamento que proferi?".

Vendo-o embasbacado, ainda teve tempo para dar-nos a última e inesquecível lição no topo do edifício. Comentou com o psiquiatra:

— Uns têm uma loucura visível e outros, oculta. Que tipo de loucura você tem?

— Eu não. Eu sou normal! – reagiu impulsivamente o profissional de saúde mental. Enquanto isso, o vendedor de sonhos admitiu:

— Pois a minha é visível.

Em seguida, deu as costas e começou a caminhar com as mãos nos meus ombros. Três passos adiante, olhou para o alto e expressou:

— Deus, livra-me dos "normais"!

Tirando o gesso da mente

Descemos mudos do elevador. Eu, pensativo; o vendedor de sonhos, tranqüilo. Assoviava com um olhar fixo, concentrado em si mesmo. Parecia percorrer com exultação as avenidas da própria mente. Passamos pelo imenso saguão ricamente decorado com lustres e móveis antigos e uma imensa mesa de mármore negro da recepção. Só agora me dava conta de que eram belos, mas para mim eram horríveis. Via o mundo pelas janelas da minha emoção.

Lá fora as luzes brilhavam, alumiando a multidão ansiosa por notícias. Notícias que eu faria questão de não dar. Sinceramente, queria me esconder, esquecer esse escândalo, virar a página, não pensar um segundo mais na minha dor. Cônscio de que chamara a atenção porque queria desistir da vida, chafurdei na lama da vergonha. Mas não podia me teletransportar, tinha de enfrentar os olhares da platéia. Por instantes, tive raiva de mim mesmo. Pensei: "Existiam distintas alternativas para enfrentar minha crise, por que não as escolhi?". Mas a dor nos cega e a frustração nos emburrece.

Quando saímos do Edifício San Pablo e rompemos o cordão de isolamento, eu queria tampar o rosto e sair rapidamente do ambiente, mas era impossível, a aglomeração era enorme, não havia espaço para correr. A imprensa estava presente e queria informações. Transitei pela minha via-crúcis, cabisbaixo.

O vendedor de sonhos, para não me constranger, evitava dar informações. Ninguém sabia o que realmente acontecera no alto do edifício, o rico embate que tive com esse misterioso homem ficou alojado somente na minha mente.

À medida que escapamos dos meios de comunicação e começamos a andar no meio da multidão, assustei-me. Fomos tratados como celebridades. Tornei-me famoso pelos motivos que menos queria.

Para o homem que seguia, o culto à celebridade era um dos sintomas mais notáveis de que havíamos construído um grande manicômio global. Ao longo da caminhada, ele nos questionava.

— Afinal de contas, quem merece mais aplausos, um lixeiro anônimo ou um ator de Hollywood? Quem é mais complexo em sua psique? Quem é mais indecifrável em sua história? Não há diferença. Ambos. Mas os "normais" acham isso uma heresia.

Vendo-me constrangido pela multidão que, excitada, nos enchia de perguntas, querendo explicações sobre o que ocorrera no alto do edifício, aquele homem inteligente mudou o foco das pessoas. Em vez de tentar sair discretamente do aperto, levantou as mãos naquela algazarra e pediu silêncio, que só veio depois de um prolongado momento.

Pensei: "Lá vem mais um discurso perturbador". Mas o forasteiro era mais excêntrico do que eu imaginava. Sem dar explicações, pediu que todos fizessem uma grande roda, o que foi difícil, pois as pessoas se apinhavam. E para a surpresa de todos, entrou no centro dela e começou a dançar uma dança irlandesa. Ele se agachava, jogando os pés para o alto, e se levantava pouco a pouco, fazendo o mesmo movimento. Ao mesmo tempo emitia sons eufóricos.

Não consegui deixar de pensar: "Um intelectual não teria essa reação, e se tivesse vontade, não teria coragem de fazê-lo". Maldito preconceito. Pouco tempo antes eu quase me matara, mas os preconceitos ainda estavam vivíssimos. Era um "normal" enrustido.

Ninguém entendeu muito bem as reações do vendedor de sonhos, muito menos eu, mas algumas pessoas começaram a participar. Ficaram boquiabertas, pois tinham saído de um espetáculo de terror para entrar num espetáculo de júbilo. A alegria é contagiante. Haviam sido contagiados pela sua euforia despretensiosa.

A roda se abriu mais. Os que sabiam a tal dança ou os que se arriscavam a dançá-la sem conhecê-la começaram a enfiar o braço direito no esquerdo uns dos outros e dançavam em círculos. Os que margeavam a roda também mergulharam no clima, e começaram a bater palmas no ritmo da dança. Mas muitos ficaram mais distantes, dentre os quais se destacavam alguns executivos muito bem-trajados. Não quiseram se aproximar do bando de loucos. Preferiram ocultar sua loucura, como eu.

Dentro do círculo dos que dançavam sempre entrava e saía uma pessoa, revelando seu desempenho. E saía sob aplausos. Enquanto eu estava de fora, tudo bem, me protegia, mas de repente o vendedor de sonhos pegou nos meus braços e, exultante, colocou-me no centro do círculo.

Eu não sabia onde enfiar a cara. Fiquei de pé. Sabia dar aulas teóricas, mas não tinha flexibilidade, não tinha ginga. Recitava *O capital*, de Marx, para alunos e professores com maestria, era um ardente defensor da liberdade de expressão, uma liberdade que pouco existia no recôndito da minha alma. As pessoas continuavam dançando ao meu redor e me incentivando, mas eu estava paralisado. Há alguns minutos era alvo da atenção da multidão, mas agora torcia para que ninguém me reconhecesse. Torcia para que nenhum professor ou aluno da minha universidade estivesse presente. Não me importava em morrer, mas me incomodava o vexame. Que loucura! Descobri que sou mais doente do que imaginava.

Era discreto, contido, sereno, tinha voz dosada, pelo menos quando não era contrariado. Não manifestava júbilo em público. Não sabia improvisar, estava infectado com o vírus dos intelectuais: o formalismo. Tudo certo, tudo fétido. A multidão me olhava, esperando que eu me soltasse, mas estava enraizado em minha timidez. Subitamente, mais uma surpresa me envolveu. O bêbado miserável que apontava os dedos para o alto apareceu. Enfiou seu braço esquerdo no meu direito e me empurrou para dançar.

Além de ter um bafo insuportável, o miserável dançava mal, quase caía, e eu ainda tinha que segurá-lo. Vendo-me engessado no meio da bagunça, ele parou de dançar, olhou para mim, me deu um beijo na face esquerda e balbuciou:

— Se solta, cara! O chefe dos E.T.s te salvou. Esta festa é pra você!

Fui alvejado no centro do meu orgulho. Raramente vi ou ouvi tanta vivacidade e espontaneidade em frases tão curtas. Nesse momento tive um grande *insight*. Veio à minha mente o texto da parábola de Cristo a respeito da ovelha perdida. Eu a havia lido e interpretado como sociólogo e achava um absurdo ele deixar noventa e nove ovelhas para ir atrás de apenas uma. Os socialistas sacrificaram milhões de pessoas em torno de um ideal, mas esse Cristo quase enlouqueceu por um ínfimo ser humano, e "endoidou" de tanta alegria quando o achou.

Criticava seu romantismo exagerado, mas agora o vendedor de sonhos manifestava a mesma alegria. Só depois que o cambaleante alcoólatra me beijou, percebi que estava festejando por mim. O bêbado estava mais sóbrio que eu. Estava embasbacado, nunca pensei que fosse possível que um estranho desse tanta importância para um desconhecido. Eu estava perdido e fui achado, estava "morto" e fui resgatado. O que mais poderia querer? Não deveria eu comemorar? Mandei às favas meu formalismo, joguei para o alto meu *status* de intelectual.

Eu era "normal" e, como muitos normais, minha loucura era oculta, disfarçada; precisava ser espontâneo. Soltei-me. O mestre havia enfatizado que o coração não reclama motivos para pulsar. O maior sentido para continuar vivo é estar vivo, é a insondável existência. Na universidade, havia esquecido que os grandes filósofos discorreram sobre o sentido da vida, a política do prazer e a arte do belo. Considerava tais pensamentos filosóficos desprezíveis frases de auto-ajuda. Era preconceituoso. Percebi, agora, que precisava bebê-los. Foi a primeira vez em que dancei sem ter uísque na cabeça. Precisava de uma vírgula para continuar respirando. Raramente me senti tão bem.

Os "normais" eram tão famintos de alegria que, quando encontravam um maluco que lhes tirasse o gesso da emoção, relaxavam e brincavam como crianças. Homens de gravata dançavam, bem como mulheres de longo e de minissaia. Crianças e adolescentes também caíram na gandaia.

Nesse momento, apareceu uma velhinha dançando feliz da vida com sua bengala. Era a senhora em cima da qual Bartolomeu caíra. Seu nome era Jurema. Tinha oitenta anos bem vividos. Quem imaginasse que ela estava capengando pelos ditosos anos se enganara. Estava em melhor forma que eu. Saúde ótima, a não ser por leves sintomas do mal de Parkinson. Sabia dançar como raras pessoas. O vendedor de sonhos se encantou com ela. Dançaram juntos. Eu esfregava os olhos para ver se tudo era real.

De repente, ela se desfez dos braços do mestre e topou com Bartolomeu no centro da roda. Deu-lhe uma bengalada na cabeça, mas com suavidade, e novamente lhe disse: — Seu tarado. — Não me agüentei. Morri de ri. Ela fez o que eu gostaria de ter feito quando ele me deu um ósculo malcheiroso no rosto.

O mestre voltou-se para a velhinha e, em vez de repreendê-la, gritou:

— Você é linda! — E, tomando-a agora pela cintura, rodopiou-a. A velhinha recebeu uma carga de adrenalina que a fez se sentir com vinte anos.

Por instantes achei que o vendedor de sonhos estava sendo falso. Mas refleti: quem disse que ela não era maravilhosa? O que é ser bonita? Enquanto ponderava, o alcoólatra, esperto que era, vendo que o elogio funcionava, chegou perto da sua agressora e bradou exageros:

— Linda! Maravilhosa! Delirante amável! Admirável!

Pensando estar abafando, recebeu outra bengalada da velhota.

— Tarado inveterado! Conquistador barato! Cachorro compulsivo! – disse ela, aparentando raiva. Bartolomeu enfiou o rabo entre as pernas. Mas em seguida percebeu que ela estava brincando. Derreteu-se. Fazia cinqüenta anos que não a chamavam de linda nem utilizavam com ela adjetivos superlativos. Animadíssima, tomou o bêbado pelos braços e saiu dançando com ele, feliz da vida. Fiquei impressionado; conhecia o poder da crítica, mas desconhecia o poder do elogio. Será que os que usam esse poder corrigem mais, vivem mais e melhor? Estava confuso. Nunca vira tanta maluquice num só dia.

Ao longo da caminhada, o homem que eu seguira ensinou que os pequenos gestos podem ter tanto ou mais impacto que os grandes discursos. Em suas aulas ao ar livre, constatei que suas reações e seu silêncio penetravam mais do que as técnicas multimídia. Intuitivamente sabíamos que ele guardava grandes segredos. Não ousávamos perguntar, pois ele nos tirava a roupa com seu método socrático. Transformou-se num especialista em fazer da vida uma festa, até quando havia motivos para se contorcer de raiva ou se autopunir.

Ele nos dizia continuamente:

— Felizes os que dão risada das suas tolices, pois deles é a fonte do relaxamento.

Eu detestava pessoas tolas, que davam respostas superficiais, mas no fundo era uma pessoa saturada de tolices. Tinha muito que aprender para dar risada de mim mesmo. Tinha muito que aprender sobre a arte de desanuviar a cabeça, uma arte desconhecida no templo acadêmico.

A universidade que eu ajudei a promover formava alunos que não sabiam olhar para si mesmos, detectar sua estupidez, se soltar, chorar, amar, correr riscos, sair do cárcere da rotina e muito menos sonhar. Eu era o mais temido dos professores, uma máquina de criticar. Entulhava meus alunos de crítica e mais crítica social, mas jamais ensinara algum deles a curtir a vida. Claro! Ninguém pode dar o que não tem. A minha vida era uma droga.

Tinha orgulho da minha ética e honestidade, mas começava a descobrir que era antiético e desonesto comigo mesmo. Felizmente estava começando a aprender a expelir os "demônios" que engessavam a minha mente e me transformavam num sujeito quase insuportável.

Chamando os complicados

Depois de vinte minutos de dança no sopé do Edifício San Pablo, o vendedor de sonhos pediu novamente silêncio para a multidão remanescente. Eufóricas, as pessoas pouco a pouco se aquietaram. Para o espanto de todos, ele proclamou um verso em voz alta, como se estivesse no alto de um monte:

— *Muitos dançam sobre o solo,*
Mas não na pista do autoconhecimento.
São deuses que não reconhecem seus limites.
Como poderão se achar se nunca se perderam?
Como serão humanos se não se aproximam de si?
Quem são vocês? Sim, digam-me, quem são?

As pessoas ficaram com os olhos regalados. Elas haviam acabado de dançar numa pista improvisada, mas agora o promotor da festa introduzia uma outra pista e as questionava se eram humanas ou divinas. Vários homens bem-trajados, em especial aqueles que não haviam dançado e estavam na posição de críticos, ficaram atordoados. Diariamente estavam vidrados na cotação do dólar, nas cotações da bolsa de valores, em técnicas de liderança empresariais, em carros, hotéis, mas muitos jamais haviam dançado na pista do autoconhecimento, jamais haviam sido caminhantes no território psíquico.

Viviam vazios, entediados, ansiosos, inundados de tranqüilizantes. Não se humanizavam. Eram deuses que morriam um pouco a cada momento, eram deuses que negavam seus conflitos.

Vendo a multidão silenciada, ele expandiu seu discurso:

— Sem filosofar a vida, viverão na superfície. Não perceberão que a existência é como os raios solares que despontam solenemente na mais bela aurora e se despedem fatalmente no ocaso. — Alguns o aplaudiram sem entender a dimensão do seu raciocínio e sem perceber que estavam próximos do entardecer.

Momentos depois, para minha surpresa, ele saiu cumprimentando pessoa por pessoa, indagando:

— Quem é você? Qual é o seu grande sonho?

Muitos ficavam constrangidos no primeiro momento. Não sabiam responder quem eram nem qual era seu grande sonho. Outros, mais desinibidos e sinceros, diziam: "Não tenho sonhos", e justificavam: "Minha vida está uma merda!". Outros comentavam: "Vivo num atoleiro de dívidas. Como posso sonhar?", e ainda outros comentavam: "Meu trabalho é uma fonte de estresse. Tenho dores em todo o corpo. Esqueci de mim mesmo, só sei trabalhar". Fiquei impressionado com as respostas. Percebi que a platéia que estava assistindo ao meu "suicídio" não estava distante de minha miséria. A platéia e os atores viviam o mesmo drama.

O mestre não tinha soluções mágicas para elas, queria instigá-las a se interiorizar e se repensar. Observando o deserto psíquico em que se encontravam, bradou:

— Sem sonhos, os monstros que nos assediam, estejam eles alojados em nossa mente ou no terreno social, nos controlarão. O objetivo fundamental dos sonhos não é o sucesso, mas nos livrar do fantasma do conformismo.

Uma jovem obesa, de cento e trinta quilos e um metro e oitenta de altura, ficou comovida com essas palavras. Sentia-se programada para ser rejeitada e infeliz. O fantasma do conformismo a dominava. Há anos tomava antidepressivos. Era pessimista e excessivamente crítica consigo mesma. Sempre se diminuía perante outras mulheres. Constrangida, aproximou-se do vendedor de sonhos e teve a coragem de se abrir num tom de voz que só alguns de nós ouvimos:

— Sou um poço de tristeza e solidão. Pode alguém não atraente um dia ser amado? Pode alguém não cortejado ter chance de encontrar um grande amor? — Ela sonhava em ser beijada, abraçada, querida, admirada, mas sua reação indicava que provavelmente fora ridicularizada, rechaçada, chamada por apelidos que só se dariam a animais. Sua auto-estima fora assassinada na sua infância, como a minha.

Bartolomeu ouviu suas palavras. Carente e esbaforindo álcool, balbuciou aos gritos:

— Apetitosa! Belíssima! Maravilhosa! Se você procura um príncipe, o encontrou. Quer namorar comigo? – E abriu os braços. Para ele não cair, tive que apoiar o miserável. Ela sorriu, mas o bêbado desavergonhado era o último homem com o qual ela se envolveria.

O mestre olhou nos olhos dela. Condoído, respondeu-lhe:

— É possível encontrar um grande amor. Só não se esqueça jamais que você poderá ter o melhor parceiro ao seu lado, mas será infeliz se não tiver um romance com a própria vida. — E orientou-a:
— Contudo, para alcançá-lo, terá de deixar de ser escrava.

— Escrava do quê? — indagou surpresa.

— Dos padrões de beleza do sistema — afirmou.

Algumas pessoas que o ouviram se animaram com suas palavras e comentaram que sonhavam superar sua timidez, solidão, fobias. Outras almejavam fazer amigos, mudar de trabalho, porque com o dinheiro que ganhavam as contas não fechavam no final do mês. Outras ainda diziam que sonhavam em fazer um curso superior, mas não tinha recursos para isso.

Elas esperavam um milagre, mas o vendedor de sonhos era um vendedor de idéias, um mercador de conhecimento. O conhecimento era melhor do que o ouro e a prata, encantava mais que diamantes e pérolas. Por isso, não estimulava o êxito pelo êxito. Para ele, não havia trajetórias sem percalços, nem oceanos sem tormentas. Fitando as pessoas, falou com segurança:

— Se seus sonhos forem desejos e não projetos de vida, certamente vocês levarão para a sepultura seus conflitos. Sonhos sem projetos produzem pessoas frustradas, servas do sistema.

E não deu explicações sobre esses pensamentos, pois queria que as pessoas dançassem na pista das idéias. Fiquei reflexivo. Vivemos numa sociedade consumista, numa sociedade de desejos, e não de projetos existenciais. Ninguém planeja ter amigos, ninguém planeja ser tolerante, superar fobias, ter um grande amor.

— Se o acaso for nosso deus e os acidentes, nossos demônios, seremos infantis.

Espantei-me ao olhar ao meu redor e perceber que o sistema social havia feito um estrago irreparável em quase todos nós. Não poucas pessoas consumiam muito, mas eram autômatas, robotizadas, viviam sem propósitos, sem significado, sem metas, como especialistas em obedecer a ordens e não em pensar, o que fazia aumentar o índice de transtornos psíquicos.

Questionei-me também como educador: o que eu havia formado na universidade? Servos ou líderes? Autômatos ou pensadores? Mas antes de responder a essas perguntas me inquietei com minha própria situação. Perguntei-me: ser crítico libertou-me da servidão? Concluí que não! Eu era servo do meu pessimismo e da minha pseudo-independência. Estava levando para o túmulo meus conflitos. Interrompendo meus pensamentos, o mestre comentou para sua platéia extasiada:

— Conquistas sem riscos são sonhos sem méritos. Ninguém é digno dos sonhos se não usar suas derrotas para cultivá-los.

Por estudar a história das riquezas das nações, entendi o significado sociológico desse último pensamento. Entendi que muitos dos que recebiam herança ou eram presenteados gratuitamente com fortunas haviam tido conquistas sem méritos, não valorizavam as batalhas dos seus pais, dissipavam seus bens como se fossem eternos. A herança se tornava um laço para uma vida dissoluta e superficial. Eles eram imediatistas, queriam sorver o máximo prazer do presente, sem prever futuras tempestades.

Enquanto eu criticava as pessoas como vítimas do sistema e não como autoras da sua história, num ímpeto voltei-me para mim e percebi que não era diferente delas. Não entendia por que pensamentos tão simples eram tão penetrantes. Estudei complexas idéias do socialismo, mas elas não penetravam nas áreas ocultas da minha psique. Sonhei em ser uma pessoa feliz, mas tornei-me um miserável. Sonhei em viver uma vida melhor que a que meu pai viveu, mas reproduzi o que mais detestava nele. Sonhei em ser mais sociável que minha mãe, mas cultivava sua sisudez e amargura.

Não usei minhas perdas para cultivar meus sonhos. Não fui digno deles. Detestava riscos, queria controlar tudo ao meu redor, pois não poderia comprometer minha brilhante reputação acadêmica. Tornei-me estéril por dentro, não engravidava de novas idéias. Esqueci que os grandes pensadores eram malucos que assumiam os riscos. Não poucos foram execrados, taxados de lunáticos, tidos como heréticos, transformados em espetáculo de vergonha social. Enfim, serviram de carne fresca para aves de rapina de plantão. Creio que eu era uma dessas aves predadoras.

Até nas teses de mestrado e doutorado os riscos eram quase eliminados. Alguns dos meus colegas lutavam contra esse formalismo, mas eu os freava. Somente após seguir esse imprevisível vendedor de sonhos fui compreender que as grandes descobertas da ciência foram produzidas na juventude, no calor da rebeldia, e não na maturidade dos cientistas. Os formais recebem diplomas e aplausos, os desvairados produzem as idéias que eles utilizam.

O inusitado sonho de Bartolomeu

Um homem branco, de cerca de trinta e cinco anos, portando camisa pólo bege, de cabelo preto bem aparado, com um rosto fechado, quebrou o clima de harmonia e disse agressivamente para o mestre:

— Meu grande sonho é estrangular minha esposa. — Ele não estava brincando. Parecia que estava realmente prestes a cometer um assassinato. O mestre não deu resposta, apenas esperou que o agressor continuasse expurgando sua violência. Ele continuou: — O que merece uma mulher que trai o marido?

Em vez de abrandar a ira do agressor, parece que colocou mais combustível:

— Você também é um traidor?

O agressor não teve dúvida. Deu-lhe um soco que o jogou longe e lhe causou sangramento no lado esquerdo do lábio.

Quando muitos tentavam linchar o agressor, o mestre conteve a violência da multidão:

— Não, não machuquem esse homem.

Levantou-se, aproximou-se dele e explicou:

— Podemos não trair com os órgãos sexuais, mas traímos no pensamento, nas intenções. Se não traímos quem amamos, traímos a nós mesmos. Traímos nossa saúde, nossos sonhos, nossa tranqüilidade. Você nunca traiu ou se traiu?

O agressor ficou mudo, apenas meneou a cabeça, confirmando que também era traidor. Diariamente se traía com milhares de pensamentos mórbidos. Sua agressividade era a ponta do *iceberg* de um traidor. Quando abaixou a guarda, o mestre o bombardeou mais intensamente:

— Por acaso sua esposa é sua propriedade? Se não é, por que quer destruí-la ou se destruir por causa dela? Quem disse que, por traí-lo, ela diminuiu sua condição de ser humano, que teve uma história, chorou, amou, irou-se, frustrou-se? Se não é capaz de perdoá-la e reconquistá-la, por que não diz simplesmente "Sinto muito, você me perdeu"?

O homem saiu de cena completamente atordoado. Era difícil saber se ele conseguiria conquistar sua esposa ou deixar-se conquistar por ela, mas não mais a assassinaria. Fiquei impressionado com sua reação. Será que ele provocara o agressor para que ele o esmurrasse e, assim, abrisse uma janela na sua mente homicida e pensasse em outras alternativas? Não é possível! As pessoas que estavam próximas o fitavam como se estivessem assistindo a um emocionante filme de ação.

Não bastasse esse incidente, chegou a vez de o mestre perguntar a Bartolomeu qual seu grande sonho. Creio que não era o momento nem uma boa idéia fazer tal pergunta. Boquinha de Mel tinha uma irresistível atração pela irreverência.

Olhou para ele e falou entusiasmadamente, quase caindo ao chão:

— Meu grande sonho, chefinho? Vodca russa! E... e... e tomar banho... — Quando todos pareciam felizes com o banho que desejava tomar, desapontou-os: — Tomar banho num... tonel de uísque escocês. — Nesse momento, caiu sentado. Vivia duro, e estava em estado de êxtase ao pensar nesse incomum banho.

Não me agüentei. Comecei a dar risada do miserável e da cara do sábio que eu começara a seguir. Mas fiquei surpreso com meu sarcasmo. Nunca imaginei que na minha mente houvesse um prazer sublimado pela desgraça alheia. Pensei comigo: "Dessa vez ele embarcou num bote que estava indo a pique".

Antes que ele desse alguma resposta, dona Jurema apareceu e ameaçou dar outra bengalada em Bartolomeu. Ela também ouviu qual era seu grande sonho e ficou indignada. Agora, não o chamou de tarado, mas de outros adjetivos:

— Prepotente! Presunçoso! Alcoólatra inveterado! Estrume social!

O Boca de Mel, que aparentemente não tinha cultura acadêmica, gostou dos adjetivos. Emendou:

— Obrigado pelos elogios. Mas serve também um barril de cachaça brasileira ou de tequila mexicana.

O cara era incorrigível. Bebia há mais de vinte anos sem controle. Há dez anos andava de bar em bar, de rua em rua, no puro alcoolismo. Eu tinha a convicção de que o vendedor de sonhos jamais conseguiria dar uma lição a esse miserável fedido. Até porque nenhum pensamento lúcido entraria na sua mente infestada de extraterrestres. Talvez meu mestre optasse por dar-lhe uma bronca sem grandes pretensões educacionais, apenas para vomitar sua raiva, ou então o enviasse para algum grupo dos Alcoólatras Anônimos, e se livrasse dele rapidamente. Mas para meu espanto, ele elogiou a sinceridade do moribundo:

— Muito bem! Parabéns pela sua honestidade.

Tentei mexer nos ouvidos para ver se estava ouvindo direito. Não era possível que ele tivesse enchido a bola do bêbado. O álcool na cabeça, somado ao elogio que recebeu, multiplicaram a euforia do miserável. Revestido de um estado de auto-estima que fazia anos não sentia, olhou orgulhosamente para algumas pessoas que há pouco o tinham empurrado. Soltou um estridente grito de guerra: "Hurruuu!". E teve a ousadia de dizer:

— Preservo a natureza. Sou movido a álcool. — Em seguida, esfregou o dedo indicador direito no esquerdo e completou: — Sou assim com o homem. Esse é o cara. Posso dar um passeio na sua aeronave, chefinho? — Após se convidar para um vôo extraterrestre, tropeçou em duas pessoas e quase caiu.

Eu, que sempre fui intolerante, pensei: "Mande esse cara para um manicômio". O mestre olhou para mim. Pensei que estivesse lendo meu pensamento e seguindo minha recomendação. Mas, para meu assombro, disse algo que quase me fez desmaiar. Tocou o ombro esquerdo do moribundo e disse-lhe com uma voz firme:

— Venha e siga-me! E eu o farei embriagar-se com uma bebida que você não conhece.

Fiquei atônito. Tentava mexer com a cabeça para ver se tinha entendido direito o que havia ouvido. O bêbado, que estava fraco tanto porque havia dançado como porque há anos era turbinado pelo álcool, mergulhou no seu tonel de uísque sem beber. Imediatamente retrucou:

— Bebida que não conheço? Duvido! É vodca das bravas?

Fiquei constrangido com a santa irreverência do alcoólatra. Mas o vendedor de sonhos achou graça, sorriu. Conseguia relaxar em situações tensas. Olhou para mim e parecia querer dizer: não se preocupe, eu vim para os complicados.

Meus neurônios entraram em estado de choque. Pensei em debandar. Seguir uma pessoa excêntrica, um estranho no ninho social ainda vai, mas seguir lado a lado de um bêbado gozador era demais. Riscos inimagináveis se sucederiam.

Minha casa é o mundo

O mestre, eu e Bartolomeu saímos do meio da multidão. Enquanto saíamos, a multidão nos aplaudiu. Algumas pessoas tiravam fotos. Eu virava o rosto, procurava a discrição, mas o infeliz do Boquinha de Mel fazia poses. Como o mestre não agia, eu tentava puxá-lo para não dar bandeira. A última coisa que merecia era ser babá de um bêbado. Alguns jornalistas estavam presentes e tomavam nota dos eventos.

Três quadras à frente, os conflitos começaram. Comecei a pensar: "O que estou fazendo aqui? Para onde vamos?", mas meu companheiro não pensava. Estava feliz em fazer parte do pequeno bando; eu, apreensivo.

Olhava para cima e tentava me relaxar. Ele olhava para mim com um meio sorriso; parecia que ouvia minhas dúvidas. Imaginava que iríamos para os seus humildes aposentos. Pelas roupas, parecia ser muito pobre, mas devia ter uma casa ou apartamento alugado. Talvez sua residência não tivesse muitos quartos, mas pela veemência do seu convite certamente seria um bom anfitrião, teria pelo menos um quarto para mim e um para o Bartolomeu. Até porque dormir no mesmo quarto com esse bêbado seria uma afronta ao bom senso.

Talvez o quarto em que me ele hospedaria fosse simples mas confortável. Talvez a cama não fosse de molas, mas tivesse espuma com uma densidade que não arrebentaria as costas. Talvez não tivesse lençóis novos, mas pelo menos seriam limpos. Talvez sua geladeira não tivesse alimentos caros, mas teria alguma coisa saudável para comer; afinal de contas, eu estava faminto e extenuado. Talvez, talvez, talvez, pensava, mas nenhuma certeza havia.

No trajeto, ele abanava as mãos para as crianças, cumprimentava os adultos nas ruas, ajudava algumas pessoas a carregar sacolas pesadas. Bartolomeu embarcou nas saudações. Abanava as mãos para todo mundo, até para as árvores e postes. Eu resisti, mas, para não ficar chato, acenava as mãos sem exageros quando elas me cumprimentavam.

A grande maioria das pessoas respondia com um sorriso. Eu ficava imaginando: de onde o vendedor de sonhos conhece tantas pessoas? Não conhecia. Ele era assim. Qualquer estranho era um ser humano, e qualquer ser humano era seu semelhante, e qualquer semelhante não era um desconhecido. Saudava-os pelo prazer de saudar. Jamais vi uma pessoa tão animada, bem-humorada e sociável. Não apenas vendia sonhos, vivia-os.

Andamos muitas quadras, caminhamos alguns quilômetros, mas sua residência não chegava. Tempos depois, quando eu já não conseguia mais caminhar, ele parou num cruzamento. Eu respirei. Ufa! Chegamos, pensei comigo. Para meu alívio, confirmou que havíamos chegado.

Olhei para o lado esquerdo. Vi um conjunto de casas populares iguais, pintadas de cor branca, com uma pequeníssima varanda. Cocei a cabeça e imaginei: "As casas são pequenas. Não devem ter três quartos".

Mas o homem que me fez o chamado felizmente olhou para o lado direito da rua. Levantou levemente a cabeça e, seguindo seu olhar, vi um enorme edifício atrás de um viaduto. Parece que havia oito apartamentos por andar. Parecia um pombal. Aparentemente os apartamentos tinham menos espaço do que as casas populares. Estava apinhado de gente.

Lembrando-me dos meus alunos, disse para mim mesmo: "Não vou segurar essa onda. Vai ser uma noite muito difícil". O mestre se adiantou e disse mais uma vez:

— Não se preocupe. Há muito espaço.

Tentando disfarçar minha ansiedade, perguntei gentilmente:

— Em que andar é seu apartamento?

— Meu apartamento? Meu apartamento é o mundo — disse com tranqüilidade.

— *Very good*, gostei desse apartamento — disse Bartolomeu, que amava gastar seu péssimo inglês.

Assustado, indaguei:

— Como assim, mestre?

Ele explicou:

— As raposas têm seus covis, as aves do céu têm seu ninho, mas o vendedor de sonhos não tem residência fixa onde reclinar a cabeça.

Não acreditava no que ouvia. Fiquei paralisado. Ele citou a famosa frase de Cristo. Será que esse homem está pensando que é Cristo? Não é possível! Será que ele está tendo um surto psicótico? Ou poderia vir a ter? Mas ele parece intelectualmente superdotado, inteligente. Fala de Deus de forma não-religiosa. Quem é esse homem? Onde estou enfiando minha vida? Mas antes que minha cabeça fervesse de dúvida, ele jogou água fria na minha mente, pelo menos por enquanto. Disse-me:

— Não se preocupe. Eu não o sou. Só procuro entendê-lo.

— Não é quem? — indaguei sem entendê-lo.

— Não sou o Mestre dos Mestres. Sou o menor dos que tentam entendê-lo — reagiu calmamente.

Aliviei-me por alguns instantes.

— Mas quem é você? — rebati ansiosamente, querendo mais explicações, explicações que nunca vinham.

Ele falou enfaticamente:

— Já lhe disse quem sou. Não crê em mim?

Bartolomeu deveria ter ficado quieto naquele momento, mas era impossível silenciá-lo. Tentou corrigir-me dizendo:

— Você não crê que ele é o chefe dos E.T.s.

Dessa vez não agüentei, fui ríspido com ele. Gritei:

— Cale-se, Boca de Lixo!

Retrucando, ele me ameaçou:

— Boca de Lixo não! Boquinha de Mel. Não me rebaixe, seu intelectual de segunda. — E fez uma pose de briga, imitando um especialista em artes marciais. Esse foi o primeiro dos vários atritos que surgiram entre seus discípulos.

O mestre dirigiu-se a mim e corrigiu-me com delicadeza. Não invadia a privacidade. Expunha nossa nudez sem punir. Suas atitudes machucavam mais do que uma punição:

— Júlio César, você é tão inteligente, por isso sabe que nenhum artista é dono da sua obra, mas sim o interpretador. Aquele que interpreta lhe dá cores e sabores. Se Bartolomeu acha que sou o chefe dos E.T.s, por que você se angustia? Generosidade quero, e não obediência. Seja generoso consigo mesmo!

Quando me corrigiu, pensei que sua última frase, "seja generoso consigo mesmo!", fora elaborada erradamente. Pensei que deveria ter dito "seja generoso com o Bartolomeu". Mas durante a caminhada fui descobrir que quem não é generoso consigo mesmo jamais o será com os outros. Quem cobra muito de si mesmo é um carrasco dos outros.

A generosidade era um dos maiores sonhos que ele desejava difundir no grande hospício social. Os normais viviam em seus currais, ilhados em seu mundo, tinham perdido o sabor indecifrável de se doar, abraçar, dar uma nova chance. Generosidade era uma palavra que habitava os dicionários, mas raramente o coração psíquico. Eu sabia competir, mas não sabia ser generoso. Sabia apontar as falhas e ignorâncias dos meus colegas, mas não sabia acolher. A desgraça dos outros me excitava mais do que seus sucessos. Não era diferente dos políticos da oposição, que torciam pela autodestruição de partidos que governavam.

Após a lição delicada me aquietei. Mas onde estava o apartamento e a casa em que iríamos nos acomodar? De repente, ele apontou para debaixo do viaduto que estava à nossa frente e que eu não enxergara e nos disse:

— Eis nosso lar.

Tive vertigens. Comecei a ter saudade do Edifício San Pablo. Havia uns colchonetes velhos e rasgados. Não havia lençol, mas panos envelhecidos e também rasgados para nos cobrir. Um garrafão de água era a nossa bebida. Tínhamos que tomar no bico. Nunca vi alguém tão pobre. "Mas é esse o homem que me livrou do suicídio?", pensei.

A coisa era tão ruim, que até o Bartolomeu refugou. Comecei a gostar do sujeito. Cocou a cabeça, esfregou as mãos nos olhos para constatar que não estava tendo alucinações e expressou:

— Chefinho, tem certeza que essa é a sua casa?

Bartolomeu começara a cair na realidade. Começara a ter a intuição de que entrara numa aeronave errada. Dormia em lugares melhores. Dormia em edículas de amigos, no fundo de bares e até em albergues municipais, mas debaixo de um viaduto era a primeira vez.

— Sim, Bartolomeu, essa é a minha casa! E teremos uma longa noite pela frente.

Como tudo o que o mestre dizia tinha significado, a longa noite não se referia a dormir mal, arrebentar as costas sobre o colchonete, mas ao clima de terror que a noite prometia.

Para jantar havia uns pães amanhecidos e uns biscoitos com data vencida, mas não embolorados. Eu detestava hambúrgueres, mas comecei a pensar que eles seriam o paraíso diante da comida disponível. Após dar umas poucas mordidas nas bolachas, resolvi deitar. Quem sabe no outro dia acordaria e descobriria que tudo não passara de um pesadelo. Coloquei a cabeça no colchonete, enrolei uma folha de papelão como travesseiro e repousei a cabeça, mas não a mente. Ela virou um caldeirão de ansiedade.

Procurando relaxar, dizia para mim mesmo: "Fique tranqüilo. Acalme-se. Você não gosta de estudar grupos excêntricos? Agora você faz parte de um deles. Vai ser bom para sua carreira acadêmica. No mínimo, terá uma experiência sociológica interessante. Lembre-se de que sonhos sem riscos produzem conquistas sem méritos".

Não imaginava onde estava entrando. Só sabia que saíra do microcosmo da sala de aula para um cosmo do submundo social, um ambiente completamente desconhecido. Era um sociólogo teórico. Não consegui dormir.

Momentos depois, procurei outra técnica. Comecei a recordar as lições que aprendera, a rememorar cada experiência. Tentava pensar em tudo o que acontecera horas antes. A experiência de seguir esse estranho homem era tão forte que eu pensava menos no topo do edifício e mais na casa debaixo da ponte, menos no suicídio e mais na caminhada.

Então uma luz brilhou mais uma vez; tive mais um *insight*. Pensei que todas as pessoas deveriam sair por aí sem rumo, pelo menos por um dia, para poder achar o elo perdido em seu interior. Pensar desse modo me relaxou. A inquietude que estava à flor da pele cedeu um pouco, o que me levou, afinal, a diminuir a agitação cerebral.

Relaxei; o sono começou a vir. Entendi que quem determina a maciez da cama é o nível de ansiedade da nossa mente. Só dorme bem quem aprende primeiramente a repousar dentro de si. Estava começando a filosofar como o mestre. Não sabia o terror que estava por vir. O colchonete se tornou o melhor de todos os colchões.

Um bando de malucos

Eram quatro horas da madrugada. Estava frio e ventava muito. De repente, acordei com gritos desesperados.

— A ponte vai cair! Vai cair! — gritava Bartolomeu. Estava ofegante e assustadíssimo.

Meu coração palpitava. Jamais senti tanto medo. Levantei num sobressalto, querendo afastar-me do grande viaduto.

O mestre segurou-me pelo braço e me pediu calma.

— Como, calma?! Podemos morrer! — disse eu, observando as construções e vendo antigas rachaduras, no meio da escuridão, como se fossem novas.

Calmamente ele me disse:

— Bartolomeu está tendo a síndrome de abstinência do álcool.

O instinto de vida pulsava em mim, embora poucas horas antes eu quisesse findar a vida. Meu companheiro bêbado e atabalhoado levou-me a uma das maiores descobertas da minha vida: os suicidas, mesmo os que planejam a morte, não querem se matar, mas matar a sua dor. Respirei fundo, tentei relaxar, mas ainda estava taquicárdico e apreensivo. Olhei para Bartolomeu, e ele continuava num clima de terror.

Estava tendo *delirium tremens*. Por ser ele dependente, a falta do álcool na corrente sanguínea levou seu organismo a um estado sofrível caracterizado por falta de ar, aumento da freqüência cardíaca, suor excessivo, entre outras coisas. O pior era que sua mente, que já estava confusa, entrou em colapso, começou a ter alucinações e visões irreais, mas que ele jurava que eram verdadeiras.

Depois do desespero pela queda da ponte, ele começou a ter outras alucinações. Viu aranhas e ratos gigantes, do tamanho de automóveis, caminhando pelo teto e ameaçando comê-lo. Seu rosto pingava de suor, tremiam-lhe as mãos. Seu corpo estava quente, parecia febril. Como o mestre sempre dizia, é possível fugir dos monstros de fora, mas não dos de dentro. E é incrível como a mente humana tem facilidade em criar fantasmas para assombrá-la. Em plena era digital, os sentimentos primitivos continuavam vivos.

Bartolomeu tentava lutar contra as feras que queriam devorá-lo. Gritava, agoniado:

— Chefinho, me ajude! Socorro!

Tentávamos acalmá-lo e fazê-lo sentar num caixote de madeira que outrora armazenara tomates. Mas em seguida ele se levantava e tinha novas crises. Teve um momento em que se levantou e saiu correndo pelas ruas. Havia cinco milhões de alcoólatras no país. Nunca imaginei que a turma movida a álcool sofresse tanto. Pareciam bêbados felizes. Temendo que ele fosse atropelado, o mestre sugeriu levá-lo a um hospital público a três quarteirões do viaduto. Estava preocupado com sua integridade. E assim o fizemos.

Comecei, então, a dar um pouco da minha energia para os outros sem pedir nada em troca. Claro, sempre há interesses em tudo o que fazemos, mas, como o mestre dizia, há interesses legítimos que extrapolam o ganho financeiro, o reconhecimento público, tais como os que estão ligados ao prazer de contribuir para o bem-estar e a saúde do outro. Era um sistema de troca não previsto no capitalismo nem no socialismo. Era um mundo estranho à academia.

Comecei a entender que os egoístas vivem no calabouço das suas angústias, mas os que atuam na dor dos outros aliviam a própria dor. Não sei se me arrependerei de tomar esse caminho, não sei o que me aguarda, mas vender sonhos, ainda que tenha seus riscos, talvez seja um excelente "negócio" no mercado da emoção. A angústia de meu companheiro era tão grande, que diminuiu, pelo menos por enquanto, a percepção que eu tinha da minha miséria psíquica e das inúmeras coisas não resolvidas em minha vida.

Imaginei o esforço tremendo que o vendedor de sonhos fizera para me resgatar. Não me pedira dinheiro, reconhecimento nem aplausos, mas recebeu muito, recebeu doses elevadas de prazer. Ficou tão feliz que dançou em público. Que "mercado" fantástico! A única coisa que me pediu foi convidar-me para fazer o mesmo.

Ajudar Bartolomeu era a minha primeira experiência de contribuir despretensiosamente para o benefício de alguém. Uma tarefa difícil para um intelectual egocêntrico. Foi uma batalha para interná-lo. Tivemos de convencer a equipe de plantão de que nosso amigo estava correndo risco de morrer. Não bastavam os escândalos aflitivos que ele dava. Os hospitais gerais estavam despreparados para lidar com acidentes da mente humana. Sabiam lidar com o corpo, mas desconheciam ou negavam o mundo intangível da psique. Eram uma casta de engessados. Quando conseguimos a internação, Bartolomeu estava menos agitado. Deram-lhe um sossega-leão e o levaram dormindo para o quarto.

Fomos visitá-lo à tarde. Bartolomeu estava bem melhor. Já não tinha alucinações. Teve alta. Pediu que lhe contássemos tudo o que tinha acontecido e como nos havíamos conhecido. Sua memória estava turva. O mestre passou o bastão para mim. Tentei explicar o incompreensível. Quando iniciei minha fala, ele saiu de cena. Não gostava de ser exaltado.

Falei sobre o vendedor de sonhos, como o encontrara, como me ajudou, como me chamou, como o encontramos no sopé do edifício, a dança, a pergunta sobre o grande sonho, como o chamou, o viaduto, o terror noturno, enfim, tudo. Bartolomeu prestava muitíssima atenção e meneava a cabeça, balbuciando "Hum!". Tudo parecia tão irreal que eu me sentia um tolo explicando o que nem estava entendendo. O miserável era bem-humorado como o mestre. Tentando diminuir minha tensão, disse:

— Você não sabe o nome dele nem quem ele é. Hum! Cara, só tomando umas para entender essa confusão. — Mas quando eu pensava que ele iria desistir do caminho, completou: — Eu sempre quis seguir alguém mais biruta do que eu.

Bom, comecei então a andar com os dois malucos. A experiência sociológica ganhava corpo. Só esperava não encontrar conhecidos nas ruas. Melhor que os professores e meus alunos pensassem que eu morrera ou mudara de país. Bartolomeu assoviava despreocupadamente. O mestre andava ao nosso lado com incontido júbilo. De repente, começou a cantar uma bela e instigante canção que ele mesmo havia composto, cuja letra retratava sua bandeira de vida. Tal canção se tornou pouco a pouco o tema central de nossa história.

> — *Sou apenas um caminhante*
> *Que perdeu o medo de se perder*
> *Estou seguro de que sou imperfeito*

Podem me chamar de louco
Podem zombar das minhas idéias
Não importa!
O que importa é que sou um caminhante
Que vende sonhos para os passantes
Não tenho bússola nem agenda
Não tenho nada, mas tenho tudo
Sou apenas um caminhante
À procura de mim mesmo.

Durante a caminhada para a nossa casa, ou melhor, para nosso viaduto, deparamo-nos com mais uma figura raríssima. Seu nome era Dimas de Melo, apelidado de "Mão de Anjo". Seu apelido deveria ser "mão do Diabo", mas apelido nem sempre é sinônimo. Nesse caso era um antônimo do seu comportamento. O sujeito era um velhaco. Tinha vinte e oito anos, cabelos loiros com franja, nariz comprido e achatado, traços orientais.

Mão de Anjo foi pego numa loja de departamentos roubando um DVD portátil. Já havia roubado inúmeras outras coisas, mais valiosas, e nunca tinha sido pego. Mas agora uma câmera o filmara com a boca na botija. Claro, o espertalhão tinha analisado todas as câmeras quando colocava o aparelho em sua larga bolsa, mas não percebeu que havia uma oculta. Foi preso.

Na delegacia, pediu para chamar um advogado. Antes de o delegado iniciar o inquérito policial, chamou seu advogado à parte e lhe disse que não tinha dinheiro para pagar a futura fiança. O advogado lhe afirmou: "Sem dinheiro, xadrez. Você ficará preso". O malandro, quando pressionado, não articulava direito as palavras, tinha uma leve gagueira. Argumentou: "Agüenta as pontas... que... que... vou sair dessa sem pa... pagar nada. Só me segue...". O advogado ficou sem entender o que ele aprontaria. Ambos entraram na sala do impaciente e autoritário delegado.

O delegado perguntou o nome do réu. Dimas, com ar de bobo, passou o dedo indicador direito próximo aos lábios com um assovio e em seguida deu três tapinhas na testa. O delegado bronqueou com ele e indagou-lhe novamente o nome. Ele repetiu o gesto.

— Você está brincando comigo, rapaz! Coloco-o em cana por desacato à autoridade.

Perguntou endereço e profissão, mas o Mão de Anjo, com a maior naturalidade do mundo, repetiu o mesmo ritual, passou o dedo próximos aos lábios assoviando e deu três tapas na testa. Queria passar a imagem de que era um psicótico, mentalmente incapaz, que não sabia onde estava, o que estava acontecendo, e não tinha noção do roubo que cometera. Foram dez perguntas insistentes sem respostas. O delegado xingou, bateu na mesa, ameaçou, mas nada. O sujeito era um artista, no pior sentido da palavra. O advogado curtia a astúcia do seu cliente.

— Não é possível! Esse sujeito é maluco! — gritou o delegado.

O advogado tomou a frente e disse-lhe:

— Doutor, eu não disse que meu cliente era mentalmente incapaz porque o senhor não acreditaria em mim. O senhor está vendo que ele não tem consciência dos seus atos.

Não querendo perder mais tempo, o delegado dispensou o salafrário. Lá fora o advogado cumprimentou o Mão de Anjo e elogiou sua malandrice.

— Você é terrível. Parabéns! Nunca vi um trapaceiro tão esperto. — E rapidamente cobrou seus honorários, pois tinha outros compromissos.

Mão de Anjo olhou bem na menina-dos-olhos do advogado e, com a maior naturalidade do mundo, passou as mãos na boca, assoviando, e bateu três vezes na testa. O advogado deu risada, mas disse que não tinha tempo para brincadeiras. Dimas repetiu o mesmo gesto. Nós estávamos do outro lado da calçada, observando a cena.

— Vamos acertar! — esbravejou o advogado.

Mão de Anjo repetiu mais uma vez o ritual. O advogado se irritou. Diante da irritação, Dimas reproduziu o mesmo comportamento. Nada dissuadia o malandro. O advogado o ameaçou de todas as formas. Ameaçou até de denunciá-lo novamente. Mas como podia fazê-lo? Ele afirmara ao delegado que seu cliente era um doente mental; se desmentisse isso poderia se complicar. Foi a primeira vez na história do direito que um espertalhão deu um tombo num delegado e num advogado de defesa em quinze minutos.

Após o advogado ir embora, bufando de raiva, Mão de Anjo disse para o alto:

— Mais um trouxa.

O mestre prestava atenção detalhadamente no vigarista. Eu não entendia direito seu interesse pelo velhaco. Mas pensei que talvez quisesse vender o sonho da honestidade para ele. Talvez quisesse lhe dar uma bronca, lhe passar um sermão. Talvez desejasse nos recomendar que não andássemos com um sujeito dessa estirpe, pois poderia estragar nosso projeto.

Ela atravessou a calçada e se aproximou do sujeito. Nós, apreensivos, o seguimos. Temíamos que o malandro estivesse armado. Dimas o notou e ficou intrigado com sua presença e com o olhar furtivo. Para nosso espanto, o mestre falou com uma voz segura:

— Você tem um sonho de ficar rico, e não se importa com os meios para atingi-lo.

Gostei do que ouvi, e achei ousada a introdução do mestre. Mas em seguida me abalou, e pirou até Bartolomeu, já sem vodca na cabeça. Ele disse para o Mão de Anjo:

— Os que furtam são péssimos administradores. Fogem da miséria, mas ela sempre os alcança.

O vigarista levou um susto. Não sabia aplicar o que furtava. Vivia na dureza. Detestava a miséria, suplicava que ela partisse, mas, como companheira fiel, ela insistia em ficar. Momentos depois, fez desabar o mundo do golpista:

— O pior esperto não é o que engana os outros, mas o que engana a si mesmo.

O vigarista deu dois passos para trás. Não era muito de pensar, mas o que ouviu tumultuou sua mente. Começou a se questionar: "Será que sou o pior esperto? Sou especialista em ludibriar os outros, mas será que tenho enganado a mim mesmo? Quem é esse sujeito que furta minha paz?".

Em seguida o mestre provocou um terremoto no solo em que estávamos.

— Venha e siga-me, que eu o farei descobrir um tesouro, chamado conhecimento, muito mais valioso do que o ouro e a prata.

As suas idéias eram incisivas, determinantes, sedutoras. O sujeito olhou de cima a baixo o homem que o perturbara, analisou suas vestes, viu seus bolsos vazios, deu uma fungada no nariz. Pensou no tal de tesouro do conhecimento e não entendeu nada. Truncando as palavras, indagou:

— O que... significa esse te... tesouro? Onde está essa... gra... grana? — replicou desconfiado.

Sem dar explicação, o mestre apenas comentou com segurança:

— Você saberá!

E saiu sem dar maiores explicações. O malandro nos seguiu. Seguiu-o inicialmente mais por curiosidade. Talvez pensasse que o mestre era um milionário excêntrico. O fato é que o vendedor de idéias era um pólo de atração fascinante, atraía em particular as peças raras da sociedade, ainda que elas inicialmente tivessem intenções escusas.

Bartolomeu, há muitos anos, quando tinha algum dinheiro, fizera tratamentos psicoterapêuticos, mas nenhum deles funcionara. Aliás, funcionara às avessas. Ele deixou malucos alguns dos seus terapeutas, pois tiveram que se tratar depois que começaram a atendê-lo. O sujeito era irremediável, mas esperto. Descobriu que o orgulho era minha especialidade. Quando fizemos a primeira caminhada em direção ao viaduto, após a dança no San Pablo, me apelidou de Superego, pois percebeu que eu era um poço de orgulho, tinha um ego doentiamente inflado. O ignorante usou errado o termo da teoria de Freud. Vendo o chamamento do trapaceiro, me chamou de lado e cochichou aos meus ouvidos:

— Superego, agüentar você é difícil, mas esse vigarista é impossível.

— Vê se se enxerga, seu... — comecei a retrucar, mas, antes que proferisse meu xingamento, ponderei que ele poderia estar certo. O novo membro da família poderia ser um perigo. Jamais imaginei estar associado a um criminoso, um embusteiro.

Tirei a forra dizendo baixinho para Bartolomeu:

— Suportar um alcoólatra pirado como você é complicado, mas esse malandro não dá. Estou fora!

Pensei em debandar pela segunda vez da experiência sociológica. Mas subitamente um filme passou novamente pela minha mente. Recordei que estava perdido e fui achado. Olhei para o calmo semblante do mestre e resolvi resistir um pouco mais. A curiosidade para ver no que ia dar essa experiência me animava. Certamente poderia ser tema de muitas teses.

O novo discípulo tinha voz mansa, mas era um perito em dar tombo nos outros e levar vantagem em tudo. Sabia ludibriar as pessoas, vender bilhetes de loteria falsamente premiados. Furtava cartão de crédito das mulheres, batia carteira de senhoras idosas depois de ajudá-las gentilmente a atravessar as ruas. O problema é que todo esperto tem excesso de autoconfiança. Achava que nunca cairia numa armadilha, até que encontrou alguém mais esperto do que ele. Não sabia que ao andar com o mestre entraria na maior emboscada da sua vida.

Sentamos numa praça para descansar. O mestre sugeriu que eu e Bartolomeu explicássemos o projeto para o Dimas. Tarefa difícil. O sujeito parecia que tinha baixa escolaridade. Mas era um bom momento para excluí-lo do grupo. Bartolomeu dava um tom superlativo a tudo que acontecera.

— Cara, o chefinho é um gênio. Acho que ele é de outro mundo. Ele hipnotiza as pessoas. Ele nos chamou para incendiar a humanidade com sonhos.

Bartolomeu, bêbado, tinha alucinações com monstros; sóbrio, tinha delírios de grandeza. Mas infelizmente Dimas gostava de ouvi-lo, falavam a mesma linguagem. Os desajustados sabem se comunicar. Caindo em mim, pensei: "Sou um desajustado solitário. Levei uma vida pior que esses miseráveis".

Sabia que toda explicação que estávamos dando a Dimas não o saciaria, pois estávamos tão confusos quanto ele. Mas para quem está no deserto, a alucinação do oásis é refrescante. Torci para que o salafrário desistisse, mas, infelizmente, ele não desanimou de seguir-nos. Assim, o bando de malucos se construía.

As pequenas e bravas andorinhas

Momentos depois, passamos por uma banca de revistas que estava na praça e vimos nossa foto estampada na primeira página de um grande jornal, com a seguinte manchete: "Um pequeno bando de malucos agita o centro da cidade". Meu mestre estava em primeiro plano; eu e Bartolomeu estávamos ao seu lado. Comprei o jornal com as poucas moedas que tinha no bolso.

Fiquei abalado, perplexo. Sabia que tinha dado um escândalo quando quisera morrer, mas esperava que ficasse soterrado, queria esquecer esse assunto, voltar à minha discrição de professor universitário. Agora estava na boca do povo. A reportagem descrevia minha tentativa de suicídio e meu estranho resgate por um estranho do qual ninguém sabia o nome.

Dimas e Bartolomeu viram um intelectual descontrolado e desconsolado ao ler o jornal. Estavam acostumados à difamação, eu não. Minha imagem social era meticulosamente preservada. "Serei ridicularizado publicamente pelos meus opositores na universidade, virarei pasto na roda dos escarnecedores", pensei comigo.

Fui um tolo; queria morrer sem chamar a atenção, mas fiz tudo errado. Tornei-me uma celebridade às avessas. Ferido, queria sair pegando todos os jornais e queimando. Queria protestar contra minha foto publicada sem autorização. Queria processar o jornalista por essa reportagem caluniosa. A matéria me diminuía, dizia que eu era um depressivo que procurava sensacionalismo. Também dizia que o psiquiatra que estava no topo do edifício classificara o homem que me resgatou como um psicótico perigoso, que poderia colocar em risco a sociedade. Eu não fora salvo por um herói. Vivera um filme de Hollywood ao contrário.

O mestre se sentou num banco ao lado, junto com seus outros seguidores. Respeitando minha dor, apenas me observava. Esperava que a temperatura da minha angústia diminuísse para intervir. Mas não diminuía. Minha mente fugia ao meu controle. Imaginei todos os meus colegas professores e alunos lendo a matéria. Eu era o chefe de um departamento de sociologia, e nunca abaixara a cabeça para nenhum professor ou aluno. Parecia imbatível, detestava mentes estúpidas, mas não olhava para minha estupidez. Sempre fora ótimo em cultivar inimigos e péssimo em fazer amigos.

"E agora, o que pensarão de mim? O que pensarão de um suicida salvo por um homem excêntrico? E, o que é pior, o que pensarão de um suicida que depois de resgatado dançou alegremente no meio da multidão desconhecida? Certamente dirão que fiquei maluco ao quadrado. Dirão que me pós-graduei em doidice."

Era tudo o que Mario Vargas, Antonio Freitas e outros desafetos sonhavam, surrupiar a minha imagem. Sem perceber, acabei por vender o sonho que eles mais desejavam, o sonho de pisotear minha imagem. Abatido, concluí que estava acabado para o mundo acadêmico, estava terminado para a universidade. Nunca mais teria o mesmo silêncio quando tecesse crítica social nem o respeito quando debatesse idéias ou corrigisse alguém. O mal-estar da civilização penetrara as entranhas do meu cérebro.

Comecei a ter raiva do jornalista que fizera a matéria. Num ataque de cólera, pensei: "Por que os jornalistas, na sua formação, não fazem um laboratório em que simulem a execração pública de seu nome? Talvez aprendessem a se colocar no lugar dos outros e investigassem muitos mais fatos antes de jogar no lixo o nome dos outros".

Para o jornalista, era mais uma matéria, para mim era minha história, era tudo o que tenho e sou, ainda que fosse uma história doente, complicada, saturada de sobressaltos. Poucos minutos mudam uma história. Como retornar às minhas atividades? Se retornar, nunca mais serei o mesmo para os outros. Só tenho à minha frente um homem que propôs um projeto revolucionário sem a mínima base de segurança intelectual, social, financeira. E, ainda por cima, chama para esse projeto pessoas que jamais passariam pelo filtro da minha inteligência, parceiros que eu jamais escolheria para fazer qualquer tarefa juntos.

Eu ficara muitos anos protegido na universidade; a primeira vez em que deixava a proteção dos meus notáveis títulos e me tornava um simples mortal, recebia bordoadas. Estava indignado. De repente, enquanto me atolava na lama da angústia, minha mente começou a se iluminar, e tive outro *insight*.

Olhei de relance para o mestre e descobri que a vírgula que ele me vendera estava funcionando, embora segui-lo fosse um preço muito alto. Percebi que todo o corpo de idéias pessimistas causadas pela matéria tinha por trás algo muito positivo. Os vivos sentem frustrações, os mortos, não sei. Eu estava vivo.

Quase me arrebentara saltando do topo do edifício. Devia estar festejando a vida, porém os conflitos alojados em meu inconsciente estavam combalidos, mas não mortos. Queria ser simples, viver suavemente, despreocupar-me com a paranóia da

imagem social, mas era um ser humano pesado, rígido, contro-
lado pela ansiedade.

Agora entendo por que o pai de um colega professor, um
senhor de setenta anos, arrogante, agressivo, discriminador, que
ficara seqüestrado por seis meses, não mudara de personalidade depois de seu longo seqüestro. Quando foi libertado, todos
pensavam que se tornaria um homem dócil, generoso, altruísta,
mas depois de resgatado ficou sendo mais intragável ainda.

Meu autoritarismo sempre ficara escondido debaixo do
manto da minha intelectualidade. Não foi extirpado nem depois
do vendaval que me levou à idéia do suicídio. Angustiado, senti
que essa história de vender sonhos não mudaria facilmente um
sujeito egocêntrico como eu. Não é a dor que nos muda, como há
milhares de anos pensamos, mas a utilização inteligente dessa
dor que fazemos ao longo da vida. Percebi que se não a utili-
zasse, continuaria sendo um ser humano doente: um gigante
na cultura e um menino na emoção.

Quando refletia sobre isso, senti a presença do mestre ao
meu lado. Ele parecia ter entrado no torvelinho das minhas
idéias. Sua face revelava preocupação. Parecia ler o invisível.
Procurando apaziguar as águas da minha emoção, disse-me:

— Não tema a difamação exterior. Tema seus próprios
pensamentos, pois somente eles podem penetrar em sua essência
e destruí-la.

Fiquei pensativo, e ele continuou:

— Alguém pode rasgar-lhe a pele sem que você permita,
mas jamais poderá invadir sua mente se você não permitir. Não
se permita ser invadido. Somos o que somos. — Em seguida
me desafiou mais do que poderia imaginar com estas palavras:
— O preço para vender sonhos é alto, mas você não é obrigado
a pagá-lo. Tem liberdade de partir.

Eu fora arrastado para uma encruzilhada. Tinha a oportunidade de virar as costas e ir para qualquer lugar do mundo. Eu, cair fora? Sempre fui teimoso, obstinado, lutei pelo que queria. Nesse momento, minha mente começou a ser invadida por um questionamento sobre o qual jamais havia refletido. Comecei a recordar o estudo sociológico que havia sobre as relações entre Jesus e seus discípulos, que muito influenciou a sociedade ocidental. Comecei a entender fenômenos psíquicos e sociais que nunca havia analisado.

Comecei a pensar no poder indecifrável das suas palavras e gestos do homem Jesus para convencer jovens judeus, na flor da idade, malucos por aventuras, com famílias nucleares organizadas e negócios estabelecidos, a abandonar tudo para segui-lo. Que loucura! Seguiram no escuro um homem sem poder político notório e sem identidade visível. Deixaram barcos, amigos, casas e o seguiram sem direção. Ele não lhes deu dinheiro, não lhes deu conforto, não lhes prometeu nem mesmo um reino terreno. Que experiência arriscada! Que conflitos! Que vexames! Que perturbações viveram!

Perderam tudo, por fim perderam o homem que os ensinou a amar crucificado numa trave de madeira. Morreu sem heroísmo, morreu em silêncio, encerrou seu fôlego amando, faleceu perdoando. Após sua morte, o grupo poderia ter se dissipado, mas uma força incompreensível os invadiu. Tornaram-se mais fortes depois do caos. Difundiram para o mundo a mensagem que tinham ouvido.

Deram as lágrimas, a saúde, seu tempo, enfim, tudo o que tinham para a humanidade. Amaram desconhecidos e se entregaram por eles. Sob a mensagem difundida por esses jovens toscos e sem cultura clássica, as sociedades européias e depois inúmeras outras nas Américas, na África e na Ásia foram construídas. As bases dos direitos humanos e dos valores sociais foram estabelecidas.

Séculos se passaram, e tudo se tornou comum. As igrejas se tornaram uma fonte excelente de conformismo. Na atualidade, centenas de milhões de pessoas comemoram confortavelmente em seus templos o Natal, a Paixão e outras datas, sem nunca terem imaginado o que é dormir ao relento, o que é receber a pecha de louco, qual o sabor de ter sua imagem social estilhaçada. Perderam a sensibilidade, não entenderam o estresse dramático que esses jovens viveram ao seguirem o enigmático Mestre dos Mestres.

Vieram-me à mente as desconfortáveis camas de palha nas quais dormiam ao relento. Fiquei refletindo na angústia que sofreram ao tentar explicar o inexplicável para seus pais e amigos da Galiléia. Não poderiam falar que tinham aprendido a amar um homem, pois seriam apedrejados. Não poderiam dizer que estavam envolvidos num grande projeto, porque esse projeto não era palpável. Não podiam comentar que seguiam um homem poderoso, o Messias, pois ele amava o anonimato. Que coragem para chamar e que coragem para seguir o chamado!

Após essa reflexão, Bartolomeu me fez voltar como um raio para nossa realidade. Provocou-me. Não sei se me elogiou ou me ofendeu.

— Superego, se você for um banana e cair fora, vamos respeitá-lo. Mas você é importante no time.

Respirei profundamente. Pensei no homem que evitara meu suicídio e me levara a dormir debaixo do viaduto. Ele não é Cristo, não tem vocação messiânica. Não faz milagres. Não promete o reino dos céus, nem promete um reino terreno e sequer nos dá segurança social. Não tem onde morar, é pobre, não tem carro, não possui plano de saúde. Mas nos magnetiza. Vive a arte da solidariedade, sonha em abrir a mente das pessoas, em combater o vírus do sistema, em confrontar o egocentrismo.

Não seria menos perigoso deixar a sociedade continuar sendo uma fábrica de loucura? Não seria melhor deixar as pessoas se lambuzarem com o individualismo, não seria mais confortável deixá-las serem mentes obtusas que não pensam nos mistérios da existência, mas nos superficiais mistérios dos produtos dos *shoppings*, dos computadores, da moda? Somos pequenos demais para fazer alguma coisa contra o poderoso sistema. Poderemos ser presos, feridos e mais caluniados ainda.

Enquanto o circo pegava fogo na minha mente, o mestre ainda estava no picadeiro realizando belíssimas *performances*. A paciência era sua virtude número um. Vendo-me aflito, chamou Boquinha de Mel e Mão de Anjo, e depois de um longo minuto de silêncio contou-nos uma parábola simples, quase ingênua, mas que tocou as entranhas dos meus medos:

— Certa vez houve uma inundação numa imensa floresta. O choro das nuvens que deveriam promover a vida dessa vez anunciou a morte. Os grandes animais bateram em retirada fugindo do afogamento, deixando até os filhos para trás. Devastavam tudo o que estava à frente. Os animais menores seguiam seus rastros. De repente uma pequena andorinha, toda ensopada, apareceu na contramão procurando a quem salvar.

"As hienas viram a atitude da andorinha e ficaram admiradíssimas. Disseram: 'Você é louca! O que poderá fazer com um corpo tão frágil?'. Os abutres bradaram: 'Utópica! Veja se enxerga a sua pequenez!'. Por onde a frágil andorinha passava, era ridicularizada. Mas, atenta, procurava alguém que pudesse resgatar. Suas asas batiam fatigadas, quando viu um filhote de beija-flor debatendo-se na água, quase se entregando. Apesar de nunca ter aprendido a mergulhar, ela se atirou na água e com muito esforço pegou o diminuto pássaro pela asa esquerda. E bateu em retirada, carregando o filhote no bico.

"Ao retornar, encontrou outras hienas, que não tardaram a declarar: 'Maluca! Está querendo ser heroína!'. Mas não parou; muito fatigada, só descansou após deixar o pequeno beija-flor em local seguro. Horas depois, encontrou as hienas embaixo de uma sombra. Fitando-as nos olhos, deu a sua resposta: 'Só me sinto digna das minhas asas se eu as utilizar para fazer os outros voarem'."

No momento seguinte, após uma inspiração profunda e penetrante, o vendedor de sonhos disse a mim e a meus amigos:

— Há muitas hienas e abutres na sociedade. Não esperem muito dos grandes animais. Esperem deles, sim, incompreensões, rejeições, calúnias e necessidade doentia de poder. Não os chamo para serem grandes heróis, para terem seus feitos descritos nos anais da história, mas para serem pequenas andorinhas que sobrevoam anonimamente a sociedade amando desconhecidos e fazendo por eles o que está ao seu alcance. Sejam dignos das suas asas. É na insignificância que se conquistam os grandes significados, é na pequenez que se realizam os grandes atos.

Essa história, ao mesmo tempo em que animou minha emoção, feriu meu intelecto. Pensei comigo: "Tenho de admitir que agi como hiena e abutre em muitos momentos da minha vida; agora preciso aprender a agir como uma insignificante e brava andorinha".

Os espaços mais sóbrios do manicômio social

Os "normais" levantavam sempre do mesmo jeito. Reclamavam da mesma maneira. Irritavam-se do mesmo modo. Xingavam com as mesmas palavras. Cumprimentavam os íntimos da mesma forma. Davam as mesmas respostas para os mesmos problemas. Expressavam o mesmo humor em casa e no trabalho. Tinham as mesmas reações diante das mesmas circunstâncias. Davam presentes nas mesmas datas. Enfim, tinham uma rotina estafante e previsível, que se tornava uma fonte excelente para a ansiedade, a angústia, o vazio, o enfado.

O sistema havia enfartado a imaginação das pessoas, corroera a sua criatividade. Elas raramente surpreendiam. Raramente davam presentes em dias inesperados. Raramente reagiam de modo distinto em situações tensas. Raramente libertavam o intelecto para enxergar os fenômenos sociais por outros ângulos. Eram prisioneiras e não sabiam.

Os pais "normais", quando iam corrigir ou aconselhar os filhos, eram interrompidos no meio do caminho. Os filhos não agüentavam mais os mesmos argumentos. Diziam: "Eu já sei...". E já sabiam mesmo. Os "normais" não sabiam encantar.

Não sabiam contar suas próprias experiências para estimular as idéias dos outros.

Sempre fui previsível ao me relacionar com meus alunos, e só descobri isso quando comecei a andar com meu mestre. Dava aula no mesmo tom de voz. Fazia críticas e dava broncas da mesma maneira. Variava os verbos e substantivos, mas não a forma e o conteúdo. Os alunos estavam com o saco cheio de um professor que parecia mais uma múmia do Egito do que um ser humano versátil. Não agüentavam mais ouvir que seriam derrotados na vida se não estudassem.

O vendedor de idéias vendia continuamente o sonho do encantamento. Como pode alguém que não tem nada exteriormente cativar tanto? Como pode um homem sem teoria pedagógica bombear nossa imaginação? Andar com ele era um convite à inovação. Navegávamos sem destino traçado. Ele via por ângulos distintos situações ordinárias. Não sabíamos qual seria a resposta. Mas, no fundo, ele sabia muito bem o que queria e aonde queria chegar. Estava nos treinando a encontrar uma liberdade inimaginável. Cada dia era um canteiro de surpresas, umas agradabilíssimas, outras causticantes.

Na manhã seguinte, depois de um período de mitigação silenciosa das suas preocupações, o mestre se levantou, aspirou algumas vezes longamente o ar poluído do viaduto e agradeceu a Deus de um modo inusitado.

— Deus, você caminha nas reentrâncias do tempo, está infinitamente distante e infinitamente próximo, mas sei que seus olhos me espreitam. Permita-me captar seus sentimentos. Obrigado por mais um *show* nessa surpreendente existência.

Boca de Mel, que era vidrado em *shows country*, disse:

— Que *show* nós iremos ver, chefinho? — E expressou um entusiasmo matutino que raramente vivenciava.

O vendedor de sonhos reagiu, deslumbrado:

— *Show*? Cada dia é um *show*, cada dia um espetáculo. Só não o descobre quem está mortalmente ferido pelo tédio. O drama e a comédia estão em nosso cérebro. Basta despertá-los.

Bartolomeu precisava estar alcoolizado para libertar-se da sua angústia, para esvaziar-se do seu tédio. Agora tanto ele como eu e Dimas estávamos descobrindo um outro mundo, um outro palco. O mestre saiu, e começamos a seguir seus passos. Subimos uma ladeira. Andamos três quadras, viramos à direita, depois quatro quadras à esquerda. Entreolhávamos-nos, indagando uns aos outros, querendo descobrir para onde ele estaria indo.

Depois de quarenta minutos de caminhada, Dimas, que ainda não havia ficado atônito o suficiente com as palavras do mestre, perguntou:

— Para onde vamos?

O mestre interrompeu os passos, fitou seus olhos e lhe disse:

— Os que vendem sonhos são como o vento: você ouve a sua voz, mas não sabe de onde ele vem e nem para onde vai. O importante não é o mapa, mas a caminhada.

Dimas não entendeu quase nada, mas ficou pensativo, e começou a exercitar a mente enferrujada. E continuamos a caminhar. Quinze minutos depois, o mestre parou diante de uma aglomeração e foi em sua direção. Reduzimos os passos, e ele avançou uns seis metros à nossa frente. Dimas olhou para mim e disse, apreensivo:

— Esse lugar é uma fria. Não dá.

Reagindo, confirmei:

— Concordo. Acho que o mestre não sabe onde está entrando.

Era um velório. O único lugar onde desconhecidos não têm clima nem desejo de entrar. Mas o irreverente Boquinha de Mel, procurando manter a pose, me provocou, dizendo:

— Superego, desce do céu. Vamos pro velório.

Tive vontade de lhe dar um sopapo. Não sei se ele o bajulava ou se o seguia de coração. Mas como estávamos próximos do velório, um lugar de respeito, contive a ira. O ambiente estava saturado de dor. Havia uma multidão velando um homem morto por um câncer de rapidíssima evolução e que deixara um único filho de doze anos.

O espaço onde se velavam os mortos era pomposo, construído com vários arcos arredondados revestidos de mármore em arabescos e iluminado por lustres com dúzias de lâmpadas. Era um lugar fisicamente belo para conter tanta tristeza. O medo de um escândalo num lugar que primava pelo silêncio desacelerou ainda mais nossos passos. Distanciamo-nos do mestre. Estávamos a doze metros dele. Olhando para trás, ele percebeu nossa ansiedade, e aproximando-se dos seus tímidos discípulos indagou:

— Qual é o espaço mais sóbrio do grande manicômio social? Serão os fóruns? Ou as redações dos jornais? Ou a tribuna dos políticos? As universidades?

Tentei tapar a bocarra do Boca de Mel, mas não deu tempo. Ele disse:

— Os botecos, chefinho. — Mas corrigiu em seguida: — Brincadeira.

Como não sabíamos a resposta, o homem que seguíamos afirmou:

— São os velórios. São eles os espaços mais lúcidos da sociedade. Neles nos desarmamos, nos despimos das vaidades, retiramos a maquiagem. Nesse espaço, somos o que somos. Se assim não for, seremos mais doentes do que imaginamos. Para uma minoria, composta dos íntimos, o velório é uma fonte de desespero. Para uma maioria, composta dos mais distantes, uma fonte de reflexão. Para ambos, a verdade é crua: tombamos no silêncio de um túmulo não como doutores, intelectuais, líderes políticos, celebridades, mas como frágeis mortais.

Essas palavras me fizeram ver que era nos velórios que deixávamos de ser deuses e entrávamos em contato com nossa humanidade, deparávamos com nossas loucuras e enxergávamos nosso anti-heroísmo. Nos velórios, nós, os normais, fazíamos intuitivamente uma socioterapia.

Uns diziam: "Coitado! Morreu tão novo!". Esses se projetavam no falecido e começavam a ter um pouco de compaixão de si mesmos, e sentiam que deviam viver a vida com mais suavidade. Outros falavam: "A vida é uma fonte de riscos. Basta estar vivo para morrer". Esses viam a urgência de relaxar, diminuir o ritmo. Outros ainda comentavam: "Lutou tanto e, quando ia desfrutar das suas conquistas, morreu!". Esses descobriam que a vida passa como a sombra, que em vão se inquietavam e conquistavam fortunas, mas outros, que nem sempre as mereciam, é que se deleitavam nelas. Precisavam mudar seu insano estilo de vida.

Os participantes dos velórios tentavam desesperadamente comprar sonhos, mas o rolo compressor do sistema os furtava em poucas horas ou dias. Tudo voltava ao "normal". Não entendiam que os sonhos só poderiam ter durabilidade e penetrabilidade se fossem tecidos como linho fino nos lugares secretos do intelecto. Eu, em particular, sempre me fixara na argila do continuísmo. A miséria dos outros era um filme, uma ficção que insistia em criar raízes em minha psique, mas esta não passava de um solo impermeável.

Após falar sobre o espaço sóbrio dos velórios, ele acrescentou:

— Não esperem contemplar flores onde as sementes não morreram. Não se inquietem, vamos. — E sorriu.

Para ele, essas palavras foram satisfatórias; para nós, diminuíram apenas dez graus na fervura da ansiedade em que nos encontrávamos. A morte é perturbadora, mas a vida também o é. A primeira extingue o fôlego humano, a segunda pode asfixiá-lo. O que ele poderia falar num ambiente em que mortos e vivos silenciam a voz? O que poderia discorrer num terreno em que todos os discursos èsfacelam seu impacto? O que poderia dizer num momento em que as pessoas não estão inclinadas a ouvir, apenas a beber o cálice da angústia diante da perda? Que palavras as aliviariam? Ainda mais vindas de um estranho.

Sabíamos que o mestre não se comportaria como mais um número no meio da multidão. Esse era o problema. Sabíamos que não se calaria. E esse era um problema maior ainda.

Uma solene homenagem

Eu passei esse drama quando perdi minha mãe. Os pêsames não me aliviavam, nem, muito menos, os conselhos pré-fabricados. Todas as palavras de conforto apenas faziam ranhura nas barras de aço que me encarceravam. Teria preferido o silêncio dos abraços ou apenas algumas lágrimas que chorassem comigo.

O mestre foi pedindo espaço para a multidão. Nós seguíamos seus passos. À medida que nos aproximávamos do caixão, as pessoas pareciam sofrer mais. Até que vimos um homem jovem, de cerca de quarenta anos, cabelos pretos mas ralos, face emagrecida e sofrida, inerte no caixão.

A esposa estava inconsolável. Os parentes e amigos próximos estavam todos enxugando as próprias lágrimas. O filho estava desesperado. Eu me vi nele, senti mais do que meus companheiros a sua dor. Ele mal começara a vida, e começara perdendo muito. Eu mal entendia a vida e meu pai encerrava a dele, e minha mãe, posteriormente, fechara os olhos. Jantava com a solidão e dormia em meu mundo fechado, repleto de dúvidas que nunca foram respondidas. Deus não se importava comigo, pensava. Tive mágoas dele na adolescência. Por fim, na vida adulta, ele se tornou uma miragem, e tornei-me ateu. Devia estar brincando, mas me tornara um especialista em idéias pessimistas. Percebendo o vácuo na história desse jovem, não pude conter as lágrimas.

O mestre, ao ver o desespero do garoto, deu-lhe um abraço e perguntou o nome dele e de seu pai. Então, para nosso espanto, olhou para os presentes e, com sua voz grave, proferiu algumas palavras que lhes tirou o chão. Palavras que poderiam precipitar um tumulto.

— Por que vocês estão desesperados? O senhor Marco Aurélio não está morto.

Imediatamente eu, Bartolomeu e Dimas procuramos ficar um pouco mais distantes. Era recomendável não sermos reconhecidos como seus discípulos. As pessoas tiveram reações distintas diante da sua atitude ousada. Umas saíram das lágrimas para o deboche, se bem que contido. Deram risadas disfarçadas do maluco. Outras estavam imersas num clima de curiosidade. Pensavam tratar-se de um excêntrico líder espiritual, convidado para celebrar o funeral. Outros tiveram vontade de expulsá-lo da cena com elevada dose de raiva pela invasão de privacidade, pelo desrespeito aos sentimentos alheios. Dentre esses, alguns o pegaram pelos braços para tentar sufocar rapidamente o escândalo.

Mas o mestre não se perturbou. Começou a indagar com voz alta e firme:

— Não lhes peço que silenciem sua dor, mas que silenciem o desespero. Não espero que estanquem suas lágrimas, mas estanquem os altos níveis de angústia. A saudade nunca é resolvida, mas o desespero deve ser aquietado, pois não honra quem partiu.

As pessoas soltaram seus braços e começaram a perceber que o homem de vestes estranhas e barba proeminente podia ser excêntrico, mas era inteligente. O filho do morto, Antônio, e a esposa, Sofia, fixaram-se nele.

Em seguida, com ar de serenidade difícil de definir, adicionou:

— Marco Aurélio viveu momentos incríveis, chorou, amou, se encantou, perdeu, conquistou. Vocês estão aqui tristes com sua ausência, mergulhados num sentimento de vácuo existencial, porque o estão deixando morrer no único lugar em que ele tem de continuar vivo. Dentro de vocês.

Vendo as pessoas mais interiorizadas, usou novamente seu penetrante método socrático:

— Que cicatrizes Marco Aurélio deixou em suas emoções? Onde ele influenciou seus caminhos? Que reações marcaram sua maneira de ver a vida? Que palavras e gestos perfumaram seu intelecto? Onde este homem silencioso ainda grita nos recônditos de suas histórias?

Após proferir essas perguntas seqüencialmente, o vendedor de idéias deu um choque de lucidez em todos os que ouviam sua voz, inclusive em nós, que o seguíamos. Mais uma vez ficamos envergonhados pela nossa falta de sabedoria e sensibilidade. Ele refez a pergunta inicial que abalara os ouvintes:

— Este homem está vivo ou morto dentro de vocês?

As pessoas disseram que estava vivo. Imediatamente ele fez um comentário que tirou as pessoas do desespero e abrandou os ânimos:

— Pouco antes de Jesus ser morto, uma mulher, de nome Maria, amando-o, derramou sobre ele o mais caro dos perfumes. Era tudo o que ela tinha. Ao ungi-lo com seu perfume, ela queria elogiá-lo por tudo o que ele fez e viveu, e ele ficou tão emocionado que a elogiou por seu gesto magnânimo, enquanto os discípulos a repreendiam porque desperdiçara um perfume valiosíssimo, que poderia ter outras finalidades. Censurando os discípulos, ele lhes disse que os estava preparando para sua morte, e que onde a sua mensagem fosse propagada o gesto dela seria contado como um memorial eterno.

As pessoas estavam concentradas nas suas palavras. Os que não ouviam direito tentavam se espremer junto aos que estavam mais próximos. A seguir, ele arrematou:

— O Mestre dos Mestres quis demonstrar que o velório pode ser um ambiente de lágrimas, mas deve ser acima de tudo um ambiente saturado de elogios e recordações solenes. O luto deve ser um ambiente perfumado, uma homenagem para quem partiu. Um ambiente para contar seus gestos, declarar suas reações, comentar suas palavras. A maioria dos seres humanos tem algo para ser declarado. Por favor, contem-me os feitos desse homem! Declarem o significado dele na vida de vocês. Seu silêncio deve alçar vôo de nossa voz.

Num primeiro momento, as pessoas olharam umas para as outras, sem reação. Num segundo momento, foi incrível o que sucedeu. Muitos começaram a contar passagens únicas que tinham vivido com ele. Falaram do legado que ele deixara. Alguns comentaram sobre sua gentileza. Outros declararam sua afetividade. Outros discorreram sobre sua bondade e companheirismo. Outros apontaram sua lealdade. Outros elogiaram sua capacidade de lidar com fracassos. Outros, mais relaxados, falaram sobre seus maneirismos. Houve quem dissesse que era apaixonado pela natureza. Um amigo disse:

— Jamais vi alguém tão teimoso e obstinado. — As pessoas sorriram num ambiente em que ninguém sorri, inclusive Antônio e a esposa, pois sabiam que ele era realmente um grande teimoso. E o amigo acrescentou: — Mas ele me ensinou que nunca devemos desistir daquilo que amamos.

Foram incríveis vinte minutos de homenagens. As pessoas não sabiam descrever a fascinante experiência emocional que haviam tido. Marco Aurélio estava vivo, pelo menos dentro das pessoas que o velavam. Nesse momento, o mestre olhou para nós, seus discípulos, e brincou, ou nos disse uma verdade, não sei. Comentou:

— Quando eu morrer, não se desesperem. Homenageiem-me. Falem dos meus sonhos, falem das minhas loucuras.

Algumas pessoas deram risada do estranho e divertido homem que as arrebatara do vale do desespero e as introduzira no topo da serenidade. Por incrível que pareça, até o jovem Antônio sorriu. Em seguida, nesse ambiente perfumado pela homenagem póstuma, o mestre vendeu mais esse sonho para o jovem que perdera o pai. Foi um fenômeno sociológico que eu jamais imaginei estar vivo para ver.

— Antônio, veja como seu pai foi um ser humano brilhante, apesar dos defeitos dele. Não refreie as lágrimas; chore tantas vezes quantas desejar, mas não lamente desesperadamente sua perda. Ao contrário, honre-o vivendo com maturidade. Honre-o enfrentando seus temores. Elogie-o sendo generoso, criativo, afetivo, sincero. Viva com sabedoria. Creio que, se seu pai pudesse usar minha voz neste momento para lhe falar algo, ele daria gritos para encorajá-lo a viver: "Filho, vá em frente! Não tenha medo do caminho, tenha medo de não caminhar!"

Antônio ficou profundamente aliviado. Era tudo o que ele precisava ouvir. Ainda choraria muito, a saudade lhe bateria no peito sem dó, mas saberia colocar vírgulas na sua história ao encontrar a solidão, ao se deparar com a angústia. Sua vida ganharia outros contornos.

O vendedor de sonhos preparava-se para sair, mas antes deixou a platéia perplexa com seus questionamentos finais, os mesmos questionamentos que me haviam abalado no topo do Edifício San Pablo:

— Somos átomos vivos que se desintegram para nunca mais voltarem a ser o que eram? O que é a existência ou inexistência? Que mortal o sabe? Quem dissecou as entranhas da morte para expor sua essência? A morte é o fim ou o começo?

Extasiadas, as pessoas se encostavam em mim e perguntavam: "Quem é o cara? De onde procede o sujeito?". O que eu poderia responder? Também não sabia. Aproximaram-se do Bartolomeu e infelizmente fizeram a mesma indagação. Boquinha de Mel gostava de tecer teses sobre o que não conhecia. Estufando o peito, respondeu:

— Quem é meu chefinho? Ele é de outro mundo. E, se precisar de alguma coisa, sou assessor dele para assuntos internacionais.

Dimas, o mais novo da turma, que estava atordoado com tudo que ouvira, respondeu com honestidade:

— Não sei quem ele é. Só sei que se veste como um miserável, mas parece ser muito rico, ter muita grana.

Sofia, mãe de Antônio, profundamente agradecida, assim como eu, explodia de curiosidade. Ao vê-lo virar as costas para partir sem mais nada dizer, perguntou:

— Quem é o senhor? De que religião procede? Que corrente de pensamento o alimenta?

Ele olhou para ela e calmamente respondeu:

— Eu não sou religioso, não sou teólogo, não sou filósofo. Sou um caminhante que procura entender quem é. Sou um caminhante que outrora colocou Deus debaixo da planta dos pés, mas depois de atravessar um grande deserto descobriu que Ele é o artesão da existência.

Ao ouvi-lo, mais uma vez fiquei reflexivo. Não sabia que o mestre fora ateu como eu. Mas algo fizera mudar sua mente. Sua relação com Deus me perturbava; não era religiosa, formalista, coitadista, mas carregada de uma amizade incompreensível. Quem é ele, então? Que deserto atravessara? Teria ele chorado mais do que todas as pessoas desse velório? Onde vivera, onde nascera? Antes que borbulhassem mais perguntas no cerne da minha mente, ele foi saindo. Sofia estendeu-lhe as duas mãos e declarou seu agradecimento sem dizer palavras. Antônio não se conteve. Deu-lhe um abraço prolongado que comoveu a todos. E perguntou:

— Onde posso encontrá-lo novamente? Onde você mora?

Ele respondeu:

— Minha casa é o mundo. Você poderá me encontrar em alguma avenida da existência.

E saiu, deixando todos boquiabertos. Eu e meus dois amigos estávamos sem fala com suas reações. Ele nos cativou muitíssimo e aquietou, pelo menos momentaneamente, nossas inseguranças. Começávamos a acreditar que valia a pena segui-lo, sem saber das tempestades que ainda nos sobreviriam.

Passamos lentamente pela multidão. As pessoas queriam conhecê-lo, falar com ele, abrir alguns capítulos da vida delas, mas ele passava por elas como um passante comum. Não amava o assédio. Nós começávamos a nos sentir importantes. Dimas e Bartolomeu, que sempre haviam vivido à margem da sociedade, começaram a inflar o próprio ego, atingidos por um vírus que eu conhecia muito bem.

Um milagreiro que amava seu ego

O dia pareceria perfeito se não fosse mais uma surpresa que nos abarcaria. O velório central era grande. Havia várias salas enormes, separadas uma das outras para que as pessoas pudessem velar com privacidade vários mortos ao mesmo tempo. Quando saímos da sala do velório do senhor Marco Aurélio, passamos por outro velório, o de uma senhora de setenta e cinco anos.

O mestre, em vez de continuar se retirando, se fixou em uma pessoa desconhecida que acabara de passar por ele. Era um jovem de uns trinta anos, cabelo enrolado, curto, paletó azul-marinho, calça da mesma cor, camisa branca. O sujeito era bem-apessoado, impostado, imponente. O vendedor de idéias seguiu sutilmente seus passos.

O jovem aproximou-se do caixão da senhora com segurança. Era um pregador. Parecia bem sóbrio, pelo menos aos meus olhos, embora não o parecesse aos olhos do vendedor de sonhos. O jovem se posicionou aos pés da falecida e fez um gesto de reverência. E pouco a pouco revelou sua face. Ficamos impressionados com suas reais intenções.

Seu nome era Edson, e seu apelido era "o Milagreiro". O apelido de Edson se justificava porque ele tinha uma atração fatal por "fazer" milagres. Queria ajudar os outros, mas sempre existia uma intenção subjacente: amava se autopromover. Edson não era o líder espiritual oficial encarregado de proferir palavras de consolo no funeral. Estava lá por interesse próprio.

Por incrível que pareça, o Milagreiro desejava ressuscitar a velhota. Queria dar um deslumbrante espetáculo capaz de fazer as pessoas se dobrarem aos seus pés; ambicionava despertar a senhora da morte para ser reconhecido como portador de um dom sobrenatural. Assim como o imperador Calígula queria ser reconhecido como deus e usou seu poder para isso, Edson usava textos bíblicos e o poder que acreditava ter para ser reconhecido como um semideus, embora nunca admitisse isso.

Como sociólogo, eu já havia estudado que nenhum poder é tão penetrante como o poder religioso. Ditadores, políticos, intelectuais, psiquiatras e psicólogos não conseguem penetrar nos espaços psíquicos dos outros como determinados líderes espirituais. Por representarem a divindade, esses homens podem conquistar no inconsciente coletivo da sua comunidade um *status* jamais atingido por Napoleão, Hitler, Kennedy, Freud, Karl Marx, Max Weber, Einstein.

Ao longo da caminhada, o mestre nos alertava que os líderes espirituais que representavam um Deus altruísta, solidário, generoso, contribuíam para o bem da humanidade, mas os que representavam um deus centralizador, controlador, castrador, enfim, um deus criado à imagem e semelhança deles, causavam desastres, destruíam a liberdade e controlavam as pessoas. O mestre sempre nos alertava dizendo que, devido à fertilidade do nosso imaginário, é muito fácil construir um deus em nosso psiquismo, um deus manipulador. Parece que queria nos vacinar, nos humanizar.

O sujeito que encontramos no velório tinha uma mistura de intenções. Em determinados momentos, queria contribuir para o bem das pessoas, era sincero e afetivo. Em outros, tinha rompantes de soberba. Desejava ser entronizado em glória imarcescível, como um deus.

Nosso Milagreiro de plantão era ambicioso, mas não era tolo. Queria dar um espetáculo, mas não um escândalo. Queria ressuscitar a velhota, mas se preservava para não dar vexame. Muitos pensamentos turvavam sua mente: "Vai que a velha não ressuscita? Vai que lhe peço para se levantar e ela continua esticada. Minha reputação vai para o ralo".

O mestre o focalizava como se fosse um leopardo espreitando as cenas da paisagem. Sabíamos que ele tinha prazer em lidar com pessoas complicadíssimas, mas não entendíamos suas reais intenções nesse cenário. Pouco a pouco, vislumbramos o *show* que o Milagreiro esperto queria dar.

Após um momento de reverência, o Milagreiro chegou para a defunta e disse-lhe num tom quase inaudível:

— Ressuscita! — O motivo de falar baixinho era para se garantir da possível falha da sua fé.

A velhota não deu sinal de vida. Insistente, ele disse em voz baixa novamente:

— Ressuscita! — Se a senhora manifestasse algum movimento, Edson elevaria o tom de voz, declarando que era o autor do feito extraordinário. Seria seu dia de glória. Inúmeras pessoas famintas de atos sobre-humanos o seguiriam.

Mas nada. A falecida permanecia inerte. Eu, Bartolomeu e Dimas, que não éramos flores que se cheirassem, ficamos indignados com a artimanha do Milagreiro. Que sujeito petulante!, pensamos.

E o sujeito não desistia. Estufou os pulmões e, com uma voz mais impostada, mas falando entre dentes para ninguém entender muito bem o que dizia, declarou:

— Ressuscita, mulher, eu te ordeno!

Nesse meio tempo, o improvável aconteceu. A mulher se mexeu, mas por outros motivos. Apareceu um senhor curtido no álcool, como Bartolomeu no dia em que o encontrei. O Milagreiro, concentrado em seu ego e nos movimentos da senhora, não percebeu a aproximação desse sobrinho.

Trançando as pernas, o velho chegou até a cabeceira do caixão, do lado oposto do Milagreiro. Não conseguindo controlar seus movimentos, deu um esbarrão no caixão. Abalou-o e fez tremular vigorosamente o corpo da senhora, fazendo com que suas mãos, sobrepostas suavemente uma na outra, saíssem dessa posição.

A emoção do Milagreiro foi para as nuvens. Sentiu que era seu grande dia. Excitadíssimo, dominado por um êxtase incontrolável, pensou que finalmente seus poderes sobrenaturais tinham funcionado. Para que todos soubessem que ele era o autor da façanha, imediatamente alçou a voz e, altissonante, proferiu estas palavras para toda a platéia:

— Ressuscita, mulher! Eu te ordeno!

Dessa vez, todos ouviram, e ficaram assustados com seus brados. Da senhora, ele esperava que ficasse sentada no caixão, e da multidão, esperava reverência pelo seu tremendo poder. Mas a velhota não deu mais sinais de vida.

Abalado, achou que faltava um pouco mais de fé para fazer o caixão tremer. Dessa vez, deu a ordem ao corpo, mas olhando subliminarmente a multidão:

— Levanta, mulher! — suplicou ao corpo, que não respondia ao seu notório apelo.

À medida que a mulher permanecia inerte, suas pernas foram bambeando, e ele começou a suar frio, a ficar com a boca seca e a ter taquicardia. Atordoado, viu o bêbado tentando se equilibrar apoiando-se no caixão. Percebeu que cometera a maior gafe da sua vida. Sentiu-se uma frágil presa diante de predadores. Mas o sujeito era espertíssimo. Num malabarismo surpreendente, fez mais do que um milagre. Levantou novamente a voz e disse com firmeza:

— Mulher! Se não queres levantar para viver neste mundo mau, descansa em paz!

Muitos normais disseram em coro:

— Amém!

Após suas últimas palavras, o Milagreiro pegou um lenço e começou a "chorar" e a dizer:

— Coitada! Era uma mulher tão boa!

Um discípulo pra lá de complicado

Tudo indicava que esse era apenas um dos eventos em que o Milagreiro usava sua "espiritualidade" para se aproveitar da ingenuidade das pessoas. Os normais têm uma forte tendência de ouvir líderes sem questioná-los. Cá com meus botões, ao observar as reações do Milagreiro, olhei para Dimas e pensei: "Nem o Mão de Anjo seria tão safado". Por sua vez, o Mão de Anjo, conhecendo um pouco minha natureza por meio do Bartolomeu, pensou: "Nem este arrogante intelectual manipularia tanto os outros". Bartolomeu, mais honesto que nós dois, verbalizou:

— Só com duas garrafas de vodca na cabeça cheguei a ter tantas alucinações como esse cara.

Logo que eu e meus amigos fizemos essa crítica ao Milagreiro, trememos nas pernas. Olhamos uns para os outros e tivemos o mesmo pensamento: "Por que nosso mestre está observando esse sujeito? Será que tem interesse em chamá-lo para o time?". Esse pensamento nos incomodou tanto que nos fez dizer simultaneamente estas palavras:

— Eu deserto!

Ficamos aflitos por um momento. Observamos os passos do mestre. Torcíamos para ele lhe dar as costas, mas ele foi se aproximando do homem que cativara sua retina. Nosso coração palpitava. O Milagreiro encontrou o olhar do mestre e, para o bem geral do grupo, não falou nada, apenas meneou a cabeça, desaprovando-o.

O vendedor de sonhos admitia erros e mais erros, mas nunca admitia o erro de controlar as pessoas. Para ele, a consciência de uma pessoa era inviolável. A liberdade de escolha não deveria sofrer um arranhão. Sua maior crítica contra o sistema social era que ele vendia sorrateiramente uma liberdade inexistente, uma liberdade que estava nas páginas da democracia, mas não nas páginas da história dos seres humanos. Havia muitos escravos algemados pelos seus pensamentos perturbadores e suas preocupações.

Após desaprová-lo silenciosamente, sem expô-lo publicamente, o mestre lhe fez duas afirmações e lhe apresentou duas conclusões chocantes:

— Milagres não convencem. Se convencessem, Judas não trairia Jesus. Milagres podem mudar o corpo, mas não mudam a psique. Se mudassem, Jesus impediria Pedro de negá-lo.

Edson ficou mudo. Não sabia o que responder, pois nunca tinha pensado nisso. Então veio uma conclusão bombástica que me abalou como professor. O mestre lhe disse:

— O homem que você diz seguir jamais usou seu poder para controlar as pessoas. O homem de Nazaré jamais usou seu poder para seduzir platéias e conquistar seguidores. Por isso, contrariando o *marketing* político, dizia aos que ajudava: não conte para ninguém! Se não o seguissem pela loucura espontânea de um amor insondável, não queria seguidores. Pois não queria servos, mas amigos.

Essas palavras me induziram a um passeio reflexivo pela história. Lembrei-me de que os europeus, nos séculos passados, cometeram atrocidades em nome de Cristo: mataram, tortura-ram, guerrearam, dominaram, feriram, excluíram. Jogaram no lixo a doçura do homem que não controlava ninguém, que não admitia servos. Foram séculos de lutas infernais, milhões de mortes, em nome de alguém que inventaram. Foram séculos de rancor e inimizades contra mulçumanos, uma animosidade cujas raízes até hoje teima em se perpetuar. Ao andar com o mestre, eu começara a desconfiar que não era um ateu convicto como imaginava. No fundo, eu tinha asco da religiosidade atroz.

O Milagreiro ficou impassível; jamais alguém o corrigira sem criticá-lo. Após esse breve diálogo, o mestre saiu de cena, deixando várias pessoas emudecidas, sem saber direito o que acontecera. Ficamos por demais aliviados. Até quando? Não sabíamos.

No dia seguinte, saiu uma matéria sobre os últimos fatos no jornal *Informação Urgente*, com a seguinte manchete: "Um estranho transforma um velório num jardim". Uma foto tirada às escondidas, quando saíamos do velório, estava estampada na primeira página de um dos cadernos. A reportagem não era caluniosa, continha fatos interessantes. Dizia que um homem desconhecido e audacioso queria mudar a dinâmica dos velórios, queria transformá-los de patrimônio histórico do desespero em patrimônio da homenagem.

O jornalista entrevistara pessoas que o tinham ouvido. Al-gumas disseram que iriam escrever uma carta aos seus familiares dizendo que, quando elas morressem, não fizessem um cortejo fúnebre pautado pelo desespero, pela penúria e pelo coitadismo, mas contassem seus feitos. Lembrassem seus atos de amor, suas palavras, seus gestos, seus sonhos, suas amizades, bem como sua estupidez. Queriam que, no meio da dor, uma aura de alegria pudesse pautar a mente dos que delas se despediam.

A matéria comentava que o personagem era o mesmo que causara uma balbúrdia nos arredores do Edifício San Pablo. E terminava com duas perguntas: estamos diante um dos maiores ateus de que se tem notícia ou do portador de uma incompreensível espiritualidade? Estamos diante de um profeta do mundo moderno ou de um maluco?

Na manhã seguinte, logo que despertamos, vimos o mestre isolado, conversando consigo mesmo. Era a segunda vez que o víamos tendo um autodiálogo. Fazia gestos como se estivesse tendo alucinações ou como se questionasse suas próprias razões. Dez minutos depois ele se aproximou, relaxado; parecia que havia lavado sua psique do lixo que se acumulara no dia-a-dia.

O tempo estava fechado, ameaçava cair chuva pesada. Relampeava muito. Dimas não tinha medo de policiais, não temia passar alguns dias na cadeia, mas tinha verdadeiro pavor de trovões. Estávamos andando por uma larga avenida quando os trovões abalaram a estrutura do nosso esperto amigo.

Tentando acalmá-lo, eu lhe afirmava que quando ouvimos o ribombar dos trovões o perigo já passara, o raio já se dissipara. Porém a mente é cheia de artimanhas; ele entendia minhas palavras, mas sua emoção ilógica não se abrandava. Eu não podia criticá-lo, pois não era diferente dele. Sempre valorizei a lógica da ciência, mas nunca deixei de sofrer pelo que não existe, em especial pelo meu passado. Ele me perseguia.

A chuva não tardou a chegar. Rapidamente procuramos abrigo. Entramos num grande *shopping*. No saguão de entrada havia uma grande loja de departamentos. Enquanto entrávamos na loja, ouvimos um grande estrondo. Dimas entrou debaixo da primeira mesa que encontrou. Parecia um menino diante de um fantasma. Pensei comigo: "O mestre está certo. Não há heróis. Todo gigante encontra obstáculos que o transformam em criança. Basta esperar".

O estrondo deveu-se à queda de um raio. O pára-raios do *shopping* não suportou a sobrecarga. Havia dois pintores mudando a pintura da loja. Ambos eram primos. Um deles, que tinha uma gagueira mais intensa que a de Dimas, pintava as paredes. Quando estava nervoso, bloqueava o aparelho fonador e não conseguia articular uma palavra. O outro estava no topo de uma escada de dois metros retocando as janelas de ferro alegremente.

O raio, ao cair abruptamente, correu pelas paredes e resvalou na janela, atingindo aquele que estava retocando pintura. O barulho foi ensurdecedor. O pintor caiu da escada e se contorcia de dor. Seu primo, aterrorizado, foi socorrê-lo. Tentamos nos aproximar do local. Mas, antes que chegássemos, apareceu alguém com ar de heroísmo querendo socorrê-lo. Não sei de onde saiu aquele homem, mas parecia alguém que conhecíamos. Era o Milagreiro que havíamos encontrado no velório no dia anterior.

Edson viu o pintor deitado, gemendo de dor e com as mãos no tornozelo direito. Viu que o pé do pintor estava deformado. Concluiu imediatamente que fora a descarga elétrica. Sem perder tempo, disse para o outro pintor, que assistia o ferido:

— Deixe-o, eu cuido dele. Sou especialista nisso.

Juntou-se ao homem caído e tentou endireitar o pé dele, mas não conseguiu. Sentou sobre a perna dele e passou a dar-lhe ordens, tentando exercitar seus dons sobrenaturais.

— Conserta! Endireita! Alinha os ossos!

Mas o tornozelo não endireitava. O pintor, agoniado, gemia mais. O Milagreiro fazia mais força ainda. Não era possível deixar de resolver um caso tão simples. Não era possível que seu moral com Deus estivesse tão baixo, deve ter pensado. O pintor urrava de dor. A platéia foi aumentando, e isso excitava o Milagreiro "samaritano", estimulando-o a mostrar sua benevolência sobrenatural.

Muitos dos que viam a valentia e os préstimos do Milagreiro pensavam que ele fosse um médico que estava fazendo algum procedimento para aliviar as dores do pobre pintor. O primo gago emitia grunhidos incompreensíveis, parecia querer dizer algo a Edson, mas este sentia que o desespero dele atrapalhava sua concentração. Perdendo a paciência, disse para o pintor que estava em pé:

— Fique calmo! Eu endireitarei a perna deste homem!

E endireitou mesmo. Dois longos minutos depois, o milagreiro cumpriu sua missão. Limpando o suor da testa, disse para a platéia:

— O tornozelo está bom novamente – embora a dor do pintor estivesse pior.

Este olhava para seu tornozelo e parecia mais desesperado. Pensávamos que ainda estava em estado de choque.

Quando a platéia ensaiava as primeiras palmas a Edson pelo socorro à vítima, a língua do pintor gago se soltou. Querendo dar uma bofetada no Milagreiro, ele bradou:

— Miserável! Cachorro! Açougueiro!

Ninguém entendeu nada, nem meu mestre. Parecia que o pintor gago estava sendo ingrato. Em seguida, explicou, gaguejando:

— Meu primo é manquitola... Tem um defeito no tornozelo há trinta anos, mas nunca o corrigiu por medo da cirurgia. Agora vem esse desgraçado e o conserta... e sem anestesia.

As pessoas ficaram condoídas do pintor. Poucos segundos antes estavam animadas para aplaudir o Milagreiro, mas agora mudavam de ânimo: tinham vontade de enchê-lo de bolachas, desejavam executar a vontade do pintor gago, mas foram impedidas pelo mestre. Com uma pergunta memorável, ele conteve a revolta da platéia e resgatou o homem que amava o poder:

— Esperem! Por que vocês querem feri-lo? O que vale mais: o sentido literal da reação ou a intenção do agente?

Fisgadas em seus pensamentos, as pessoas diminuíram a temperatura da emoção e começaram a se dispersar. Bartolomeu, um pouco constrangido, falou:

— Chefinho, explica o pensamento, *please!*

Nosso bêbado recentemente "regenerado" e sujeito a recaídas gostava de esnobar, proferindo algumas palavras em inglês.

Calmamente e na presença do Milagreiro, o mestre explicou-lhe:

— Os gestos exteriores de um ser humano podem ser condenáveis, suas reações literais podem ser criticadas, mas o que deve ser analisado em primeiro lugar são seus reais desejos.

Edson pela primeira vez fazia um "milagre", e quase fora linchado. Condenávamos outra vez suas atitudes, olhávamos para a reação exterior. Não víamos, como o mestre, nenhuma intenção altruísta em seus gestos. Queríamos que ele estivesse a quilômetros de distância de nosso projeto. Mas, sem dar tempo para que respirássemos, o mestre acabou fazendo o que mais temíamos. Olhou para o Milagreiro e, com naturalidade, disse-lhe:

— Venha e siga-me, que lhe mostrarei milagres que desconhece, aqueles que talvez tenham alguma possibilidade de iluminar um pouco este asfixiante sistema social.

Quando ouvimos o seu chamado, eu e meus dois amigos nos abraçamos. Alguns pensavam que estávamos emocionados, mas estávamos decepcionados. Ah, como é fácil contrair o vírus do preconceito! Tínhamos feito uma pequena panelinha. Aceitávamos no time malandros, bêbados e pessoas estupidamente orgulhosas, mas discriminávamos religiosos, ainda mais milagreiros. Tivemos de assimilar a sua vontade com elevada dose de paciência e tolerância. O grupo ganhou um colorido que não queríamos.

Edson ficou animadíssimo com o chamado. Não o compreendeu, mas entendeu que o homem que o chamara, embora exótico, tinha alto poder de persuasão. Se aprendesse as técnicas de sua oratória, poderia ir longe, pensou ele. Não sabia em que barco estava entrando. Não imaginava que passaria por um amargo processo de desintoxicação da compulsão pelo poder. No fundo, era um viciado, tal como o Boquinha de Mel no álcool, eu em meu ego e o Mão de Anjo em malandrice. Éramos todos drogados.

Um obsessivo no ninho

Não defendíamos uma seita, facção ou partido político. Não fazíamos parte de uma fundação nem constituíamos uma organização oficial. Não tínhamos assistência social, não sabíamos onde dormiríamos nem o que comeríamos. Dependíamos das dádivas espontâneas das pessoas, e às vezes tomávamos banho em albergues coletivos. Éramos um bando de sonhadores que queriam mudar o mundo, pelo menos o nosso mundo. Todavia, não tínhamos nenhuma garantia se mudaríamos alguma coisa ou se causaríamos mais confusão. Mas eu estava começando a achar a vida adorável, uma experiência sociológica agradável, embora saturada de incógnitas.

Algumas pessoas começavam a reconhecer o mestre por meio do noticiário da mídia. Elas interrompiam sua caminhada e sentiam necessidade de contar-lhe seus problemas. Ele as ouvia com prazer. Depois de minutos ou horas escutando-as, encorajava-as e animava-as a fazer escolhas, e entender que toda escolha traz frustrações e não apenas ganhos.

Aos poucos, foi acrescentando mais discípulos. Cada personagem era mais interessante que o outro. As andorinhas estavam aprendendo a bailar num sistema que queria tosar suas asas. Mas aprendíamos a não fazer grandes planos para o futuro. O futuro não nos pertencia. A vida era uma festa, embora o vinho sempre acabasse.

Aprendíamos a beijar pessoas idosas e sentir as marcas do tempo. Aprendíamos a prestar atenção nas crianças e nos deliciar com sua ingenuidade. Aprendíamos a conversar com mendigos e percorrer seus incríveis mundos. Padres, freiras, pastores, islamitas, budistas, suicidas, depressivos, fóbicos, havia tantas pessoas belas e interessantes ao nosso redor, mas elas estavam apenas nas estatísticas sociológicas.

Uma sensibilidade que nunca fora trabalhada em minha personalidade começava a me invadir, embora meu egoísmo dormitasse, mas não estivesse morto. Lembrei-me dos filmes de ação a que assistira. Neles sempre morriam inúmeros anônimos, míseros figurantes, pelas armas dos policiais, sem que nos déssemos conta de que cada anônimo na vida real possui um mundo indecifrável, com temores e amores, ousadias e covardias. Para o mestre, não havia figurantes na sociedade real. Ele exaltava os miseráveis, chamava-os para serem seus amigos íntimos. Os que viviam à margem do sistema ganharam notoriedade.

Quando pensava que minha sensibilidade estava em alta, um "figurante" passou por minha vida e me fez ver que ela era ainda incipiente, precisava de muito combustível. Estávamos na Avenida Presidente Kennedy e de repente vimos um jovem de pouco mais de vinte anos, um metro e oitenta de altura, cabelo crespo, pele escura. Seu nome era Salomão Salles. Tinha gestos estranhos, capaz de cativar a atenção até das crianças. Mexia o pescoço agitadamente, flexionando os músculos trapézios para o lado esquerdo e para o alto. Piscava o olho várias vezes. Antes de entrar por uma porta, dava três pulos, pois se não o fizesse acreditava que alguém da sua família morreria. Era portador de um grave TOC (transtorno obsessivo-compulsivo).

Além de todos esses bizarros rituais compulsivos, o mais engraçado e mais estranho é que Salomão não podia ver um buraco, uma saliência, fosse nas paredes, muros, solo, móveis, que tinha o desejo de enfiar neles o dedo indicador direito. No exato momento em que o observamos, estava agachado, colocando o dedo em vários pequenos orifícios da calçada.

Os passantes debochavam dele. Sinceramente, não nos contivemos também. Tentávamos disfarçar nossas risadas. Pensávamos ter encontrado alguém com mais transtorno que todos nós. Mas o mestre não gostou da nossa reação. Virando a face, ele nos questionou:

— Esse jovem é mais frágil ou mais forte que nós? Qual o preço que paga por expressar seus rituais em público? É um fraco ou é dotado de notável coragem? Não sei quanto a vocês, mas sem dúvida ele é mais forte que eu.

Calamo-nos, mas ele continuou:

— Quantas vezes vocês acham que esse jovem se sentiu no centro de um circo que não construiu, como agora? Quantas noites de insônia não teve, pensando nas gargalhadas dos andantes? Em quantas situações não foi aprisionado nos currais inumanos do preconceito? — E para nos fazer sentir ainda mais o odor fétido da nossa discriminação, concluiu: — A crítica fere uma pessoa, o preconceito anula-a.

Sempre que analisava a psique dos outros, tirava nossa roupa, deixava-nos "nus". Descobri que mesmo pessoas como eu, que sempre defenderam os direitos humanos, são grosseiramente preconceituosas em algumas áreas, ainda que essa barbárie se manifeste sutilmente, num sorriso disfarçado ou numa silenciosa reação de indiferença. Somos piores que os vampiros. Matamos sem extrair o sangue.

— Se quiserem vender o sonho da solidariedade, terão de aprender a enxergar as lágrimas nunca choradas, as angústias nunca verbalizadas, os temores que nunca contraíram os músculos da face. Os que não desenvolvem tal característica terão traços de psicopatia ainda que vivam em ambientes insuspeitos, como os templos das universidades, ou os templos empresariais, políticos e religiosos. Pressionarão, ferirão, constrangerão, sem sentir a dor dos outros. Vocês fazem parte dessa estirpe? — nos indagou.

Tentei puxar o ar profundamente para ver se oxigenava meu intelecto. Teria eu traços de psicopatia? Os psicopatas clássicos são facilmente perceptíveis, mas os que têm traços sutis de psicopatia podem disfarçar sua insensibilidade até por trás de seus títulos acadêmicos, sua ética ou sua espiritualidade. Eu disfarçava.

Nunca procurei meu filho e lhe perguntei quais eram seus temores ou suas mais marcantes frustrações. Impus regras para João Marcos, lhe apontei erros, mas jamais vendi sonhos de que sou um ser humano que precisa conhecê-lo e precisa ser amado por ele. Nunca procurei um aluno que expressasse um ar de tristeza, irritabilidade ou indiferença. Jamais dei o ombro para um professor desabafar. Para mim, os professores eram técnicos e não pessoas. Eles tiravam licença médica, e eu nunca os procurava. Meu débil estilo de vida se voltou contra mim como um bumerangue.

Quando eu pensava em desistir da vida, meu cálice emocional também se tornou invisível para meus colegas e alunos. Um intelectual como eu não podia declarar sua dor. Para eles, depressão era coisa de gente frágil. Ninguém enxergou a minha angústia desenhada clandestinamente no quadro de pintura do meu rosto. Estariam eles cegos ou era eu que não sabia demonstrar sentimentos? Não sei.

Como o mestre sempre nos alertou, ninguém é cem por cento vilão nem cem por cento vítima. Eu era insensível e estava rodeado de pessoas com baixo nível de sensibilidade. Não precisava de aplausos, louvor acadêmico, congratulações, precisava apenas de um ombro onde chorar, apenas sentir o cheiro de gente ao meu lado que me dissesse: "Estou aqui. Conte comigo".

Quando o mestre nos levou a enxergar a coragem e grandeza do jovem com TOC, ele nos fez um desafio.

— Vão vender sonhos para aquele jovem? — disse isso e se calou, esperando nossa reação.

Ficamos emudecidos. Depois de eternos segundos com um nó na garganta, sentíamos que estávamos perdidos. Era uma reação estranha para um bando de pessoas supostamente experientes. Não sabíamos o que dizer. Não sabíamos o que ele pensaria de nós. Havia alguns minutos nós o taxáramos de maluco, agora tínhamos medo de ser taxados de malucos por ele. Não é isso insanidade? Balançamos nos extremos com incrível freqüência.

O mestre continuou calado. Seu silêncio nos desassossegava. Sabíamos debochar da desgraça dos outros, mas não aliviá-la. Éramos criativos em excluir, mas inábeis em incluir. Se alguém pedisse para o Milagreiro fazer uma longa e bombástica oração para o jovem, seria uma tarefa fácil, mas pedir para lhe vender sonhos o deixara sem ação. Se Bartolomeu estivesse alcoolizado e lhe pedissem para fazer amizade com o estranho, seria tranqüilo, mas sóbrio era complicado. Se alguém pedisse para o Mão de Anjo bater sua carteira e depois devolvê-la para causar-lhe admiração, não haveria nenhuma dificuldade, mas cativá-lo com suas palavras era uma tarefa quase impossível.

Se me pedissem para dar uma aula a ele para mostrar minha cultura, eu não teria grande trabalho, mas conquistar um estranho, que é meu semelhante, sem usar o poder da informação, era-me uma tarefa dantesca. Eu sabia falar para grandes platéias, mas não sabia encantar um ser humano com o que sou. Fora treinado para falar de Kant, Hegel, Auguste Comte, Marx, mas não sobre mim. O sistema havia achincalhado nossa humanidade. E eu o alimentara.

Como não havia manual sobre a melhor maneira de vender sonhos para um obsessivo e como o mestre se recusou a dar orientações, lá fomos nós, inibidos. Eu, o mais culto da equipe, era o mais engessado. O Boquinha de Mel, mais surrado pela vida, agachou-se também e tentou enfiar as mãos nos buracos para tentar o primeiro contato. O sujeito deu risada dele. Bartolomeu se sentiu um tolo, e o jovem continuou seu ritual.

Edson não se agüentou, virou-se de costas e pôs as mãos na boca, fazendo um esforço tremendo para sufocar as gargalhadas. De repente, o obsessivo se levantou e viu o orifício no centro da orelha de abano direita do Milagreiro. Num ímpeto ansioso, enfiou o dedo no ouvido dele. A reação do outro foi imediata. Deu um grito estridente, dizendo:

— Sai, demônio, que este corpo não te pertence!

Suas palavras assombraram Salomão. A indelicadeza foi grande. Caindo em si, pôs as mãos na cabeça e percebeu que mais uma vez mostrava sua viciada atitude de partir para o lado sobrenatural. Dessa vez, porém, ele fora longe demais. Queria expulsar do cérebro do jovem uma doença psíquica que estava incrustada no inconsciente e no metabolismo cerebral.

Salomão, consternado, disse com sensibilidade para a platéia de insensíveis:

— Já fui chamado de louco, psicótico, doido, demente, insano, maluco, pirado, mas de endemoninhado é a primeira vez.

Vendo que machucara o jovem com a mais alta ofensa, percebendo que no fundo não aceitava os diferentes e que estava vendendo pesadelos e não sonhos, Edson olhou para ele e disse-lhe, sem meias palavras:

— Desculpe-me. Realmente, desculpe-me. Fui profundamente indelicado, injusto, tolo e superficial. Acho que você é muito mais forte do que eu. Suporta o deboche público, enquanto eu procuro os aplausos.

Ficamos fascinados com as palavras honestas e corajosas do Edson. Enfim, começara a realizar um dos mais difíceis milagres, o da humildade. Eu, como ele, jamais pedira desculpas para alguém, fosse quem fosse. Éramos pequenos deuses, eu no templo do conhecimento, ele no templo da espiritualidade. Começávamos a entender que, quando somos frágeis, aí é que nos tornamos fortes.

A partir desse momento nos desinibimos, nos apresentamos ao jovem e começamos a entrar nos capítulos da sua vida. Ele tentara cursar psicologia, mas teve de desistir, pois seus professores disseram que um obsessivo não poderia tratar de doentes mentais. Tentara a faculdade de direito, mas teve de desistir, pois seus professores disseram que um obsessivo com rituais tão histriônicos não poderia ser levado a sério por seus clientes, e muito menos fazer debates nos tribunais.

Não durava um trimestre em cada emprego. Ninguém queria dar oportunidade para alguém que parecia não controlar seu comportamento. Não conseguia namorar. Ninguém se interessava por um homem que era uma fonte de deboche. A exclusão tecia as vestes da sua existência. Todavia, era um ser humano fortíssimo, como o mestre previa. Apesar de enfrentar todo esse colar de dificuldades inexprimíveis, não se deprimia e muito menos pensara em tirar a própria vida, como eu. Tinha importantes conflitos, mas, excetuando os momentos em que se angustiava pelo sentimento de rejeição, aprendera a viver com alegria, curtia a vida. Vivia melhor que os discípulos. Nós é que precisávamos comprar seus sonhos, e ele sabia disso.

Entrar no mundo desse jovem foi uma viagem maravilhosa. Descobrimos um ser humano fantástico por trás de alguém socialmente ridicularizado. Após nossa viagem de descobrimento desse fascinante continente chamado Salomão, o mestre o chamou para vender sonhos.

Em seguida nos conduziu para um lugar aberto. Não era uma praça, mas tinha algumas árvores; o ar ali era menos poluído. Nesse lugar nos falou de outro Salomão, o grande rei de Israel. Comentou que ele fora um jovem que tivera um excelente início de vida. Não queria ouro, prata nem poder político; queria o mais excelente tesouro, a sabedoria. Diariamente bebia e respirava sabedoria, e seu reino progrediu sobremaneira, tornando-se um dos primeiros impérios antigos. E a relação com as nações vizinhas era regada de paz.

Mas o tempo passou, e o poder o embriagou. Ele abandonou a sabedoria e começou a se envolver em inumeráveis atividades. Além disso, de tudo o que seus olhos pediam ele se fartava, mas não se saciava. Por fim, deprimiu-se intensamente e teve a honestidade de dizer que tudo havia se tornado para ele uma fonte de tédio. Tudo era vaidade, nada nessa deslumbrante existência o animava. Após esse relato, o mestre completou seu ensinamento:

— O grande rei teve centenas de mulheres, carros, palácios, serviçais, exércitos, vestes de ouro, honras e vitórias como raramente algum outro rei o fez, mas se esqueceu de amar uma mulher, e de prestar atenção nos pequenos lírios dos campos, que representam a amizade e tantas outras coisas fundamentais.

Quando ia discorrer sobre a última lição, entrou meu imprevisível companheiro e mais uma vez fez todo mundo se esborrachar de rir.

— Chefinho, dá licença? — disse Boquinha de Mel.

— Diga, Bartolomeu — falou ele pacientemente.

— Será que Salomão não se deprimiu porque teve centenas de sogras?

Rindo da espontaneidade de Bartolomeu, o mestre respondeu dando-lhe uma fina espetada:

— Não sei, mas sei que há sogras mais amáveis que muitas mães. — E arrematou com esta lição: — O sucesso é mais difícil de trabalhar que o fracasso. Como ocorreu com Salomão, o risco do sucesso é a pessoa se tornar uma máquina de atividades, esquecer o sabor das diminutas coisas e abandonar aquilo que só os sonhos podem alcançar. A paisagem de uma fazenda, de um jardim, de um quadro, pode excitar mais a emoção de observador do que a de seu proprietário. Deus democratizou o acesso aos melhores prazeres da existência. Ricos são os que procuram esse tesouro, miseráveis são os que pensavam possuí-lo.

E colocando as mãos em Salomão, o mais novo discípulo, ele o exaltou:

— Os grandes seres humanos estão à margem da sociedade. Aqui está alguém que tem muito pouco, mas tem tudo. Obrigado por nos vender seus sonhos.

Colocando de pernas para o ar um asilo

No outro dia, o sol despontava no horizonte, incidia sobre nossa cama improvisada e nos convidava a despertar. Mais uma jornada, mais um dia excitante, mais descobertas. Como sempre, Bartolomeu era o último a se levantar. Imagino que, se repousasse numa cama confortável, vararia o dia dormindo.

Antes de sairmos sem direção na geografia social, o mestre nos fez um convite incomum, mas que ao longo da caminhada se tornou parte integrante de nossa história. Convidou-nos para uma das mais importantes tarefas da psique: não fazer nada, apenas vivenciar a arte de observar.

Levou-nos para uma avenida movimentada, com árvores enfileiradas. Lá nos entregou uma folha de papel em branco amassada, deu-nos uma caneta simples e nos pediu para observar e anotar todos os sons e imagens do ambiente que nos excitassem. Não valia anotar nada que fosse construído pelo homem. O som do trânsito era ensurdecedor, o ar estava poluído, a agitação era intensa. O que poderia nos excitar a não ser o colorido das lojas, o estilo dos carros, a anatomia dos viandantes?

E o que tem isso a ver com mudar o pensamento humano? O que a arte de observar tem a ver com vender sonhos? Para mim, esse exercício parecia banal, sem apelo intelectual.

Não tardou muito para o mestre nos provocar.

— Quem não desenvolve a arte de observar tem uma inteligência superficial e uma humanidade rasteira. Pode vir a ser um depósito de informações, mas nunca construirá grandes idéias.

Lembrei-me de que no dia anterior eu não enxergara o complexo ser humano que estava por trás dos rituais de Salomão. Meu senso de observação estava empobrecido. Via o que todo "normal" acusava. Edson e Dimas também não sabiam o que fazer com o papel. Bartolomeu cantarolava para conseguir inspiração, mas nada. Olhava para cima e para os lados, e continuava inerte. Os minutos se passavam, e não observávamos nada de interessante. Salomão era a única exceção. Diminuiu sua ansiedade obsessiva e começou a escrever sem parar. Estava entusiasmado. Dizia freqüentemente:

— Hum! Hum! Que especial! Fantástico!

Enquanto ele escrevia, eu estava bloqueado. O vendedor de sonhos me deu um empurrão.

— Só desenvolverão a arte de observar se aprenderem a mais difícil arte do intelecto humano. — E não deu a resposta.

"Qual?", pensei eu. Momentos depois, ele comentou:

— A arte de aquietar a mente. Mentes que outrora foram brilhantes viveram uma vida medíocre porque não aquietaram seus pensamentos. Grandes escritores, notáveis cientistas, magníficos artistas plásticos dilaceraram sua inspiração porque tiveram uma mente agitada. Os pensamentos, as imagens mentais e as fantasias que podem alçar vôo da criatividade também podem, quando excessivos, lhe cortar as asas, furtar a intuição e a engenhosidade.

"Esse é o meu problema", imaginei. Minha mente era um trevo de agitação. Pensar, inclusive bobagens, era a minha especialidade. Sempre fui inimigo do silêncio. Mas sob sua palavra tentei me silenciar. Não foi fácil, pois era inundado por imagens que me cruzavam a mente numa velocidade mais rápida do que os carros transitavam na avenida em que estávamos. A poluição intelectual era o meu algoz.

Meus amigos também estavam perdidos. Mas, pouco a pouco, entramos no infinito mundo do silêncio. A partir desse momento, nossa perceptividade se aguçou. Comecei a distinguir os sons agudos de um pássaro. Ele repicava uma belíssima melodia com inacreditável fôlego. Anotei-a. Em seguida, outro pássaro cantou uma chorosa melodia. Momentos depois, um pombo macho fazia um ritual de cortejo para uma fêmea.

Observei mais de dez cantos extraordinários de pássaros. Eles não tinham muitos motivos para se animar nesse frio canteiro de concreto, mas, diferentemente de mim, festejavam. Observei e anotei a valentia dos troncos carcomidos das árvores, que, apesar da impermeabilidade do solo e da escassez hídrica, sobreviviam no inóspito ambiente, uma valentia que nunca tive. Mais de dez milhões de pessoas passaram por essas árvores desde que foram plantadas e talvez no máximo dez as observaram detalhadamente. Começava a me sentir um privilegiado no deserto social.

Bartolomeu, que não conseguia nem observar um elefante à sua frente, também começou a ter êxito nessa empreitada. Contemplou cinco borboletas multicoloridas que dançavam espontaneamente usando apenas as asas. Anotou que, diferentemente delas, só bailava bêbado. Edson anotou diversos tipos de sons produzidos pelos estalidos das folhas ao sabor do vento. Elas aplaudiam despretensiosamente os caminhantes, diferentemente dele, que procurava os aplausos. Dimas analisou insetos que trabalhavam sem parar, preparando-se para o inverno, coisa que ele nunca fizera. Ele furtava e, como todo ladrão, era um péssimo administrador; acreditava que a vida era uma eterna primavera.

Após esse exercício prazeroso, dissemos uma das nossas frases favoritas: "Eu adoro essa vida!". Nunca fazer tão pouco fez tanta diferença! Não imaginava que a natureza estivesse presente de maneira marcante no centro da cidade. Como pode um especialista em sociedade nunca ter feito esse exercício? Pela primeira vez, amei o silêncio, e na atmosfera do silêncio descobri que não tive infância.

Não me lembro de experiências agradáveis quando criança. Talvez tenha sido um homem rígido porque não me relaxava quando menino. Talvez tenha tido idéias de perseguição, achando que os outros queriam me tesourar por trás, porque não conheci a ingenuidade quando criança. Talvez fosse um adulto depressivo crônico e mal-humorado porque não vivi com alegria meus primeiros anos de vida. As perdas me tornaram adulto muito cedo, um jovem que pensava muito, mas sentia pouco.

Enquanto eu recordava a minha infância, o mestre parecia me perscrutar. Puxando o fôlego com vigor, comentou sobre o assassinato da infância na atualidade, uma das coisas que mais o perturbavam:

— Internet, jogos de *videogame*, computadores, são úteis, mas têm destruído algo inviolável: a infância. Onde está o prazer do silêncio? Onde está a arte da observação? Onde está a inocência? Angustia-me que o sistema esteja gerando crianças insatisfeitas e ansiosas. Fortes candidatas a serem pacientes psiquiátricas e não seres humanos felizes e livres.

De repente, teve uma reação que eu nunca havia presenciado. Vários pais passaram por nós levando os filhos, entre sete e nove anos, para as compras. Eles estavam muitíssimo bem-trajados, no rigor da moda, todas as peças combinando. Tinham celular na mão. Mas revelavam evidente insatisfação. Alguns começavam a impor o que queriam consumir. Para não se perturbarem com seus gritos e atritos, os pais cediam.

O vendedor de sonhos reagiu. Perdendo a paciência, parecendo fora de si, enfrentou esses pais.

— O que vocês estão fazendo com seus filhos? Levem-nos para os bosques! Tirem seus sapatos, deixem-nos andar descalços na terra! Levem-nos para subir nas árvores, estimulem-nos a inventar suas brincadeiras. A espécie humana se fechou numa redoma artificial de egoísmo e consumismo. Deixem-na envolver-se com outras espécies, com outros comportamentos. — E parafraseou uma frase de Jesus Cristo: — Não só de *shoppings* viverão as crianças, mas de todas as aventuras da infância.

Fiquei impressionado com sua ousadia diante de estranhos. Alguns pais ficaram pensativos. Outros reagiram mal. Um disse:

— Não é esse o louco dos jornais?

Outro, que era intelectual e provavelmente do time da soberba, como eu, foi mais contundente:

— Eu sou professor doutor em psicologia. Não admito essa invasão de privacidade. Dos meus filhos cuido eu. — E observando nossa aparência, disse para seus amigos: — É um bando de ignorantes.

Boquinha de Mel ouviu a ofensa e não conteve sua síndrome compulsiva de falar. Referendou o mestre, dessa vez com propriedade:

— *My friend*, não sou doutor de merda nenhuma. — E olhando para as crianças lhes disse: — Desculpe pela merda, meninos. — Em seguida, dirigindo-se aos pais, completou sua idéia com exageros: — Deixem seus filhos se lambuzarem com a natureza. Assim, nenhum deles terá chance de ser um maluco, um bêbado e um sem-vergonha como eu. — E caindo em si, fez um gesto e pediu paciência: — Mas estou melhorando, chefinho.

Em seguida, voltou-se novamente para as crianças e tentou fazer uma brincadeira:

— Quem quer voar como uma borboleta levante as mãos.

Três crianças levantaram as mãos, duas ficaram indiferentes e três se esconderam atrás de seus pais e responderam:

— Tenho medo de borboletas.

Os pais sentiram-se ofendidos com a petulância dos intrusos. Chamaram os seguranças que estavam na porta de entrada da grande loja de departamentos do Grupo Megasoft, na qual estavam prestes a entrar. Estes não tardaram a nos expulsar de lá.

— Saiam daqui, seus malandros.

Mas, antes de sair, o mestre voltou-se para os pais que o contestavam e comentou:

— Peço desculpas pelos meus gestos, e espero que um dia, diante de seus filhos, não precisem pedir desculpas pelos seus.

As idéias que o mestre semeou não foram estéreis na mente de todos os pais. Alguns, mesmo enraivecidos, começaram a perceber que precisavam fazer uma cirurgia na relação com seus filhos. Davam a melhor educação para eles dentro do sistema vigente, eles se tornavam especialistas em consumir produtos e operar computadores, mas eram cronicamente insatisfeitos, não sabiam observar, intuir, induzir. Perceberam que a natureza não era importante para a sobrevivência física da espécie humana, mas para a sobrevivência emocional dela. Os estímulos da natureza tinham uma pedagogia insubstituível, superior a todas as teorias educacionais, para expandir os horizontes da psique. Começaram a freqüentar bosques, zoológicos, jardins botânicos.

Fiquei emocionado ao ver o cuidado do mestre e de Bartolomeu com as crianças. Nunca me preocupei muito com elas. Estava ocupado demais em criticar o sistema de classes sociais em sala de aula. Não entendia que o verdadeiro material da educação era o aluno e não as informações que eu transmitia. Preocupava-me que fizessem silêncio e prestassem atenção nas aulas, mas não me preocupava, em primeiro lugar, se estava formando seres humanos.

Na tarde desse dia, passamos por um bairro residencial. Deparamo-nos com uma grande e tétrica construção. A grama do jardim era mal aparada. As árvores enormes faziam um sombreamento exagerado, impedindo que as plantas rasteiras florissem. O velho prédio em arcos, embora belo, tinha uma pintura desbotada. As janelas eram de madeira mal conservada e pintada de verde-musgo. As paredes brancas estavam imundas e descolando a massa corrida. Era um asilo, mas, definitivamente, esse asilo não era um lugar agradável onde viver os últimos anos de vida.

Muitos idosos iam para esse lugar não porque suas famílias os tivessem abandonado, mas porque simplesmente não tinham parentes próximos. A maioria das famílias tinha apenas um filho ou no máximo dois. Quando um filho único falecia ou morava em cidade distinta, ou não tinha condições físicas ou financeiras de ajudar os pais idosos, eles eram impelidos para essas instituições para receberem cuidados mínimos de medicina, enfermagem e higiene. Fugiam das tramas asfixiantes da solidão. Essas instituições proliferavam nas sociedades atuais.

O mestre, ao olhar o asilo, disse-nos:

— Eis um bom ambiente para os sonhos. Vão até lá e alegrem os que lá habitam.

Em nosso "santo" preconceito, pensamos: "Sonhos? Num asilo? Essas pessoas estão apáticas, deprimidas! O que mais pode animá-las?". Estávamos no mundo das crianças, e agora entrávamos no mundo dos idosos. Mundos tão distantes, mas tão iguais! O problema é que o mestre retirou a sua retaguarda. Aguardávamos pelo menos suas orientações, mas elas não vieram. Quis dizer "se vierem". Disse que iria dar uma volta, mas, antes que saísse, Dimas, gaguejando e piscando os olhos, expressou o seguinte:

— Alegrar... os ve... velhinhos? Como, mestre? Essa tu... turma está com um pé na cova. — Sabia bater carteira de idosos, deixá-los sob ataque de nervos, mas nunca conversara profundamente ou animara um deles.

— Dimas, o preconceito envelhece mais que os anos. Você está mais idoso que muitos deles — comentou o vendedor de sonhos. Em seguida ouviu uma bobagem de Bartolomeu:

— Se for do meu jeito, resolvo o problema em dois minutos — disse ele, insinuando uma solução mágica. — Cachaça neles, e o circo pega fogo.

Depois que falou impulsivamente, pediu desculpas pela recaída. Edson não sabia realizar o milagre da alegria. Salomão não tinha também esse expediente. Estávamos perdidos.

Quando nos demos conta, o mestre já tinha partido, estava a dez metros do grupo. Ia para algum lugar que desconhecíamos. O grupo se reuniu, cada um expôs suas idéias, traçamos uma estratégia, fomos em busca de materiais e, depois de duas horas, voltamos.

Boquinha estava com uma longa peruca, mascava chiclete e usava óculos escuros. Animado, nos disse:

— Gente! Vamos fingir que somos normais. — Caímos na risada.

Procuramos a direção do asilo. Antes que eu falasse qualquer coisa, mais uma vez Bartolomeu tomou a frente. Contou uma mentira que aprovamos.

— O seguinte, meu. Somos uma banda profissional de músicos e estamos querendo fazer *show* para a galera do pedaço. É de graça. Não precisamos de dinheiro, mas servem uns donativos.

Quando falou em donativos, eu o cutuquei. Isso não estava no *script*. Dimas usava um chapéu vermelho e óculos escuros tipo *rayban*. Eu coloquei uma peruca de cabelos longos e tranças. Salomão colocou pestanas gigantes, imitando Elvis Presley. Edson usava uma fita vermelha na cabeça e uma camiseta longa sem gola. Foi uma batalha, mas conseguimos esses materiais dizendo que iríamos fazer um espetáculo beneficente, com o compromisso de devolvê-los posteriormente.

O pessoal da direção ficou alarmado com o nosso figurino, mas como raramente os jovens se importavam com a existência dos idosos, eles queriam ver o que iríamos aprontar. Perguntava-me: "O que estou fazendo aqui? Isso não vai dar certo". Foi montada uma platéia improvisada. Mais de cem velhinhos e velhinhas sentaram-se comportadamente em frente da "banda" dos terrores.

Levamos duas guitarras surradas. Uma estava com o Milagreiro, que dizia que aprendera a tocar na banda da sua igreja. Mas era desafinado. Salomão estava com a outra, mas tocava muito mal também. Eu estava com o saxofone, tentando me lembrar de algumas notas que aprendera nas poucas aulas que tive com meu avô materno. Dimas estava com um contrabaixo e não sabia o que fazer com ele. Boquinha de Mel era o vocalista. Só podia ser, mas garantiu-nos que era afinado e que cantava em boates no tempo em que era mais ou menos sóbrio.

Tocamos a primeira música, um roque romântico. Estávamos inibidos, contraídos. A voz de Boquinha de Mel era um desastre, ele devia ficar de boca fechada, pois não conseguia acompanhar os instrumentos, embora pensasse que estivesse abafando. Os velhinhos não reagiam. Pensamos que deveria haver mais animação. Interrompemos a primeira música e introduzimos um roque agitado. Fizemos aquele som! Estávamos entusiasmados, balançávamos o quadril, pulávamos, mas os idosos nada. Boquinha de Mel fazia ginástica com sua voz desafinada, mas os velhinhos não se alegravam.

Pensei: "Estamos fritos. Em vez de servirmos como antidepressivo, pioramos a depressão desses idosos". Bartolomeu apelou, cantou seu hino nacional, um samba. Nós tentamos acompanhá-lo:

— Eu bebo, sim, estou vivendo, tem gente que não bebe e está morrendo; eu bebo, sim... — e repetia o refrão olhando para os velhinhos, achando que só com álcool na cabeça se animariam.

Mas ninguém sorria. Ninguém mexia o corpo. Ninguém batia palmas. Ninguém cantava. No primeiro dia em que tentamos vender sonhos, na verdade vendemos vexame. Olhamos para o corpo de enfermagem e assistentes do asilo e vimos que eles não se abalaram. Como nós, também pensavam que os velhinhos estavam com o pé na cova, esperando a morte chegar. Quando a tarde parecia uma das piores que já havíamos tido desde que passáramos a seguir o mestre, ele apareceu. Ao vê-lo, várias velhinhas e velhinhos vieram ao seu encontro e o abraçaram com entusiasmo. Então descobrimos que ele freqüentava esse lugar.

De repente, ele pegou nossos instrumentos e os distribuiu entre os idosos. Eles mal conseguiam segurá-los. Pensávamos que nem sabiam o que era guitarra, contrabaixo ou saxofone. Para a nossa surpresa, os velhinhos sr. Lauro, sr. Michel e sr. Lúcio, que pegaram as guitarras e o contrabaixo, as posicionaram corretamente e começaram a afinar as cordas. Em seguida, tiraram um som de arrepiar. Não acreditávamos no que ouvíamos.

Do mesmo modo, uma senhora pegou o saxofone e deu um *show*. Fiquei pasmo. Mas esse asilo não parecia um depósito de idosos?, indaguei. Na realidade descobri, envergonhado, junto com meus amigos e as pessoas que assistiam, que não. O asilo era um celeiro de seres humanos experientes, com potenciais represados.

O mestre se deliciava em ouvi-los. Em seguida, pegou o microfone de Bartolomeu, foi até um senhor bem avançado em idade, que quase não conseguia andar, e o entregou. Babamos com sua voz inigualável. Ela era vibrante como a de Frank Sinatra.

Momentos depois, o mestre chamou os idosos e idosas que conseguiam se locomover para a pista e começou a dançar com eles. Entrei mais uma vez na dança. Foi uma algazarra. Os próprios velhinhos colocaram o asilo de pernas pro ar. O sorriso jorrou ao se sentirem gente. Não se alegraram de início porque os desrespeitamos, lhes demos o pior, achávamos que, por terem avançada idade, uma memória comprometida e uma musculatura flácida, seus ouvidos e suas emoções poderiam engolir qualquer coisa.

Muitos deles haviam tido uma infância maravilhosa, muito melhor que a minha. A criança que estava dentro deles despertou do sono. Mais tarde, o mestre disse que nos enviara aos idosos não com a intenção de que lhes vendêssemos sonhos, mas que comprássemos deles. Mostrou-nos que não há pessoas imprestáveis, mas pessoas mal valorizadas, mal utilizadas, mal exploradas.

Ao ouvir essas palavras, percebi mais um erro que cometera. Meu avô materno, Paulo, era extrovertido e sociável. Morreu quinze anos depois de minha mãe. Mas nunca entrei em seu mundo. Sentia-me rejeitado pelos meus tios e primos, e acabei por rejeitar meu avô. Por trás de inocentes vítimas, existem cicatrizes de um réu. Eu admirava sua habilidade em tocar instrumentos, mas nunca indaguei sobre suas lágrimas e seus medos. Nunca valorizei seu bom humor e suas experiências. Perdi muito por deixar de explorar um ser humano surpreendente.

Para finalizar o dia, o mestre teceu alguns pensamentos que ecoaram na minha mente e se tornaram inesquecíveis:

— O intervalo de tempo entre a juventude e a velhice é mais breve do que se imagina. Quem não tem prazer de penetrar no mundo dos idosos não é digno da sua juventude. Não se enganem, o ser humano morre não quando seu coração deixa de pulsar, mas quando de alguma forma deixa de se sentir importante.

Achamos muitos "mortos" que estavam vivos pelo caminho. Praticamos uma eutanásia psicológica. Sepultamos admiráveis seres humanos até quando damos suportes para que eles sobrevivam.

O templo da informática

O acontecimento ocorrido no asilo ganhou destaque não porque estivesse presente algum jornalista, mas porque um enfermeiro fotografou o evento e passou as informações para um jornal. Muitos outros "tumultos" e *shows* ocorreram depois que estivemos no asilo, dos quais destacarei apenas alguns. À medida que os dias passavam, o grupo se fortalecia cada vez mais. Construíamos laços fraternos, apesar das intrigas. Fazíamos agradáveis mesas-redondas ao ar livre para discutir nossa história e a história social.

Pelo menos uma vez por semana o mestre convidava alguns anônimos, como pedreiros, pintores, escultores, frentistas de postos de gasolina, mecânicos, lixeiros, para irem à nossa ampla casa, sentar-se em caixotes de frutas e descortinar alguns capítulos da vida deles. Eles se sentiam maravilhados pelo convite. Nunca tivemos tanto prazer em ouvir as reais dificuldades, expectativas, sonhos, pesadelos, paixões, desilusões de seres humanos tão distantes e tão próximos. Era uma experiência sociológica única, um aprendizado mágico.

A fama do mestre aumentava. Pouco a pouco se tornara uma figura folclórica da cidade. Algumas pessoas de carro apontavam o dedo para o mestre e falavam umas para as outras: "Não é o sujeito que parou o trânsito próximo ao Edifício San Pablo?"; "Não é o mesmo que fez tremer um asilo e agitou um velório?". Do jeito que os normais gostam de espetáculos, daqui a pouco dirão que ele ressuscitou o morto.

Um senhor de sessenta anos de idade, de face angustiada e compenetrada, o reconheceu. Apressou os passos, nos alcançou e interrompeu nossa caminhada. Chamou-o também de mestre e disse-lhe:

— Mestre, durante trinta anos trabalhei na mesma empresa, e nos últimos anos me tornei um gerente criativo. Quando comecei a me destacar entre meus pares, o diretor-presidente iniciou uma perseguição injusta e implacável. Foram longos anos de humilhação. Até que, por fim, me despediu. Dei o sangue para a empresa, mas fui descartado como copo plástico que se usa e depois se atira no lixo. Fiquei deprimido, me senti traído e sem coragem para começar tudo de novo numa nova empresa, até porque elas preferem jovens que se sujeitam a menores salários. Odeio dia e noite meu ex-diretor. O que faço?

Os lábios do ex-gerente tremiam. Ele parecia procurar no ápice da agonia um pouco de alívio. O mestre olhou para nós e depois para ele e comentou:

— A inveja e a vingança são fenômenos exclusivos da espécie humana. Nenhuma outra espécie os tem. Ele teve inveja de você porque você tinha o que ele não possuía. Vingue-se dele.

Fiquei confuso com suas palavras. "Que homem é esse que sigo?", pensei. "Não é ele o mestre da reconciliação?" Bartolomeu gostou da atitude do mestre. Fazendo eco às suas palavras, comentou impetuosamente:

— É isso aí. Olho por olho, pancada por pancada. Dê uma boa bolacha no sujeito.

Dimas, sob a palavra do mestre, estufou o peito e reforçou a atitude de Bartolomeu:

— Se quiser um companheiro para resolver a parada, achou. — E começou a fazer gestos de que era um *ninja*.

Boquinha inspirou-se. Começou a soltar gritos e fazer gestos desengonçados, querendo mostrar era um perito em artes marciais. Os dois, por incrível que pareça, esqueceram o ambiente e começaram a brincar como se estivessem lutando. Dimas sem querer deu-lhe um golpe na cabeça. Boquinha caiu duro como uma abóbora. Ficou atordoado. Socorremo-lo. Recuperando a consciência, ele falou para Dimas:

— Tá com raiva de mim.

Bartolomeu começou a entender que pancada por pancada era um negócio perigoso. O sujeito, ao ver a estirpe, não sabia se chorava ou se sorria. De qualquer forma, cresceu diante das palavras do vendedor de sonhos.

— Como, vingar-me, mestre?

— Matando-o — respondeu sem titubear.

Minhas pernas bambearam. Jamais pensei que ele dissesse isso. Ameacei cair fora, meu coração começou a palpitar. Destilando ódio, o homem desnudou a sua real intenção.

— É isso que estou indo fazer. Esse miserável não merece viver. — Mas, antes que saísse de cena, o mestre tocou nos fundamentos do seu ódio:

— A maior vingança contra um inimigo é perdoá-lo. Mate-o dentro de si.

— Como assim? — indagou surpreso o homem.

— Os fracos matam o corpo dos seus inimigos, os fortes matam o significado deles dentro de si. Os que matam o corpo são assassinos, os que matam o que eles representam são sábios.

O homem desfaleceu, começou a ter vertigem. Tivemos que segurá-lo e recostá-lo na parede mais próxima. O mestre se aproximou dele novamente, olhou bem nos seus olhos e completou:

— Vingue-se dele resgatando sua tranqüilidade e brilhando ainda mais no próximo emprego. Caso contrário, ele o assombrará pelo resto de sua vida.

O homem ficou paralisado por alguns segundos. Depois se recompôs e percebeu que não poderia se comportar como vítima, como coitado que infla sua ira. Deveria reagir, só que de outro modo. Abraçou o mestre longamente, como um filho abraça o pai, embora fosse bem mais velho. E partiu por um caminho diferente daquele que traçara.

De repente, vi um volume debaixo da sua camisa; era um revólver. Fiquei embasbacado. O sujeito realmente estava prestes a cometer um assassinato. Somente então entendi a atitude chocante do mestre. Nenhum conselho vazio dissuadiria aquele homem, como nada me faria desistir de desistir da vida. O mestre não anulara seu desejo de vingança, apenas o redirecionara. Que técnica terapêutica é essa?, indaguei.

Dias depois, estava ocorrendo a CSM (Consumer Electronic Show), a maior feira de eletrônica de consumo do mundo, na parte mais rica da grande megalópole, na Avenida 12 de Julho. Havia mais de 2.500 empresas participantes, e esperava-se receber 140 mil visitantes de mais de 130 países. Sob um estado de euforia, os visitantes, tanto consumidores finais como donos de distribuidoras e de lojas de informática, atestavam a robustez de uma indústria que mesmo em tempo de crise econômica tinha um crescimento ininterrupto.

O mestre direcionou a face para o megaevento; queria estar presente no templo da informática. Não entendíamos seu desejo de conhecer tais máquinas, pois nos parecia que nunca operara um computador. Sem dar nenhuma explicação, disse apenas:

— Vamos até a feira.

Nós o seguíamos, ressabiados. O evento era muito requintado para gente da nossa laia. Afinal de contas, éramos um bando de descabelados, usando camisas rotas e *jeans* esgarçados, com alguns remendos. Não participávamos de nenhuma empresa e nem muito menos tínhamos convites. Parecíamos teletransportados da zona rural do início do século XX para o apogeu de nosso século XXI. Não dava nem para fingir que fôssemos da equipe da limpeza ou dos carregadores braçais.

Bartolomeu, tentando descontrair-nos, disse mais uma vez sua famosa frase:

— Gente! Vamos fingir que somos normais. — Imediatamente melhoramos a postura, tentamos arrumar os cabelos e firmar nosso andar desleixado.

Ao se aproximar do local, Dimas colocou a mão direita sobre o ombro esquerdo de Salomão e começou a andar abraçado com ele. Em seguida, começou a apoiar seu pescoço, para que se movimentasse menos. Escapando-se dele, Salomão brincou, dizendo:

— Sai para lá, mãozinha leve. Aqui tem macho! — Já estava enturmado.

— Mãozinha leve, não! Mão de Anjo ou Mão Santa — afirmou Dimas.

Bartolomeu emendou:

— Mão do demo.

Dimas não gostou da brincadeira. Bartolomeu olhou para o céu e, para acalmá-lo, acrescentou:

— Antigamente, Dimas. Há muitas horas atrás. — E saiu apressado, com receio de receber um safanão.

A turma era impossível. Mas nosso bom humor começou a esfriar logo que colocamos os pés no espaço da feira. Percebendo que estávamos apreensivos diante de tanta pompa, o mestre falou-nos:

— A rejeição ainda os amedronta? Os ambientes tensos ainda os ameaçam? Não aprenderam que uma pessoa pode ferir seu corpo, mas jamais poderá ferir sua emoção, a não ser que você permita?

Suas palavras colocaram mais combustível em nossa ansiedade. Sentimos que o ambiente poderia ser instável, sujeito a chuvas e trovoadas. Ficamos intimidados com o *hall* de entrada. Um belíssimo pátio, com uma fonte multicolorida de água. Dezenas de vasos com rosas, hibiscos, margaridas, tulipas enfeitavam o ambiente.

Painéis e mais painéis luminosos de propagandas dos principais participantes da feira reluziam na entrada. Um tapete vermelho introduzia os visitantes até a grande feira. Para entrar no evento, além de apresentar convite e identificação, os participantes deveriam ser escaneados por um raio X, e seus pertences também deveriam passar por outra sofisticada máquina detectora de metais. Era um mundo inseguro. A palavra valia muito pouco no hospício global.

De repente percebi que eu, o intelectual da turma, era o mais inseguro. Fiquei atrás de todos. O mestre na realidade não queria entrar dentro da feira, queria ficar no *hall* de entrada observando as pessoas. Mas Bartolomeu, mostrando uma força incomum, tentou entrar e foi barrado. Logo vieram dois seguranças ao seu encontro. Um deles pediu-lhe para abrir os braços e com um aparelho começou a tocá-lo em todas as partes do corpo. Quando começou a tocar suas partes íntimas, ele reagiu:

— Calma, meu irmão! Aí não!

Fomos ao seu encontro. O mestre tentou acalmá-lo e pediu que ficássemos do lado de fora. Outros seguranças se aproximaram. Deram uma longa olhada na paisagem do grupo e começaram a pedir convites. Como não tínhamos, começaram a nos escanear com seus aparelhos e a nos revistar, como fizeram com Bartolomeu. Salomão tinha cócegas, não se permitia ser vistoriado. Os seguranças ficaram irritados. Começamos a ser expulsos do lugar que sabidamente era público.

Um deles reconheceu o Mão de Anjo de outros ares. Subitamente o empurrou e disse:

— Caia fora, malandro.

Num momento de recaída, ele furtou a carteira do segurança que lhe dera um safanão. Mas ao ir ao chão caiu em si. Levantou-se e devolveu a carteira dele. O mestre gostou. Mas os seguranças ficaram mais desconfiados ainda.

Edson ficou irado. Percebi que, se tivesse poder sobrenatural, teria feito uma oração para fazer descer fogo do céu e consumir os que nos maltratavam. O mestre revelava uma calma inquietante, parecia que tinha preparado toda essa situação. Além de nos enxotar, os seguranças começaram a zombar de nós. Um deles disse:

— Será que não é o grupo de palhaços contratado para animar a feira? — E davam risadas. De fato, parecíamos sair de um filme de humor ou de terror. Outro segurança deu um empurrão no mestre, que quase caiu. Ele se recompôs e disse:

— Por que me agride se não o agredi? O que fiz para alimentar sua violência?

Um deles confirmou o que os seguranças pensavam:

— Caiam fora, seu bando de golpistas.

Subitamente, soltei algo que nunca imaginaria falar: — Como eu gostaria de ser milionário para enfiar o pé na bunda desses miseráveis.

Quando percebi, já tinha falado. Pela primeira vez, eu, um socialista convicto, expressei que amava o dinheiro. O poder do dinheiro me seduzia sutilmente, mas nunca o confessei, nem para mim mesmo. Amava carros de luxo, cruzeiros e casas de veraneio. Era um amor secreto. Criticava os burguesinhos que iam de primeira classe nos aviões, mas no fundo tinha inveja deles. Detestava a classe econômica, que nos apertava como sardinhas.

Como não podíamos entrar, ficamos do lado de fora do *hall* de recepção. Sem perder o ânimo, o mestre disse-nos:

— Vamos abordar as pessoas que entram e saem do evento. Afinal de contas, nosso palco é o mundo.

"Abordar as pessoas? Mas pensei que tivéssemos vindo ao evento para ver computadores!", pensei comigo. Mão de Anjo, que gostava de fazer suas malandragens discretas, verbalizou baixinho para o grupo:

— Hum! Acho que estamos fritos. — Sentiu que o ambiente era impróprio para vender sonhos.

Logo após a assertiva do Mão de Anjo, vi algo estranho. Passou por nós um homem muito bem-vestido, parecendo um importante líder empresarial. Olhou-nos de cima a baixo e entrou no evento. Possuía um crachá do Grupo Megasoft, uma das maiores empresas de computadores da atualidade. Olhei de relance e vi lá na frente esse líder parar e começar a conversar com outras pessoas, que mais tarde ficamos sabendo serem agentes disfarçados de um grupo antiterrorista. Enquanto conversava, apontava a mão direita em nossa direção.

Os agentes rapidamente se aproximaram, e um deles pediu novamente que o mestre se identificasse. Não pediu nada para nós. Como ele não tinha documentos, os agentes agiram rápido. Um deles deu-lhe uma bofetada inesperada que produziu um grande estalido e o atirou no chão. Gritando "terrorista!", eles o contiveram. Foi tudo tão rápido que ficamos por alguns segundos sem ação. Tentamos proteger o mestre e fomos agredidos também.

Boquinha de Mel mais uma vez fez uma pose de lutador de artes marciais e levou um murro que o fez desmaiar. Nunca vi tanta violência. Sociologicamente falando, em terra de cegos quem tem um olho não é rei, é alvo de espancamento. Mal meus olhos começavam a ser abertos por um estranho, eu percebia que em alguns momentos era mais seguro ser cego.

No tumulto, um dos agentes sacou a arma, disposto a atirar no mestre. Se não fosse por três policiais que passavam de carro e pararam para verificar o porquê da aglomeração, talvez ele tivesse sido morto. Observando fixamente o suposto terrorista, um dos policiais, também de arma em punho, gritou para os agentes:

— Parem! Eu sou chefe da polícia deste distrito. — Os agentes se arrefeceram. Em seguida ele afirmou: — Conheço esse homem. Ele não é um terrorista.

O líder dos agentes, esbravejando, disse:

— Esse homem não porta documentos. Quem ele é?

E titubeando, sem conseguir dar resposta plausível, comentou:

— Bom, ele é... Ele é um vendedor. Um vendedor ambulante...

Para desbaratar os agentes, o chefe da polícia os ameaçou:

— Se não o deixar em paz, vou abrir um inquérito pela violência de vocês.

O policial que protegera o mestre era o mesmo que estava presente no topo do Edifício San Pablo. O vendedor de sonhos tornara-se inesquecível para ele, tinha lhe tirado o sono por algumas noites ao comentar a relação dele com o filho. O policial acompanhava seus passos pelos jornais.

Fiquei feliz da vida. Comecei a dar crédito à polícia. Apesar de estar sangrando, o mestre colocou um pano quente na situação.

— São bons homens, houve um engano.

Nisso Bartolomeu acordou e perguntou:

— Onde estou?

Recordando que fora nocauteado e percebendo que a situação já estava controlada, resolveu mais uma vez mostrar sua coragem:

— Tô ficando nervoso. Sou faixa-preta de judô, caratê, capoeira e outros bichos mais. Me segurem que a coisa vai ficar feia.

Em vez de segurá-lo, nós o soltamos. Boquinha de Mel se levantou num salto e, vendo que os agentes o encaravam novamente, lhes disse:

— Agora já estou calmo.

Os agentes se foram. Segundos depois, o chefe da polícia também se foi. Mas antes de partir agradeceu ao mestre pelas poucas frases que dirigira a ele quando o conhecera:

— Meu filho gostaria de conhecê-lo.

— Um dia. Diga a ele para ter muitos sonhos e lutar por eles.

Meus colegas mexeram os ombros, tentando perguntar a mim o que significava aquilo. Mais tarde tentei lhes explicar o incompreensível.

O olho direito do mestre estava edemaciado, e do canto esquerdo dos lábios escorria sangue, mas ele não reclamava.

Sabíamos que segui-lo significava sofrer risco de zombarias e escárnios, mas foi a primeira vez que tivemos ciência de que também havia risco de vida.

Fiquei alarmado em perceber que as pessoas poderiam sair com facilidade de um estado de tranqüilidade para o da brutalidade. O que mais me abalava é que o fantasma da agressividade também estava em mim. Conhecia minha soberba, mas não o potencial de violência latente.

Estava sendo contaminado com o vírus da solidariedade, mas tive vontade de agredir violentamente quem ferira o mestre. Nunca imaginei que o amor ao próximo e a agressividade morassem na mesma casa. Nunca pensei que a paz e a guerra habitavam no mesmo ser humano. Pessoas brandas também alojam monstros nos recônditos de sua psique.

Descortinando a fábrica de estresse

Os acontecimentos no templo da informática foram intensos. Sentíamos que o mestre precisava tratar suas feridas em algum ambulatório médico e depois descansar em algum viaduto ou praça. Nós o pegamos pelos braços e o estávamos levando para fora. Todavia, em vez de se calar, ele subiu na mureta da fonte multicolorida de água e, com uma coragem incomum, começou a convidar as pessoas para ouvir as últimas novidades da grande feira.

Não acreditávamos no que estávamos ouvindo. Algumas começaram a se aproximar de nós. Já reconheciam o amotinador descrito nos jornais. Polêmico, continuou a provocar os participantes e expositores da CSM.

— A mais abandonada das crianças tem um psiquismo mais complexo do que todos os computadores interligados em conjunto. Mas onde se investem mais pesquisas e mais dinheiro, nas crianças ou nas máquinas?

Prestando atenção apenas na primeira parte da pergunta, um cientista interpelou o mestre:

— Você é um leigo em inteligência artificial. Em poucos anos teremos máquinas que superarão o cérebro humano. Elas terão a programação da mente humana, com a vantagem de possuírem uma memória superior. Será a mais fantástica construção. Espere e verá!

O mestre aceitou o debate:

— Discordo! Os computadores estarão eternamente condenados ao sono da inconsciência. Nunca terão conflitos. Jamais se inquietarão com a procura de suas origens e de seu fim. Não produzirão filosofia nem religião. Serão sempre escravos de programas.

Fiquei pensando: "Onde o mestre aprendeu essas informações? Como consegue discutir com segurança assuntos polêmicos?". De outro lado, os engenheiros de computação e programadores que o ouviram ficaram embaraçados.

— Será que o sono da inconsciência jamais será despertado pela inteligência artificial? Será que os computadores jamais saberão que existem?

— Nossos conflitos denunciam nossa complexidade. Se não conseguimos ficar felizes por tê-los, pelo menos deveríamos admirá-los como frutos de nossa grandeza psíquica.

Olhei para alguns membros da família e percebi que não estavam entendendo nada. Bartolomeu, em especial, estava perdido. Mas engoli minha silenciosa língua; ele, pois, me surpreendeu dizendo-me baixinho.

— Superego, eu sempre fui uma pessoa maravilhosamente complexa, mas você é insuportavelmente certinho e chato.

Bartolomeu sempre me socava o fígado em situações nas quais sabia muito bem que eu não podia lhe dar resposta. Queria golpeá-lo com minha cultura, mas tinha que cultivar o que nunca tive: paciência. Eu, que nunca fui religioso, pedi: "Dai-me paciência para não perder as estribeiras com esse complicado personagem".

Enquanto isso, o mestre, depois de criticar o ufanismo diante das máquinas, virou sua artilharia contra a internet.

— O sistema produziu a internet e os celulares, gerando uma revolução na comunicação e no acesso às informações jamais vista na história. As pessoas tornaram-se desinibidas diante de aparelhos, mas não perante faces concretas. Não dialogar com os outros é um ato tolerável, mas não dialogar consigo mesmo é um ato insuportável.

Agora eu entendia por que o mestre se isolava. Quando eu o via falando sozinho, achava estranhíssimo. Para mim, esse gesto sempre foi um sintoma de loucura, mas ele invertera o conceito, julgava-o um sintoma de sanidade. Nunca falei comigo mesmo, a não ser coisas prosaicas. Estava mais doente que alguns psicóticos; não foi à toa que cheguei ao ponto de me abandonar por completo.

As pessoas se ajuntavam cada vez mais, obrigando-o a elevar o tom de voz. Elas tinham vindo para a magnífica feira para ver as últimas novidades da informática e descobriram uma das últimas novidades do seu "computador" cerebral. Bombeando mais lucidez para a mente da platéia, o mestre fez uma afirmação apoiada em números que eu desconhecia:

— Mais de quatro bilhões de asiáticos, europeus e americanos jamais tiveram um encontro com seu próprio ser. Silenciarão sua voz num pequeno espaço de um túmulo como estrangeiros que nunca encontraram sua verdadeira casa.

As pessoas meditaram sobre essas palavras como se fossem uma oração. Nesse momento, nosso amigo Boquinha de Mel levantou as mãos. O clima filosófico exigia que ele continuasse com a boca fechada para não estragá-lo. Mas era mais dependente da sua língua do que do álcool. Perguntou:

— Chefinho, acho que estamos mais enrolados que esses caras.

— Por que, Bartolomeu? — perguntou pacientemente ao aluno especialista em interromper a aula no seu ápice.

— Porque nem endereço de casa temos. Moramos debaixo da ponte.

Muitos deram risadas. Logo ele percebeu o fora que dera. O mestre não o repreendeu, também sorriu e admirou sua espontaneidade. Boquinha era uma criança hiperativa e peralta. Para o mestre, a liberdade cresce no terreno da espontaneidade. Muitos mataram sua espontaneidade nas escolas, igrejas, empresas, inclusive as pessoas da grande feira; são robôs admirando máquinas. Não falam o que pensam. Nesse instante, me interiorizei e percebi que não ficara para trás. Em nome da discrição, era formal, ponderado, recatado. Não me conhecia nem deixava os outros me conhecerem. Era um intelectual perito em dissimular que estava tudo bem. Era difícil admitir que o Boquinha tinha vantagens sobre mim.

Calmo, o mestre lhe disse:

— Sim, Bartolomeu. Não temos casa, mas procuramos a melhor delas. Lembre-se de nossa canção.

E mais uma vez assombrou seus ouvintes com sua excentricidade. Interrompeu o discurso e cantou sua canção, e ainda fez os gestos de um maestro. Nós o acompanhamos. Nas primeiras frases, eu estava engessado. Boquinha e Dimas se esbaldavam. Saímos dos altos montes da reflexão para tomar um banho relaxante na cachoeira do prazer.

Sou apenas um caminhante
Que perdeu o medo de se perder
Estou seguro de que sou imperfeito
Podem me chamar de louco
Podem zombar das minhas idéias

Não importa!
O que importa é que sou um caminhante
Que vende sonhos para os passantes
Não tenho bússola nem agenda
Não tenho nada, mas tenho tudo
Sou apenas um caminhante
À procura de mim mesmo

Ao nos ouvir cantar essa canção, alguns ouvintes ficaram completamente atordoados. Perguntavam: "Que grupo é esse? De onde saiu? Quem é esse maestro? Será que é um palestrante de alguma corporação que está disfarçado para excitar a mente dos convidados?". Outros se soltaram, entraram no ritmo e começaram a nos acompanhar; perderam o medo de se perder, perderam o medo de se soltar; descobriram, por alguns instantes, que não são pesquisadores, engenheiros ou empresários, são apenas caminhantes. E ainda outros saíram da platéia dizendo: "Esse cara é louco varrido!". Apesar das interpretações destoantes, era impossível ficar indiferente à irreverência do homem malvestido. Ele penetrava nos espaços mais íntimos da solidão.

Olhamos ao nosso redor e vimos algumas pessoas comovidas, em especial duas executivas muito bem-trajadas. Sentiam-se intensamente abandonadas, embora rodeadas de pessoas. Tinham sucesso profissional, mas eram infelizes. Todo o cenário mexia com meu imaginário.

Vendo as pessoas interiorizadas, o vendedor de idéias tocou em outro assunto. Perguntou algo aparentemente óbvio:

— A vida média é maior hoje ou no passado?

Uma pessoa, tomando a frente, respondeu:

— Hoje, sem sombra de dúvida!

Mas o mestre, olhando para seus discípulos, em especial para mim, e depois para a massa que o ouvia, nos provocou indo contra a resposta:

— Não! Morremos mais cedo hoje que no passado!

Muitos zombaram do mestre. Imaginei que dessa vez ele tinha metido os pés pelas mãos. Um cientista não se agüentou. Dando risadas, confrontou:

— Tolice! Qualquer péssimo estudante sabe que a vida média se expandiu com as novas medidas sanitárias e vacinas.

O vendedor de sonhos não era tolo, sabia o que estava dizendo. Fixando-se nele, comentou:

— No tempo dos romanos, a vida média não passava dos quarenta anos. Na Idade Média, não passava dos quarenta e cinco. Hoje nos aproximamos dos oitenta, mas me refiro à vida média psíquica. Morremos psiquicamente mais cedo. Não parece que dormiram e acordaram com essa idade, senhores?

E, aumentando o tom de voz, afirmou:

— O sistema tem um lado boníssimo. Produziu vacinas, antibióticos, tratamento de água e esgotos, técnicas agrícolas, conservação de alimentos, gerando, assim, a expansão da vida média física. Todavia, o mesmo sistema que nos colocou ao ar livre retirou oxigênio com seus excessos. Entenderam?

Não entendemos, pelo menos não completamente. Muitas vezes ele era econômico nas palavras, falava quase por códigos. Não sabíamos o que queria dizer sobre os "excessos" do sistema. Para iluminar nossa mente, mais uma vez fez o que sempre amava fazer. Contou uma história:

— O simpático bacteriologista escocês Alexander Fleming estava analisando uma temível bactéria em seu laboratório em 1928. Distraído como um bom cientista, e golpeado pelo excesso de atividades, esqueceu a porta aberta ao sair. Um fungo invadiu as placas de cultivo das bactérias, produzindo um bolor. Aquilo que parecia um desastre gerou uma notável descoberta: as bactérias morreram. A partir dessa descoberta, extraiu-se o primeiro antibiótico, a penicilina. Milhões de vidas foram salvas. Todavia, a penicilina passou a ser usada excessiva e indiscriminadamente. O resultado? Agora, sim, desastroso. O uso excessivo de antibióticos tem produzido bactérias resistentes a eles e, portanto, perigosíssimas. A penicilina, que foi um dos maiores presentes da medicina para a humanidade, é hoje acusada de criar supermicróbios capazes de destruí-la ou afetá-la. Do mesmo modo, o sistema que expandiu a vida média física, por meio de seus excessos, está nos sepultando psiquicamente mais cedo do que nos tempos da varíola.

Fazendo uma pausa para respirar, completou sua história:

— Vivemos mais tempo fisicamente do que no passado, mas a percepção do tempo é muito mais rápida. Os meses correm, os anos voam. Muitos estão no ápice da juventude psíquica, mas olham para si e descobrem que têm setenta ou oitenta anos. Atualmente, oitenta anos são percebidos como vinte. Quais os excessos que os têm afetado? — indagou dos ouvintes.

Atordoados e honestos, os ouvintes olharam para a própria história e declararam aquilo que os asfixiava.

Uns responderam:

— Excesso de compromissos.

Outros:

— Excesso de informações.

E ainda outros:

— Excesso de pressões sociais, competição, metas, cobranças, necessidade de nos atualizarmos.

Éramos a sociedade de excessos, até excesso de loucuras.

Bartolomeu não ficou atrás. Felizmente deu uma nota dentro:

— Excesso de porre. — E como nunca deixava ninguém quieto, olhou para nós nos e disse: — Excesso de ego, de malandragem, de religiosidade.

Demos-lhe uns beliscões sutis.

As pessoas começaram a descobrir que os excessos tinham invadido nosso estilo de vida. Precisavam comprar sonhos. O homem de lábios e olhos inchados queria vendê-los, pelo menos um pouco.

— O que fazer para reverter essa vida excêntrica, saturada de tensões? — perguntou, angustiado, um senhor de sessenta anos.

O mestre foi lacônico e direto:

— Cortem os excessos, ainda que percam dinheiro e diminuam o *status*. Se não quiserem ser idosos reclamando uma juventude que já passou, têm de ter coragem para fazer cortes. Não há corte sem dor.

Eu fiquei pensando. Será que o mestre tinha tido coragem de fazer tais cortes na sua história ou era um daqueles teóricos que discorrem sobre o que não viveram? Pode uma pessoa sem experiência abrir a mente de outras pessoas? Ele me fez enxergar que o tempo voara para mim. Eu estava atolado até pescoço na lama dos excessos. Excesso de aulas, de preocupações, de pensamentos, de pessimismo, de reclamações, de dívidas. Eu criara "superbactérias" que infectavam minha psique.

Além de falar dos cortes no estilo de vida, vendeu o famoso exercício da arte da observação, que semanalmente fazíamos. E finalizou suas idéias dizendo:

— A vida se extingue rapidamente no parêntese do tempo. Vivê-la lenta e deslumbradamente é o grande desafio dos mortais.

Essas palavras me fizeram recordar que no passado os dias corriam tão rápido que eu não percebia. Agora, com essa incomum família, os dias duravam. Vivíamos intensamente.

Após dizer tais palavras, começou a sentir vertigem. O estresse pelo espancamento e o desgaste do discurso o haviam esgotado. Seguramo-lo para que não caísse. Salomão e Dimas o pegaram pelos braços e o conduziam para fora.

Saiu sob aplausos calorosos. Foi descansar debaixo do viaduto da Avenida Europa, a duzentos metros do local.

Uma pessoa se aproximou dele e disse agressivamente:

— Nunca ouvi tanta loucura num só dia. Você é uma fraude!

Ficamos mordidos de raiva do sujeito. O mestre nos aquietou e reagiu:

— Torço para que minhas idéias sejam de um louco e as suas de um sábio. — E foi saindo.

As pessoas prestavam atenção no estranho homem enquanto ele saía. Comentavam: "Será que não quer fundar uma nova sociedade?". Abismadas, diziam entre si: "Como reunirei forças para fazer os cortes necessários em meus excessos?". Algumas queriam morar no campo, cultivar orquídeas, criar animais ou fazer uma segunda jornada na sociedade, mudar de emprego ou ser voluntárias em instituições filantrópicas, como hospitais de câncer ou de crianças, mas seus excessos adiavam seus projetos. Porém, dessa vez retornavam para casa pensativas. Não dormiam direito, entenderam que deveriam perder o medo de se perder. Pouco a pouco, descobri que o mestre não apenas era um vendedor de sonhos, mas uma fonte de insônia.

Enquanto saímos do templo da informática, mais um fato tocante aconteceu. Uma mulher bem-vestida, mesmo vendo o mestre conduzido para fora fragilizado, abordou-o. Dissemos a ela que não era o momento. Mas o mestre, esquecendo sua vertigem, lhe deu ouvidos. Deprimida, comentou:

— Minha adorável filha Joana, de seis anos, está com câncer. Os médicos disseram que provavelmente só terá mais três meses de vida. Meu mundo desabou. Queria morrer em seu lugar. Não consigo ficar em casa. Estou aqui porque, quando olho para ela, entro em desespero, e ela é tão especial que em alguns momentos tenta me consolar.

Ficamos comovidos e, mais uma vez, envergonhados com nossa sensibilidade. Emocionado, ele disse.

— Filha! Não tenho poder sobrenatural para ajudar a pequena Joana. Mas posso dizer que três meses mal vividos são como segundos, ao passo que três meses vividos na plenitude são como uma eternidade. Não enterre sua filha no túmulo do seu medo. Vá para casa, descubra-a e deixe-a descobri-la. Viva intensamente com ela, com o máximo de alegria, pelo tempo que ela tiver.

Ela partiu animada, sedenta de fazer de cada minuto um momento único. Não sabíamos se a sobrevida da pequena Joana aumentaria. Mas tínhamos a certeza de que em três meses elas poderiam destilar uma história mais rica e mais intensa do que nos trinta anos que a maioria dos pais viviam com seus filhos.

Lembrei-me da minha história como pai. Tive vontade de sair correndo atrás do João Marcos e lhe pedir desculpas pelo meu superficialismo e intelectualismo.

O veneno do assédio social

Enquanto levávamos nosso mestre para o Viaduto Europa, Bartolomeu se desgarrou do grupo. Um repórter queria fazer uma entrevista sobre nós e em especial queria especular sobre a identidade e as intenções do mestre. Vendo que durante o seu discurso Bartolomeu fez uma pergunta, chamou-o à parte e propôs-lhe uma entrevista. Ele ficou excitado, sem saber que estava entrando numa zona de perigo.

O jornalista foi direto nas perguntas:

— É verdade que o homem que ouvimos os chamou para o seguirem, sem lhes prometer dinheiro e lhes dar o mínimo de segurança?

— Sim – respondeu com simplicidade.

— É verdade que vocês realmente moram debaixo de uma ponte?

— Não de uma — respondeu ele. — Moramos debaixo de muitas pontes e viadutos.

— Como assim? Quem são vocês? A quem vocês seguem?

Constrangido pela dificuldade de dar respostas precisas, sem pensar muito, Bartolomeu disse: — Nós? Nós somos um grupo de artistas.

— Artistas? São artistas plásticos, escultores, grupo teatral? — indagou o jornalista, curioso, pensando se tratar de um grupo bizarro de artistas. Mas decepcionou-se.

Bem-humorado, o terrível Boquinha de Mel respondeu:

— Não. Somos artistas em complicar a vida. — E deu sua famosa gargalhada, que se ouvia a cinqüenta metros.

O jornalista se sentiu menosprezado. Mas meu amigo fora sincero e espontâneo. Em seguida, tentando explicar melhor seu pensamento, acrescentou:

— Durante toda a nossa história, complicamos a vida, mas agora estamos passando por um complicado processo de descomplicação. Não é fácil, mas chegaremos lá.

Boquinha de Mel estava entusiasmado, pois era a primeira entrevista que dava em sua vida. Sentia-se atraído — pelo menos um pouco — pelo veneno do assédio social.

— Mas quem é o líder do grupo? O que ele faz? — perguntou o entrevistador, curioso.

— Não sei quem ele é. Mas sei que ele vende sonhos — disse com ingenuidade.

— Vende sonhos, como assim? Esse sujeito não é uma pessoa perigosa? Não é um louco?

O discípulo olhou em derredor e, apontando para o ambiente, disse:

— Se ele é louco eu não sei, mas sei que ele diz que todos nós estamos num manicômio global. O chefinho quer mudar o mundo — falou, dando uma dimensão fantasiosa às metas do mestre. Na realidade, o mestre queria estimular as pessoas a terem sede e fome de mudanças, pois somente elas seriam responsáveis por suas transformações.

Perplexo, o entrevistador indagou:

— O quê? Aquele maltrapilho diz que vivemos num hospício global? E deseja mudar o mundo? E vocês acreditam nisso?

164

— Não sei se ele vai mudar o mundo, mas está mudando o meu mundo — disse com sinceridade.

— Vocês são anarquistas?

Bartolomeu desconhecia o movimento anarquista. Não sabia que Pierre Joseph Proudhon, o inspirador desse movimento surgido no século XIX, defendia a tese da construção de uma nova sociedade, capaz de expandir a liberdade individual e libertar o trabalho da exploração do capitalismo industrial. Nessa nova ordem social, constituída pela organização dos trabalhadores, as pessoas tratariam com justiça seus pares e desenvolveriam seu potencial. Os anarquistas não reconheciam o governo vigente, suas leis e instituições. Viviam debaixo do seu próprio controle. Sem a tutela do Estado, o ser humano, pensavam os anarquistas, seria livre.

O mestre não compactuava com a idéia central dos anarquistas. Para ele, sem Constituição e sem instituições, o homem poderia cometer atrocidades, distorcer o direito dos outros, assassinar, extorquir, viver em função de si mesmo e mostrar uma selvageria sem precedente. Não queria também reeditar o movimento *hippie*, que surgira na esteira da guerra dos EUA com o Vietnã. A frustração da juventude com a guerra gerou o desapontamento com as instituições, e isso se tornou o embrião de um movimento de paz e amor, mas sem compromissos sociais.

O projeto de vender sonhos do mestre, ao contrário, era saturado de compromissos com a sociedade, em especial com os direitos humanos, a liberdade e a saúde psíquica. Por isso, ele recomendava, para os que queriam segui-lo, que não deixassem suas atividades sociais. Apenas alguns, talvez os mais bizarros, eram chamados para o seu treinamento.

Bartolomeu não sabia que não éramos anarquistas. Embora não entendesse o conteúdo da pergunta, o bizarro discípulo coçou a cabeça e respondeu com singeleza filosófica:

— Olha, meu amigo, não sei se somos anarquistas. O que sei é que até há pouco tempo eu não sabia dizer quem eu era.

— E agora, sabe? — perguntou o entrevistador curioso. Mas nosso amigo deu um nó na mente dele.

— Agora? Sei menos ainda. Não sei quem sou nem o que sou, pois o que pensava que era não é o que sou. Estou me desintoxicando do que era para ser o que sou. Não compreendo ainda quem sou, mas estou à procura de mim. Tá entendendo?

— Não! — respondeu o repórter, saturado de dúvidas.

Bartolomeu reagiu aliviado, dizendo:

— Ufa! Que maravilha! Pensei que só eu não entendia. Olha, meu amigo, só sei que vivia caindo todos os dias, mas agora estou reerguendo alguns. — E fitando os olhos do jornalista, fez-lhe um convite afetivo: — Você não quer fazer parte do grupo?

— Eu não! Isso é coisa de maluco — rebateu o outro categoricamente.

Percebendo a atitude ríspida do jornalista, ele rebateu, dessa vez sem ingenuidade:

— Ué, cara! Como sabe disso? Mas é tão bom ser maluco!

E, irreverente, levantou-se e começou a andar e a cantar, com sua voz estridente e de braços abertos, um trecho de uma música do Raul Seixas de que gostava: "Eu vou ficaaar, maluco beleza". Saiu sem se despedir do repórter. E gritava: "Ah! Eu adoro essa vida!". Gingava os quadris e cantava: "Eu vou ficaaar, maluco beleza". Ficou fora de si.

O jornalista, antes da entrevista com Bartolomeu, já tinha desenhado a pauta e o conteúdo da reportagem. Só precisava confirmar alguns dados. O preconceito o controlara. Bartolomeu ficou tão eufórico com a primeira entrevista que perdeu a sobriedade. Resolveu comemorar. Foi para um bar e encheu a cara. Era a terceira recaída desde que fora chamado, só que as duas primeiras tinham sido brandas. Dessa vez ele entortou o cabo do guarda-chuva e ensopou-se. Ficou jogado na calçada.

Notando a sua falta, ficamos preocupados. O mestre nos encorajou a ir atrás dele. Eu e meus amigos, sem paciência, falamos uns para os outros: "De novo! Esse cara não tem jeito". Depois de uma hora o achamos quase desmaiado. Nós o colocamos de pé, mas ele não se firmava. Percebemos que fazia um pouco de corpo mole, não queria andar. Pegamos seus braços um de cada lado, e o apoiamos. Dimas empurrava por detrás.

Bartolomeu, com a voz pastosa, reclamava de Dimas:

— Vai devagar, amigo... O pára-choque é frágil.

De vez em quando, soltava flatos sonoros e fétidos — pior que uma vaca velha. E ainda zombava de nós:

— Gente, perdoa o escapamento furado.

Dava vontade de lhe dar uns tabefes. Eu me questionava: "Saí do mundo das idéias da academia para ouvir as idéias de um bêbado. É inacreditável". Nunca amei o próximo a não ser que me desse retorno. Sem retorno, estava fora. Agora estava cuidando de alguém que, além de não me dar retorno, me fazia sair do sério e me tirava sarro. Chegando perto do viaduto, nos últimos trinta metros, tivemos que carregá-lo; realmente, ele não conseguia mais andar. O mais difícil era agüentar sua declaração de amor por nós num péssimo inglês;:

— *I love you*, gente. *I love you very much, much, much.*

Suados e fatigados, falamos em coro:

— Cala a boca, Bartolomeu! — Mas não adiantava. Pedir para ele se calar aguçava seu vício inveterado de ser prolixo. Falou umas dez vezes, durante o trajeto, que nos amava. Talvez estivesse sendo sincero, talvez sua afetividade fosse maior que a nossa. Logo que chegamos ao viaduto, o folgado tentou nos dar beijos de agradecimento. Não agüentamos. Soltamo-lo no chão, mas procuramos proteger sua cabeça. Descarado, ele olhou para nós e exagerou:

— *My friends*, é um privilégio vocês me tomarem nos braços.

Impacientes, dissemos em tom firme ao mestre:

— Mande esse cara para os Alcoólatras Anônimos. — Mas sem ele faltava graça no grupo.

Dimas falou:

— Mande-o para... para... um hospital psi... psi..., de louco mesmo.

O Milagreiro disse:

— Mestre, quantas vezes teremos que suportá-lo?

Não queríamos ouvir a resposta, pois ele endossou as palavras de Bartolomeu:

— É um privilégio carregá-lo.

Ouvindo as palavras do mestre, Bartolomeu, mesmo embriagado, sentiu-se prestigiado:

— Tão ouvindo o chefinho! Não sou pouca coisa, não! — falou quase incompreensivelmente, mas claro o suficiente para aumentar a temperatura de nossas emoções. Em seguida, o vendedor de sonhos adicionou:

— É melhor carregar do que ser carregado. É melhor suportar do que ser suportado.

E disse-me algo que mais uma vez colidiu frontalmente com meu ateísmo:

— O deus construído pelo homem, o deus religioso, é implacável, intolerante, exclusivista, preconceituoso. Mas o Deus que se oculta nos bastidores do teatro da existência é generoso. Sua capacidade de perdoar não tem bom senso, nos estimula a carregar os que nos frustram tantas vezes quantas forem necessárias.

Enquanto o mestre falava, eu duvidava das suas palavras. Recordava minha análise sociológica dos textos das Antigas

Escrituras, e me vinha à mente um deus rígido, agressivo, intolerante. "Onde está esse Deus generoso? Onde está o Deus tolerante, se aceitava apenas o povo de Israel?", perguntei-me. Como se estivesse lendo os meus pensamentos, ele disse:

— Esse Deus generoso foi declarado em prosa e verso na boca do Mestre dos Mestres. Foi declarado quando chamou Judas de amigo no ato da traição. Foi declarado quando Jesus tremia na cruz e clamava: "Pai, perdoai-os porque eles não sabem o que fazem". Ele protegeu os que o odiaram, amou seus inimigos, intercedeu afetivamente pelos seus torturadores.

Suas palavras penetraram nos becos da minha personalidade, expondo minha falta de generosidade. Eu nunca soubera perdoar. Nunca perdoara meu filho por usar drogas. Para mim, ele havia negado a minha excelente educação. Nunca perdoara minha esposa por ter me abandonado. Para mim, ela abandonara um dos melhores homens do mundo. Nunca perdoara meu pai por ter se matado. Para mim, ele cometera o maior crime em ter me deixado quando menino. Nunca perdoara meus colegas professores que me traíram quando haviam prometido seu apoio no departamento. Considerava-os um bando de covardes dominados pela inveja.

Ao caminhar com o mestre, tinha a oportunidade de perdoar e carregar um alcoólatra gozador, desatinado, irresponsável. Como fazer isso sem reclamar? Difícil, muito difícil para mim. Mas eu começava a amar esse zombeteiro. Bartolomeu tinha o que eu sempre quisera: autenticidade e auto-estima sólida. Sociologicamente falando, os irresponsáveis são mais felizes do que os responsáveis. O problema é que os irresponsáveis dependem dos responsáveis para serem carregados.

No dia seguinte, as conseqüências da entrevista de Bartolomeu vieram à tona. Estava estampada, na primeira página do famoso jornal, a foto do mestre com a seguinte manchete: "Psicótico chama o sistema social de manicômio global".

O jornalista comentava que havia um maluco que dizia que a humanidade caminha pelas avenidas de um gigantesco manicômio global. Mas dessa vez — dizia o maluco — esse manicômio não era um lugar lúgubre, frio, fétido, escuro, como os hospitais psiquiátricos do passado, e sim um ambiente aprazível, colorido, iluminado e repleto de máquinas sofisticadas. Um lugar perfeito para cultivar nossas loucuras sem nos perturbarmos com elas.

Ele fazia discursos em todos os lugares públicos, com o objetivo de mudar a mente das pessoas. Ninguém sabia suas origens, mas para ludibriar as pessoas ele se intitulava com um nome atraente, "o Vendedor de Sonhos".

A reportagem estampava fotos das pessoas magnetizadas por ele e dizia que o sujeito era doido varrido, mas carismático e instigante. Sua capacidade de sedução era grandiosa. Até executivos caíam na sua armadilha. Uma corja de ingênuos sem cultura clássica o seguia. Ele comentava que não enfatizava milagres nem se julgava messiânico, mas, desde que o homem Jesus viveu na Judéia e na Galiléia, não se via um demente tão ousado querendo reproduzir seus passos.

Nada discorreu sobre as intrigantes idéias que o mestre proferia. Não falou sobre a necessidade vital do autodiálogo, o sono inconsciente a que os computadores estão eternamente condenados, os excessos do sistema que estão nos fazendo morrer mais cedo no território psíquico. Silenciou-se ante a redução drástica da vida média psicológica. Por fim, concluiu a matéria dizendo que seus seguidores eram um bando de anarquistas que colocavam em risco a democracia e que poderiam desencadear atos terroristas.

A reportagem atirou nossa história no chão. A difamação foi contundente, não deixou pedra sobre pedra do nosso projeto. Ficamos profundamente cabisbaixos, desanimados. Não havia mais como continuar, pensei. Seria muito melhor chafurdar na lama do individualismo. Enquanto afundávamos no pântano dessa calúnia, mais uma vez o mestre entrou em cena e tentou apaziguar nossa mente. Parecia que havia sofrido tanto na vida, que essas coisas não o incomodavam.

— Lembre-se das andorinhas. Não temos vocação para ser mitos.

E tocando na raiz de nossa fragilidade, acrescentou:

— Jamais se esqueçam de que não é possível servir a dois senhores: ou vendemos sonhos ou nos preocupamos com nossa imagem social; ou somos fiéis à nossa consciência ou gravitamos na órbita do que os outros pensam e falam de nós.

E mais uma vez nos deu a opção de partir.

— Não se preocupem comigo. Vocês já deram muitas alegrias a mim e a muitos outros. Aprendi a amá-los e admirá-los do jeito que são. Não quero colocar em risco a vida de vocês. É melhor partirem.

Mas para onde iríamos? Não conseguíamos mais ser mortais "normais", servos do sistema anulados pela maçante rotina social, especialistas em reclamar da vida esperando a morte chegar. Havíamos nos tornado uma família incomum. O egoísmo do passado ainda estava vivo, mas paulatinamente dava lugar ao prazer em servir aos outros.

Optamos por ficar. Afinal de contas, se a pessoa mais difamada pela reportagem sentia-se livre, por que nós iríamos nos acorrentar? Durante o dia, sentimos que o tiro saía pela culatra. A reportagem, em vez de acabar com o movimento, colocou mais combustível nele. As pessoas não suportavam mais noticias sobre assassinatos, acidentes, estupros, furtos. Numa megalópole pautada pela mesmice, entediada pela escassez de fatos novos, o mestre se tornou um fenômeno social.

As pessoas tinham sede de novidade, ainda que fosse travestida de loucura. O vendedor de sonhos se tornou tal novidade, virou uma celebridade local, justamente o que ele mais temia. A partir daí, começou a ser seguido por *paparazzi*, profissionais de plantão em busca de notícias que, às vezes, difundem sensacionalismo.

Ao tomar ciência de que estava cada vez mais famoso, ele meneava a cabeça, insatisfeito. Alertava-nos, dizendo:

— Para criar um deus, basta uma dose de carisma e de liderança num ambiente de estresse social. Cuidado, o sistema dá, mas tira, em especial a nossa humanidade.

Eu entendia o que o mestre queria apontar. O povo mais culto da terra, o que mais havia conquistado prêmios Nobel no começo do século XX, entronizou Hitler num período de crise social. Os tempos de crise são tempos de mutação para o bem ou para o mal. Chamando-nos a atenção contra os riscos do poder, o mestre comentou:

— A maioria das pessoas está despreparada para assumir o poder. O poder faz despertar fantasmas que estão escondidos debaixo do manto da humildade: o fantasma do autoritarismo, do controle, da chantagem, da necessidade de aplausos. — E nos ensinou: — O poder nas mãos de um sábio o torna um aprendiz, mas mãos de um estulto o torna um ditador. Se um dia tiverem muito poder, que fantasmas sairão do calabouço do seu inconsciente? — nos indagou.

Sua pergunta nos incomodou. Quando assumi a chefia do departamento, alguns fantasmas saíram do meu calabouço psíquico e ganharam corpo. Tornei-me duro, inflexível, exigente.

Entendi que não se conhece um ser humano pela doçura da voz, pela bondade dos gestos ou pela simplicidade das vestes, mas tão-somente quando se lhe dá poder e dinheiro.

O mestre discorria sobre esses complexos assuntos de um modo que me intrigava. Ele se vestia como um miserável, mas seu falar indicava que não era um professor que ensina algo distante da sua realidade. Parecia que havia tido muito poder. Mas que poder pode ter tido alguém tão pobre, sem conta bancária, sem casa nem documentos?

Alguns religiosos começaram a ter grande apreço por suas idéias, mas outros começaram a ficar preocupados com sua ascensão. Deus era propriedade deles. Eles eram teólogos, peritos em divindade. Um miserável que vivia à margem da sociedade e que morava debaixo de pontes não tinha gabarito para discorrer sobre ele. Alguns religiosos radicais se perguntavam: "Não seria ele um profeta do mal? Não seria o anticristo que há séculos foi anunciado?". O fato é que ele se tornou uma figura emblemática. Queria passar despercebido, mas era impossível esconder-se.

Alguns começaram a lhe pedir autógrafos nas ruas e avenidas. Mas ele os fitava e os surpreendia:

— Como poderei dar autógrafo a alguém tão ou mais importante que eu? Precisaria de décadas para conhecê-lo um pouco, compreender alguns pilares da sua inteligência e desvendar alguns fenômenos que tecem sua construção de pensamentos. Eu é que me sinto honrado em conhecê-lo. Por favor, me dê você um autógrafo.

Eles deixavam sua presença pasmos e reflexivos. Alguns compravam o sonho de que não existem celebridades e nem anônimos, mas seres humanos complexos com funções sociais distintas.

A superioridade das mulheres

Nos dias que se seguiram, estávamos vivendo um céu de brigadeiro. Nenhuma tempestade no ar. Nenhum percalço social. Nenhuma rejeição. Desfrutávamos de prestígio, assédio e reconhecimento social. Nada mal para quem desafiava o poderoso sistema e morava em lugares inóspitos. Não imaginávamos o que viria pela frente.

Quando tudo transcorria em perfeita harmonia, mais uma vez o mestre nos assombrou. Convidou-nos para ir ao mais charmoso dos templos, o templo da moda, o mundo *fashion*. Estava havendo no lado sul da cidade um requintado desfile de renomados estilistas. O poderoso grupo Megasoft novamente estava representado pela sua cadeia mundial de roupas femininas, chamada La Femme, que administrava mais de dez grifes internacionais e tinha duas mil lojas em vinte países.

Achamos bizarro o convite do mestre. Era um local inapropriado para vender sonhos. Afinal de contas, críamos que pelo menos nesse ambiente a auto-estima encontrara seu melhor meio de cultura. Pensávamos que a auto-imagem, o culto ao corpo e o prazer existencial existiam em outros guetos, mas não no gingado das passarelas.

"O que o mestre almeja num ambiente desses?", pensávamos. "Que reações teria? Que atitudes tomaria? A quem abordaria?", continuávamos a refletir. Torcíamos para que ele fosse discreto, não causasse nenhuma turbulência, mas sabíamos que isso era quase impossível.

Entrar no evento já seria um problema. Afinal de contas, se não tínhamos conseguido entrar no templo da informática, como entraríamos no templo da moda? Nossos trajes eram pitorescos, estávamos fora do rigor da moda. Parecíamos um grupo de pessoas exóticas, antiquadas, notadas não pela graça, mas pela estranheza. Seríamos indubitavelmente rechaçados.

O mestre trajava nesse dia um *blazer* preto desbotado e remendado, que ganhara num brechó e cuja numeração era maior que a sua. Usava calça preta de corte mal definido e bolsos traseiros remendados com pano de cor azul. Vestia camisa verde-musgo amassada e com algumas manchas de caneta esferográfica preta.

Eu usava camiseta pólo e calça bege que ganhara de um caminhante que reencontrou seus sonhos. Todos estávamos desarrumados, mas as vestes do Bartolomeu eram as mais engraçadas, e, sob alguns ângulos, ridículas. Sua calça amarela estava quatro dedos acima do tornozelo. Uma viúva que morava próximo do Viaduto Europa a presenteara. Pertencera ao seu marido. Ele estava feliz com ela, pois vivia o ditado "a cavalo dado não se olham os dentes". A meia do lado esquerdo era azul-marinho e a do lado direito, azul-escura. A camiseta branca tinha dizeres eloqüentes, que retratavam com fidelidade a sua personalidade: "Não me siga! Estou perdido".

Ao penetrar no imenso *hall* do salão nobre dos desfiles de modas e observar atentamente as pessoas muito bem-trajadas, o mestre mexeu com nossa estrutura. Não fez discursos nem criticou o mundo *fashion*. Comentou com segurança:

175

— Estou pensando em chamar algumas mulheres para vender sonhos, o que acham?

O ninho dos homens abalou-se. Éramos um grupo extravagante, excêntrico, reconhecidamente esdrúxulo, mas nos acomodávamos. Havia diferenças, mas estávamos nos ajustando. Nossas discussões fora dos olhares do mestre eram ardentes, mas passíveis de superação. Agora, chamar mulheres para a nossa confraria parecia um exagero. Não daria certo.

Imediatamente ponderei.

— Mulheres, mestre? Acho que é uma má escolha.

— Por quê? — questionou-me.

Antes de eu responder, o Boquinha de Mel felizmente saiu em minha defesa:

— Elas não agüentarão o tranco. Como dormirão debaixo de pontes?

— Que banheiro usarão? Em que espelho se arrumarão? — ponderou Salomão. Mas o mestre retrucou:

— Mas quem disse que elas necessitam deixar o próprio lar para nos seguir? Afinal de contas, cada ser humano deveria vender sonhos no ambiente em que se encontra, seja para si mesmo ou para os outros.

Dessa vez, suas palavras não nos aliviaram. Não admitíamos que uma mulher pudesse participar do grupo, ainda que parcialmente. Por mais que o mestre tivesse nos alertado, depois das batalhas, rejeições e enfrentamentos sociais, estávamos envenenados com certa dose de heroísmo. Sentíamo-nos revolucionários, protagonistas de uma experiência sociológica fantástica. Não queríamos dividir nossas glórias. Infectados pela discriminação, pensávamos que as mulheres diminuiriam nossa audácia.

— Segui-lo, mestre, é para... macho, e dos bons. De mais a mais, as mulheres falam demais e agem de menos — disse

Mão de Anjo com convicção, quase sem gaguejar. Em seguida percebeu sua arrogância e tentou se desculpar. Havíamos nos apossado do mestre e de seu projeto. Queríamos dar a ele um colorido masculino.

Edson também não suportou a proposta do mestre. Usou seus conhecimentos sobre teologia para dissuadir-lhe as intenções.

— Mestre, Buda chamou aprendizes, Confúcio teve homens como seguidores, Jesus chamou discípulos. Como você quer chamar mulheres para segui-lo? Olhe para a história! Não vai dar certo.

Pela primeira vez, o grupo foi unânime em se derreter de elogios para o Milagreiro. Começamos a pensar que poderia trazer contribuições interessantes. Todavia, o vendedor de idéias perguntou contundentemente ao nosso teólogo:

— Quando o Mestre dos Mestres chamou seus discípulos, onde os colocou, no centro ou na periferia do seu plano?

— No centro. É claro — respondeu sem titubear.

— E as mulheres? — indagou, testando-o.

Edson pensou, refletiu, pôs as mãos na testa, pois sabia que poderia cair em contradição. E, depois de um prolongado momento analítico, respondeu com argúcia:

— Não posso dizer que na periferia, pois elas lhe davam suporte material, mas não estavam no centro do trabalho, pois não participaram ativamente do seu projeto.

Pensei comigo: "Caramba! Achava que Edson tinha uma visão curta, mas mais uma vez mordi a língua".

O mestre novamente olhou para ele e depois para todos nós.

— Errado — disse ele, e permaneceu em silêncio.

Por eu ter estudado como sociólogo os textos considerados sagrados, achava que Edson estava certo. Aguardava os argumentos do mestre, desconfiado de que dessa vez não nos convencesse.

— Elas sempre estiveram no centro do seu projeto. Em primeiro lugar, segundo as Escrituras, Deus não escolheu uma casta de fariseus, de sacerdotes ou de filósofos gregos para educar o Menino Jesus, mas uma mulher, uma adolescente não contaminada com o sistema masculino vigente.

Coçamos a cabeça diante da bomba.

— Em segundo lugar, a primeira pessoa a anunciá-lo na palestina foi uma mulher, a mulher samaritana. Ela viveu uma vida promíscua, teve muitos homens, mas as palavras dele saciaram sua sede interior. Determinada, reuniu seu povo e falou do homem que a comovera. — Após dizer essas palavras, ele parou para respirar e nos tirou o fôlego dizendo: — Uma prostituta foi mais nobre que os líderes religiosos do seu tempo.

Bartolomeu soltou uma frase que quebrou o tenso clima que pesava sobre os homens. Não sei onde encontrava tanta imaginação:

— Chefinho, sempre achei que as mulheres são mais inteligentes que os homens, o problema é que inventaram o cartão de crédito... – E caiu na risada. Dera a entender ironicamente que era ele que sustentava as mulheres que já tivera. Na realidade, elas o tinham sustentado.

O mestre, não contente com nossa masculinidade preconceituosa, investiu ainda mais. Perguntou novamente para o nosso teólogo de plantão:

— Diga-me, Edson. No momento mais importante da vida de Jesus, quando seu corpo tremia na cruz e seu coração claudicava, onde estavam os homens, no centro ou na periferia do seu plano?

Edson, sem cor, demorou a responder. E nós ficamos rubros. Diante do silêncio, o mestre reagiu:

— Seus discípulos eram heróis quando ele abalava o mundo, mas foram covardes quando o mundo desabava sobre ele:

calaram-se, fugiram, negaram, traíram. Mas mesmo assim, ele os amou. Os homens são mais tímidos do que as mulheres.

Num ímpeto sociológico, retruquei-lhe:

— Mas eles não fazem guerras? Não empunham armas? Não fazem revoluções?

Porém, a resposta veio sem titubear:

— Os fracos usam as armas; os fortes, o diálogo. — Em seguida, fez a pergunta que mais temíamos:

— Onde estavam as mulheres quando ele morria?

Sem muito entusiasmo, nós, que conhecíamos o texto, dissemos:

— Próximas da cruz.

— Mais que isso, estavam no epicentro do seu projeto. E sabem por quê? Porque as mulheres são mais fortes, inteligentes, sensíveis, humanas, generosas, altruístas, solidárias, tolerantes, companheiras, fiéis, sensatas, do que os homens. Basta dizer que noventa por cento dos crimes violentos são cometidos por homens.

Ficamos abalados com tantos adjetivos a favor delas. O mestre não parecia feminista, nem parecia estar querendo atirar palavras ao ar tentando compensar milênios de discriminação contra as mulheres. Parecia estar convicto do que pensava.

Para ele, o sistema que controlava a humanidade foi concebido nas entranhas da mente masculina, embora seus criadores não imaginassem que um dia se tornariam vítimas da sua própria criatura. As mulheres precisavam entrar em cena e, com sua graça e coragem, vender sonhos, muitos sonhos.

O templo da moda, um sorriso no caos

Depois de mostrar que o mais culto dos discípulos de Jesus, Judas, o traiu, o mais forte deles, Pedro, o negou, e o resto do bando, à exceção do João, debandou — enfim, depois de demonstrar a fragilidade masculina e a grandeza feminina, revelou por que estava no templo da moda. Começou tecendo algumas informações conhecidas nos meios sociológicos, mas desconhecidas de alguns dos membros que o tinham seguido.

Disse que no passado o sistema masculino considerara as mulheres uma classe inferior, amordaçara-as, queimara-as, apedrejara-as. Com o tempo, elas se libertaram, resgataram parcialmente seus direitos. Fez uma pausa nas suas idéias e citou o número "um". Fiquei inquieto com a citação numérica no meio do diálogo. Já havia visto esse filme.

O mestre comentou que as mulheres começaram a votar, brilhar no mundo acadêmico, crescer no mundo corporativo, ocupar espaços nos mais diversos territórios sociais; as mulheres tornaram-se cada vez mais ousadas. Com eficiência, começaram a mudar algumas áreas vitais da sociedade, a introduzir tolerância, solidariedade, companheirismo, afeto e romantismo. Mas o sistema não as perdoou pela audácia.

Preparou para elas a mais cafajeste e sorrateira das armadilhas. Em vez de exaltar sua inteligência e notória sensibilidade, começou a exaltar o corpo da mulher como nunca na história. Usou-o exaustivamente para vender produtos e serviços. Aparentemente elas sentiram-se bem-aventuradas. Parecia que as sociedades modernas estavam querendo compensar milênios de rejeição. Ingênuo pensamento. O mestre fez uma pausa para respirar.

Fitando o imenso e colorido templo da moda, ele ficou indignado e em voz alta começou a convidar as pessoas para falar sobre a última moda. Nada poderia ser tão estranho para alguém com suas vestes. Mas, como o mundo *fashion* é versátil, pensaram que representássemos um estilista rebelde às convenções. Ficamos inibidos em ver pessoas tão bem-vestidas começarem a nos rodear. Algumas delas o identificaram.

Rapidamente, ele começou a discorrer sobre suas polêmicas idéias:

— Quando as mulheres se sentiam no trono do sistema masculino, o mundo da moda as aprisionou no mais grave e sutil estereótipo! — E citou o número "dois", profundamente triste.

Eu não sabia aonde o semeador de idéias queria chegar. Sabia que os estereótipos são um problema sociológico. O estereótipo do louco, do drogado, do político corrupto, do socialista, do burguês, do judeu, do terrorista, do homossexual. Usamos os estereótipos como um padrão torpe para tachar as pessoas com determinados comportamentos. Não avaliamos o conteúdo psíquico delas: se possuem determinados gestos, imediatamente as aprisionamos na masmorra do estereótipo, classificando-as como viciadas em drogas, corruptas, doentes mentais. Os estereótipos reduzem a dimensão humana.

Mas o que o mundo belíssimo da moda tem a ver com os estereótipos? As mulheres eram livres para vestir o que quisessem, comprar as roupas que bem entendessem e ter o corpo que desejassem. Eu não entendia por que tamanha preocupação do mestre. Entretanto, à medida que ele expunha seu pensamento, fiquei impressionado.

— O estereótipo do belo, no mundo da moda, começou a ser formado pela exceção genética. Que desastre! Que injustiça!

Bartolomeu estava boiando até esse momento.

— Chefinho, é caro esse estereótipo? — perguntou, pensando que era um tipo de roupa. O mestre disse-lhe:

— As implicações são caríssimas. — E explicou: – Para maximizar as vendas e gerar uma atração fatal entre as mulheres, o mundo *fashion* começou a usar o corpo de jovens completamente fora do padrão comum como protótipo de beleza. Uma entre dez mil jovens de corpo magérrimo e fácies, quadris, nariz, busto e pescoço estritamente bem-torneados tornou-se ao longo dos anos o estereótipo do belo. Que conseqüências no inconsciente coletivo!

As pessoas se aglomeravam cada vez mais. Depois de uma breve pausa, ele continuou:

— A exceção genética virou a regra. As crianças transportaram as bonecas Barbies com seu corpo impecável para o teatro da vida, e as adolescentes transformaram as modelos em um padrão de beleza inalcançável. Esse processo gerou, em centenas de milhões de mulheres, uma busca compulsiva do estereótipo, como se fosse uma droga. Elas, que sempre foram mais generosas e solidárias que os homens, se tornaram, sem perceber, carrascas de si mesmas. Até as chinesas e japonesas estão mutilando sua anatomia para se aproximar da beleza das modelos ocidentais. Sabiam disso?

Eu não tinha essa informação, mas como ele a tinha? Como pode alguém completamente fora de moda estar tão informado sobre ela? De repente, ele interrompeu meus pensamentos citando, consternado, o número "três".

E continuou dizendo que tal modelo penetrara como uma bomba silenciosa no inconsciente coletivo, implodindo a auto-imagem, causando um terrorismo contra a auto-estima, algo jamais visto na história. No passado, os estereótipos não tinham graves conseqüências coletivas porque ainda não éramos uma aldeia global. Quando as mulheres pensavam que estavam voando livremente, o sistema tosou-lhes as asas com a "síndrome da Barbie".

Um estilista o interpelou tensamente:

— Isso é folclore. Discordo de suas idéias.

— Gostaria que fosse. Quem dera minhas idéias fossem tolas. — E citou o número quatro.

Nesse momento, uma jovem perguntou, incomodada:

— Por que cita números enquanto fala?

O mestre olhou para mim e fez quinze segundos de silêncio. Parecia que estava sendo arrebatado para os recantos da sociedade e penetrado como um raio no âmago de muitas famílias que estavam perdendo seus filhas e filhos. Com os olhos embebidos em lágrimas, retornou dessa viagem e disse a todos:

— Lúcia, uma jovem tímida, mas versátil, criativa, excelente aluna, está com 34 quilos, embora tenha 1,66 metro de altura. Seus ossos saltam sob a pele, formando uma imagem repulsiva, mas ela se recusa a comer com medo de engordar. Márcia, uma jovem sorridente, extrovertida, uma menina encantadora, está com 35 quilos e tem 1,60 metro de altura. Sua face cadavérica leva seus pais e amigos ao ápice do desespero, mas ela do mesmo modo se recusa a se alimentar. Bernadete está com 43 quilos e mede 1,70 metro de altura. Gostava de conversar com todo mundo, mas se isolou do namorado, dos amigos e do bate-papo na internet. Rafaela pesa 48 quilos e mede 1,83 metro. Jogava vôlei, gostava de ir à praia e correr sobre a areia, mas agora está morrendo de inanição.

Fez mais uma pausa, olhou atentamente a platéia e disse:

— Durante minha fala, quatro jovens desenvolveram anorexia nervosa. Algumas superam seus transtornos, outras o perpetuam. E se vocês perguntarem a elas por que não comem, ouvirão: "Porque estamos obesas". Bilhões de células suplicam que se alimentem, mas elas não têm compaixão do seu corpo, que não tem força para fazer exercícios físicos nem para andar. O desespero para alcançar o estereótipo do belo fê-las adoecer profundamente e estancou o que jamais conseguimos estancar naturalmente: o instinto da fome.

E comentou que, se essas pessoas vivessem em tribos onde o estereótipo não tivesse um peso intenso, não adoeceriam. Mas vivem na sociedade moderna, que não apenas difunde a magreza insana, mas supervaloriza determinado tipo de olhos, pescoço, busto, quadris, o tamanho do nariz — enfim, um mundo que exclui e discrimina quem está fora do modelo. E o pior é que tudo isso é feito sutilmente. E enfatizou:

— Não nego que possa haver causas metabólicas para os transtornos alimentares, mas as causas sociais são inegáveis e indesculpáveis. Há cinqüenta milhões de pessoas com anorexia nervosa no mundo, um número que nos remete às proporções do número de mortos da Segunda Guerra Mundial.

De repente, o mestre perdeu a sobriedade, deixou o tom ameno e, como se fosse um psicótico, subiu em cima de uma poltrona que estava ao seu lado e bradou alto e bom som:

— O sistema social é astuto, grita quando precisa se calar e se cala quando precisa gritar. Nada contra as modelos e os inteligentes e criativos estilistas, mas o sistema se esqueceu de gritar que a beleza não pode ser padronizada.

Várias pessoas, inclusive modelos internacionais e estilistas famosos que passavam por ali, também eram atraídos pelo homem excêntrico que alardeava suas idéias. Já havia pessoas em diversas sociedades lutando contra essa discriminação, mas a luta era tímida perante a monstruosidade do sistema. O mestre nem sempre era dócil e paciente. Em algumas situações, mostrava um ar de irritação e inconformismo. Embriagado com o cálice da indignação, usou mais uma vez seu felino método socrático:

— Onde estão as gordinhas nos desfiles? Onde estão as jovens com quadris menos bem-torneados? Onde estão as mulheres de nariz saliente? Por que neste templo se escondem as jovens com culotes ou estrias? Não são elas seres humanos? Não são elas belas? Por que o mundo *fashion*, que surgiu para promover o bem-estar, está destruindo a auto-estima das mulheres? Essa discriminação socialmente aceita não é um estupro da auto-estima? Não é tão violenta quanto a discriminação contra os negros?

Ao ouvir esse questionamento, eu começara a ter asco do sistema. Todavia, quando o mestre havia nos conduzido ao auge da reflexão, apareceu Bartolomeu para novamente quebrar o clima. Levantou as mãos e com a maior descaramento tentou referendar o mestre:

— Chefinho, concordo com você. Não discrimino as mulheres. Já namorei cada assombração!

A platéia não se conteve com sua irreverência. Mas nós estávamos apreensivos, tão aflitos que olhamos para o incontrolável discípulo e dissemos uma frase que havia se tornado parte do nosso patrimônio cultural:

— Finja que você é normal, Bartolomeu!

As pessoas ficaram embaraçadas com as idéias do mestre. Algumas, boquiabertas e encantadas, outras, odiando essas idéias até á última fibra do tecido que usavam. Os *paparazzi* começaram a tirar fotos e mais fotos. Estavam ansiosos para noticiar o escândalo do ano.

Após ouvir a platéia irromper em sorrisos pela frase do discípulo viciado em fazer perguntas e dar opiniões, o mestre diminui o tom de voz e fez alguns pedidos emocionados:

— Rogo aos inteligentes estilistas que amem as mulheres, todas elas, que invistam na saúde psíquica delas não utilizando apenas a exceção genética para expressar sua arte. Poderão perder dinheiro, mas terão ganhos insondáveis. Vendam o sonho de que toda mulher tem uma beleza única.

Algumas pessoas o aplaudiram, inclusive três modelos internacionais que estavam do meu lado direito. Mais tarde, ficamos sabendo que as modelos eram expostas a diversos transtornos psíquicos. Elas tinham dez vezes mais chances de ter anorexia do que a população em geral. O sistema as entronizava e, ao mesmo tempo, as encarcerava. Em pouco tempo, eram descartadas.

Três pessoas o vaiaram. Uma delas jogou uma garrafa plástica de água no seu rosto, abrindo-lhe o supercílio esquerdo, produzindo um evidente sangramento. Pegamos no seu braço e queríamos que interrompesse sua fala, mas ele não se intimidou. Limpando o sangue com um velho lenço, pediu silêncio e continuou. Pensei comigo: "Há muitas pessoas que escondem o que pensam debaixo do manto da sua imagem social; eis que sigo um homem que é fiel a suas idéias". Em seguida ele fez uma proposta que nos deixou arrepiados:

— Noventa e sete por cento das mulheres, em algumas sociedades modernas, não se vêem belas. Por isso, em cada loja de roupa e em cada etiqueta deveria haver uma tarja semelhante à da advertência contra o cigarro com frases como esta: "Toda mulher é bela. A beleza não pode ser padronizada".

Essas palavras tiveram grande destaque na mídia. No exato momento da proposta, um jornalista o fotografou em um ângulo que pegou a metade superior do seu corpo e, no fundo, a logomarca da cadeia internacional de roupas do grupo Megasoft.

Ao ouvir suas idéias, eu não conseguia deixar de fazer a velha pergunta para mim mesmo: "Quem é esse homem que faz propostas revolucionárias? De onde provém seu conhecimento?". Em conversas reservadas, ele nos dizia que, um século após Abraham Lincoln ter libertado os escravos, Martin Luther King estava nas ruas das grandes cidades americanas lutando contra a discriminação. A discriminação demora horas para ser construída, mas séculos para ser destruída.

Foi incisivo ao afirmar para os presentes que os fenômenos fundamentais da existência jamais poderiam ser padronizados. Sexo, o sabor dos alimentos, o apetite, a arte, bem como a beleza, não poderiam ser classificados.

— Qual é a freqüência normal das relações sexuais? Todos os dias? Uma vez por semana? Uma vez por mês? Qualquer classificação geraria graves distorções. O que é normal, senão aquilo que satisfaz a cada ser humano? O que satisfaz senão aquilo que é suficiente?

Uma belíssima modelo internacional, chamada Mônica, profundamente tocada com seu discurso, o interrompeu e teve a ousadia de dizer publicamente:

— Eu só sabia desfilar, desfilar. Meu mundo eram as passarelas. Fui fotografada pelos melhores fotógrafos internacionais. Meu corpo foi estampado nas principais capas de revistas. Fui atirada ao alto pelo mundo *fashion*, mas o mesmo mundo que me exaltou me expeliu quando ganhei cinco quilos. Hoje tenho bulimia. Ingiro alimentos compulsivamente, em seguida sofro uma descarga de sentimento de culpa e ansiedade e, por fim, provoco vômitos. Minha vida é um inferno. Não consigo sentir o sabor dos alimentos. Não sei mais quem sou nem o que amo. Já tentei três vezes o suicídio.

Não havia lágrimas em seus olhos, pois elas tinham se esgotado. O mestre, ao observar o sofrimento da modelo, respirou profundamente duas vezes. Sentiu que era necessário se calar, percebeu que a experiência de Mônica era mais eloqüente que as suas palavras. Mas antes queria vê-la sorrir. Saiu do estado da reflexão para o do humor. Relaxado, solicitou:

— Quando as mulheres estão diante do espelho, dizem uma famosa frase, ainda que sem consciência. Qual é? — As mulheres responderam coletivamente: "Espelho, espelho meu, existe alguém mais bonita do que eu?". Não! Elas dizem assim: "Espelho, espelho meu, existe alguém com mais defeitos do que eu?".

A multidão sorriu. Mônica deu uma bela gargalhada; fazia cinco anos que não ria desse modo. Era o que ele desejava: vender-lhe o sonho da alegria. Foi um ensaio sociológico admirável. Foi a primeira vez que vi o bom humor florir no caos.

Bartolomeu se aproximou do mestre e disse:

— Chefinho, não vejo defeito em mim quando me olho no espelho. Será que tenho problema?

— Não, Bartolomeu. Você é lindo. Olhe seus amigos. Não somos maravilhosos?

Boquinha de Mel deu uma olhada geral no grupo de discípulos.

— Chefinho, não force a barra. A família é meio desarrumada.

Demos risadas e saímos. Nunca nos sentimos tão belos, pelo menos aos nossos olhos.

Chamando uma modelo
e uma revolucionária

Durante a saída do mestre, Mônica nos acompanhou, e lá fora expressou um profundo agradecimento. Deu-lhe um abraço afetuoso e um beijo no rosto. Morremos de inveja.

O mestre olhou para ela e inesperadamente tomou a mais fantástica atitude:

— Mônica, você brilhou nas passarelas da moda, mas eu a convido para desfilar em outra passarela, mais difícil de transitar, mais complexa de se equilibrar, mas mais interessante de viver. Eu a convido para vender sonhos conosco.

Mônica ficou perplexa, sem saber o que responder. Já havia lido algumas matérias sobre o enigmático homem que lhe fizera o convite, mas não tinha nenhuma segurança de onde estaria pisando. Ao ouvir o chamamento da encantadora modelo, nós, que havíamos rejeitado a entrada das mulheres no time, ficamos animadíssimos. Mudamos nossa posição. Imediatamente concordamos com o mestre que as mulheres não apenas são mais inteligentes que os homens, mas também muito mais bonitas.

Vendo-nos entusiasmados, o mestre se retirou. Foi conversar com uma pessoa que estava a cerca de vinte metros do grupo. Coube a nós explicar para a novata o mundo fascinante dos sonhos. Sem dúvida a convenceremos, pensamos. Explicamos, explicamos e demos mais e mais explicações. Parecíamos um bando de cachorros vira-latas na época do cio.

Vendo que Mônica não se entusiasmara, o Milagreiro se retirou para orar. Não queria cair em tentação. Mão de Anjo estava eufórico, não conseguia articular as palavras, mas tentou fazer uma poesia para atrair a modelo. Disse:

— Uma vida sem.... so... sonhos é... é... como um inverno sem... neve, um oceano sem... sem... ondas. – Achou que estava abafando, mas a estava sufocando.

Mônica nunca vira um bando de lunáticos como aquele, sujos, malvestidos, esquisitos, querendo cativá-la a qualquer custo. Suas dúvidas aumentaram. Afinal de contas, parecíamos um enxame de abelhas rodeando uma rainha. Enquanto falávamos, Mônica olhou levemente de lado e observou várias vezes o mestre ouvindo atentamente a pessoa que com ele conversava. Depois de meia hora de conversa, a modelo parecia estar querendo cair fora. Infelizmente, o Boquinha de Mel entrou em ação:

— Mônica querida, vender sonhos é a experiência mais maluca que já vivi. Nem quando estava curtido na vodca delirava tanto – falou, assustando a moça e dando mais uma vez um tremendo fora. Temendo as conseqüências das suas palavras, novamente o repreendemos.

— Finja que você é normal, Bartolomeu!

Mas ele não sabia dissimular; era o que era. Entretanto, algo inesperado aconteceu. Enquanto falávamos das maravilhas de vender sonhos, Mônica rejeitou o caminho, mas quando Bartolomeu falou da loucura do projeto, ela se animou. Queria algo mais excitante que o mundo das passarelas. Ficou pensativa, mas não havia ainda decidido fazer a experiência sociológica.

Em seguida o mestre apareceu. Mônica o interpelou:

— Mestre, conheço o homem com quem você conversava.

— Que bom! Ele é uma pessoa fascinante — disse ele efusivamente.

— Ele é surdo-mudo e não sabe a libras – comentou a modelo, desconfiando da sabedoria do mestre. Se o surdo não sabia a linguagem brasileira dos sinais, não era possível que se comunicasse. Ficamos calados. Depois de sua afirmação, era previsível que não o seguiria.

— Eu sei – respondeu o mestre. — Por isso raramente alguém dá atenção para ele e rompe o claustro da sua solidão. Eu ouvi o que as palavras não disseram. Você já gastou tempo perscrutando-o?— Ela emudeceu como o surdo. Ele se retirou, deixando-a maravilhada.

Mônica foi impelida a percorrer a jornada, a fazer a experiência de segui-lo, mas, a pedido do mestre, dormiria em casa. Não sabia sobre as noites de insônia que a aguardavam.

No dia seguinte, o homem que seguíamos estava estampado não apenas no jornal do grupo de comunicação Megasoft, mas também nos principais jornais da cidade. Até nos noticiários televisivos. Suas idéias causavam um enorme impacto. Alguns jornais já o chamavam pelo nome de que ele gostava: "Vendedor de Sonhos". Diziam que ele havia virado de cabeça para baixo o mundo *fashion*.

Alguns jornalistas, hiperpreocupados com a implosão da auto-imagem na juventude descrita por ele, falaram sobre a síndrome de Barbie e concluíram coisas que extrapolavam o que ele dissera. Disseram que ele bradara aos quatro ventos que muitas adolescentes pareciam um bando de maluquinhas por estarem sempre insatisfeitas com a anatomia do seu corpo, por sempre acharem um defeito na face e por se tornarem especialistas em reclamar continuamente que as roupas não lhes caíam bem.

Jovens que não gostavam de ler jornais sentiram-se despertados pela matéria. Alguns a levaram para a escola, e ela passou de mão em mão. Muitos meninos e meninas, ao lerem o texto jornalístico, relaxaram, pois estavam tão agoniados com os "defeitos anatômicos" que enxergavam em si mesmos que começaram a dar risada da sua "paranóia". Sentiram que a matéria abordava conflitos quase intocáveis na escola. A partir daí o ímpeto brigante de alguns jovens começou a despertar. Começaram a criticar o sistema social e desejaram conhecer de perto as idéias desse misterioso vendedor de sonhos.

Mônica nos encontrou na tarde desse dia e comentou a repercussão da matéria em seu meio. Disse que alguns estilistas amigos seus e algumas lojas tinham comprado as idéias do mestre e começariam a propagandear que a beleza não poderia ser padronizada, pelo menos não maciça e intensamente.

Ao ver a modelo mais entusiasmada, resolvemos contar a ela as inúmeras aventuras que tivéramos nos últimos meses. Ela ficou embasbacada. Nunca vira tanta adrenalina num grupo tão incomum. Uma semana depois desses fatos, o mestre novamente se reuniu conosco e colocou em pauta o desejo de chamar mais uma mulher para o projeto.

Considerando a portentosa anatomia de Mônica, achávamos que ele poderia chamar não mais uma, mas duas, três ou dez mulheres. "Como mudamos de opinião!", pensei. Eu, que sempre criticara os políticos que num dia eram inimigos ferrenhos uns dos outros e noutro, amigos fraternos, comecei a perceber que essa flutuação era uma doença inerente ao psiquismo humano, em especial o dos machos. Só dependia do nível de interesse em jogo. Nuns a flutuação era visível, noutros, era submersa.

Após o mestre colocar o seu desejo, olhou para o alto e depois para os lados, colocou as mãos no queixo e começou a se afastar de nós. Estava pensativo. Perguntava baixinho para si mesmo, mas ainda de maneira audível:

— Que mulher chamarei? Com que características?

O mestre estava a vinte metros de distância do grupo, andando em círculos no saguão de um *shopping* em que nos encontrávamos. De repente, quando estávamos felicíssimos com a proposta da entrada de mais mulheres para o grupo, apareceu uma senhora idosa e deu uma bengalada suave na cabeça do Boquinha de Mel. Era dona Jurema.

Ela brincou conosco, dizendo:

— Como estão, filhos?!

— Tudo bem, dona Jurema. Que bom revê-la! — dissemos com educação.

Em seguida, o grupo dos homens olhou para o pensativo mestre e depois para a velhinha e teve o mesmo e terrível *insight*: "É melhor afastar a velhinha rapidíssimo, porque ela pode estar na linha de fogo para ser chamada".

De repente, o mestre, com o olhar voltado para a calçada do lado oposto em que estávamos, soltou a voz, dizendo para si mesmo novamente:

— A quem vou chamar? — Sentimos um calafrio na espinha. Tentamos esconder dona Jurema. Precisávamos nos desfazer dela.

— O sol está... escaldante. A senhora pode se desidratar, está suando. Vá para... casa — disse Dimas, o manipulador de corações, tentando não gaguejar. Mas ela insistia em ficar.

— O tempo está ótimo, meu filho — disse com segurança.

Temendo que o mestre se aproximasse, Edson pegou delicadamente no braço dela e a afastou da linha de fogo.

— A senhora parece muito cansada. Nessa idade é preciso repousar.

— Sinto-me ótima, meu filho. Mas obrigada pela sua pre-ocupação — agradeceu dona Jurema.

Eu também fiz minhas tentativas. Tentei lembrá-la de algo que pudesse ter esquecido: um compromisso, uma visita para fazer, uma conta para pagar. Mas nada. Ela me disse que estava tudo em dia.

Mônica não entendia nossa preocupação com dona Jurema. Achou-nos solidários demais, um tanto artificiais. Bartolomeu, que sempre fora o mais honesto de todos nós, deu mais uma derrapada. Vendo que ela não tomava o rumo de casa, apelou. Eriçou a sobrancelha e lhe disse:

— Querida, linda e maravilhosa Jureminha. — Ao ver o carinho do Boquinha de Mel, ela se derreteu. Tremulou os cílios. — Vendo que a cativara, ele se empolgou. Disse uma asneira: — Sinto dizer-lhe que você está vermelha como um peru. Acho que vai enfartar. Vá urgente para um hospital.

Salomão tentou, como outrora eu fizera, tapar a bocarra de Bartolomeu, mas não deu tempo. Porém, dona Jurema fez melhor. Puxou o pescoço dele com a bengala e lhe disse uma frase que acabou também se tornando patrimônio cultural do bando:

— Bartolomeu, de boca fechada você é insubstituível.

Morremos de rir. Mas dona Jurema ficou incomodada, percebeu que escondíamos algo. Para mostrar seu imenso vigor, embora tivesse mais de oitenta anos e sua memória estivesse um pouco afetada devido ao início da doença de Alzheimer, fez algumas flexões e nos pediu para acompanhá-la, mas não conseguíamos. Deu uns saltos de balé clássico e nos pediu para repeti-los. Demos vexames: atabalhoados, quase caímos. Está-vamos enferrujados. Ela afirmou:

— Vocês são uns velhotes. Estou novíssima! Minha saúde é ótima! Cadê o guru?

Guru? Pensei. O vendedor de sonhos não gostava nem de ser chamado de mestre, quanto mais guru. Dissemos que ele estava com problemas, tinha um compromisso, não podia falar-lhe agora. Tentamos esconder a imagem do mestre, mas ela o procurava entre um corpo e outro. Nesse momento, Mônica já tinha desvendado a farsa. Descobriu que éramos uma turma de endiabrados com pequenas possibilidades de redenção. Estávamos num árduo processo de transformação.

Dona Jurema gritou mais alto ainda:

— Cadê o guru?

De repente, ouvimos o vozeirão do mestre, que fez tremer nossa musculatura:

— Que bom revê-la, magnífica senhora. — Em seguida fez o que mais temíamos: — Eu a convido para vender sonhos!

Mônica se esborrachou de rir, e nós nos atolamos de apreensão. Não sabíamos onde enfiar a cara. Entramos numa árida zona de desconforto, aprisionados em nossos conceitos. Saímos de lado e começamos a cochichar, indagando uns aos outros: "O que a sociedade irá pensar de nós, um bando de excêntricos seguido por uma senhora idosa? Vai ser cômico. Seremos motivo de piada até nos jornais. Como será conviver com ela? Ela deve ser lenta demais. Esperá-la não será um tormento? E o cheiro dela? Será que ela usa dentadura? E a flatulência, quem suportará? Já não bastam os gases do Bartolomeu?".

Depois da silenciosa conferência da confraria, sentimos que a experiência sociológica iria sofrer uma grave decadência. O mestre observava pacientemente nossa insanidade. Dona Jurema conversava com Mônica. Ela não entendera o chamamento do mestre. Mônica ensaiava explicar, mas ainda era novata, estava confusa. Não sabia que com a caminhada ficaria mais confusa ainda.

Dona Jurema, honesta, nos chamou à parte e disse-nos:

— Eu nunca vendi nada. Que tipo de produto é esse?

O mestre foi conversar com Mônica e deixou-nos livres para explicar para ela o projeto. Tivemos, assim, uma oportunidade de ouro para desanimar a velhota. Cá com meus pensamentos, fiquei imaginando se o mestre não tinha visto dona Jurema primeiro que nós e não estava mais uma vez nos testando, procurando desvendar as artimanhas e sutilezas da nossa mente.

Tivéramos uma experiência fantástica no asilo, descobríramos a grandeza dos idosos, mas insistíamos em carregar o preconceito contra eles. Estávamos convictos de que a velhinha não acompanharia a movimentação do grupo, diminuiria seu *status*, debelaria seu ímpeto revolucionário. Pensávamos que, com ela, o mestre teria de ser mais brando, conteria a força das suas idéias.

Falamos honestamente com dona Jurema sobre a aventura dos sonhos. Afinal de contas, mesmo quando nossos interesses eram contrariados, estávamos aprendendo a ser transparentes. Mas, para dissuadi-la, enfatizamos os perigos que atravessávamos, as calúnias, as difamações, as feridas, o espancamento vivido pelo mestre.

Ela nos ouviu atentamente. Respondia sempre: "Hum!". Arrumava os cabelos brancos, como se quisesse massagear o cérebro inquieto. Tínhamos certeza de que a estávamos deixando mais insegura do que já era. Salomão fazia os rituais mais esquisitos que já expressara. Anunciando maus presságios, fazia o sinal-da-cruz várias vezes. Mergulhava o pescoço no ar e dizia:

— Tô ficando arrepiado de tanto medo dos perigos.

Fiz sinal para que Bartolomeu ficasse quieto dessa vez, porque estávamos indo bem. Mas, sem pensar duas vezes, ele disse:

— É muito arriscado seguir esse homem, Jureminha. — E usando uma voz trêmula, como nos filmes de terror, acrescentou: — Podemos ser presos! Há risco de morrermos! Podemos ser seqüestrados, agredidos, torturados.

Sentimos que dessa vez ele foi mais apropriado, sem saber que quanto mais passasse o tempo mais essas palavras se tornariam uma espécie de profecia. Dona Jurema arregalou o olho direito, fechou o esquerdo, parecendo abismada sob as labaredas do pavor. Quando estávamos convictos de que desistiria, foi ela que nos assustou:

— Fantástico! — Entreolhamo-nos, sem entender a expressão.

— Fantástico o quê, dona Jurema? — perguntei, curiosíssimo, pensando que devido a algum comprometimento cerebral ela não entendera quase nada do que falávamos. Mas, para nossa surpresa, ela enfatizou:

— Tudo o que vocês me disseram é fantástico. Eu topo ser uma caminhante, aceito entrar no grupo! Sempre fui revolucionária como aluna, e depois como professora universitária, mas fui castrada, dominada pelo sistema educacional. Tinha de seguir uma agenda de que discordava, um conteúdo programático que não formava pensadores.

Nossa confraria ficou abalada. Não conseguíamos respirar. Já não bastava a misteriosa identidade do mestre, agora estávamos diante uma senhora carregada de segredos. Alguns de nós fungamos, perturbados com a personagem. Eu tentava conter o suor do rosto. Ela, mostrando uma lucidez invejável, acrescentou:

— Sempre quis vender sonhos, instigar mentes, mas fui silenciada. Aborreço-me diariamente ao constatar que a sociedade atual possuiu um rolo compressor que massifica o intelecto dos jovens, aborta o pensamento crítico e os torna estéreis, meros repetidores de dados. O que fizeram com nossas crianças? —, indagou, indignada.

Perguntei-lhe qual era seu nome inteiro.

— Jurema Alcântara de Mello — disse com simplicidade.

Após ouvir seu nome, afastei um pouco, mais chocado ainda do que já estava. Descobri, então, que dona Jurema era uma antropóloga de renome e fora uma professora universitária de altíssimo nível. Fizera inclusive pós-doutorado em Harvard. Tinha reconhecimento internacional. Escrevera cinco livros em sua área, que foram publicados em diversas línguas.

Recostei-me no poste que estava ao meu lado. Recordei que já lera diversos artigos que ela escrevera, inclusive todos os seus livros. Ela tinha sido muito importante na minha formação. Admirava seu raciocínio esquemático e a sua ousadia. Mas minutos atrás eu queria excluí-la do ninho. "Miserável preconceito! Quem me livrará desse câncer intelectual!", pensei intimamente. "Sonho em ser uma pessoa aberta e desprendida, mas sou incontrolavelmente resistente."

Revelando uma sintonia fina com o mestre, a professora Jurema comentou que as sociedades, apesar das exceções, haviam se tornado canteiros de mentes conformistas, que não se inquietam diante da complexidade da existência, sem grandes ideais, que não questionam quem são. E arrematou dizendo:

— Precisamos instigar a inteligência das pessoas.

Meu mestre sorriu, feliz da vida. Deve ter pensado: "Acertei na mosca". Dona Jurema era mais revolucionária que todos nós. Com o avanço da idade, ficara mais turbinada. Todavia, logo que aceitou caminhar conosco, começaram os problemas. Como era idosa e dotada de notável coragem, não tinha papas na língua. Começou a ter atitudes que Mônica não teve. Chegou diante do mestre e, com a maior segurança, lhe deu uma chacoalhada, e além disso criticou o comportamento do grupo:

— Ser um bando de excêntricos que vendem sonhos está certo, mas ser um bando de imundos e desmazelados é um absurdo.

Opa! Ficamos zangados com ela. Mas a professora, vendo nossa cara azeda, não afinou. Elevou o tom da pressão:

— Chamar um grupo de extravagante para aprender a ser solidário é louvável, mas não se importar se esse grupo cheira mal, não tem asseio nem higiene, é uma afronta ao bom senso.

Depois da bronca dela, o mestre se calou. Mas Dimas não suportou ficar calado. Gaguejando, disse:

— Jureminha... pega leve – expressando uma intimidade que só Bartolomeu se atrevera a ter.

Ela não deixou por menos. Aproximou-se dele, cheirou seu corpo várias vezes e retrucou:

— Pega leve? Você cheira a ovo podre.

Bartolomeu tirou-lhe o sarro. Os dois viviam se atarracando.

— Não disse?! Sou um herói de agüentar o cheiro desse cara! — e deu uma farta gargalhada. Sorriu tanto que não segurou os gases. Soltou uma trovoada sonora.

Dona Jurema o repreendeu:

— Você não tem vergonha na cara? Saia fora do espaço público para soltar seus flatos. Se não der tempo, pelos menos os silencie.

Tentando brincar com fogo, ele lhe disse:

— Qual é a técnica para silenciar meu escapamento?

Ela o repreendeu:

— Dá um tranco nele, seu esdrúxulo.

Bartolomeu ficou constrangido. Não sabia o significado da palavra "esdrúxulo". Entusiasmado, ele lhe disse:

— *Thank you* pelo esdrúxulo — e mexeu com as mãos querendo uma dica, sem saber se ela o elogiara ou o ofendera.

Estávamos preocupados. Olhamos para o mestre e começamos a perceber que o novo membro da família nos faria entrar literalmente numa fria, num banho gelado, inclusive ele. Pela primeira vez o vimos coçar a cabeça, sem ação. A professora era revolucionária, mas equilibrada. Olhou para o mestre e fez o que jamais pensamos que alguém tivesse a ousadia de fazer com ele. Confrontou-o:

— Mestre, não venha com a história de que Jesus chamou de hipócritas os que limpavam o exterior do copo, mas esqueciam de limpar o interior. Sim, devemos enfatizar a higiene interior, mas sem desprezar a exterior. Seus discípulos banhavam-se no Jordão e nas casas onde eram hospedados. Mas olhe para você! Observe o grupo que o segue! Há quanto tempo não tomam um banho digno? Exóticos sim, mas fétidos não.

Nós tomávamos banhos em banheiros públicos, mas não na freqüência e na intensidade recomendável. Cocei as orelhas para ver se estava ouvindo direito. O mestre não argumentou nada, simplesmente meneou a cabeça, concordando com ela. Ele nos ensinara muitas lições, e a maior delas era ter humildade para aprender.

Não bastasse isso, a professora se dirigiu para Edson e teve a petulância de lhe pedir que abrisse a boca. Com um sorriso amarelo, ele o fez. Sentimos que o mestre se arrependeu da escolha como um relâmpago. Ou não! "Será que não era uma discípula com essas características que ele procurava?", pensei.

— Meu Deus, que odor! Precisa fazer higiene bucal.

Dei risada, mas com lábios cerrados. Ela percebeu e me deu uma alfinetada:

— Por que está sorrindo, seu almofadinha com cara de quibe cru?

A professora não poupou ninguém, exceto Mônica, que viveu seus melhores dias líricos. Sentiu-se que éramos um circo ambulante. Dona Jurema não dormiria conosco — nem poderia, pela sua idade. Ela e Mônica retornariam para casa e se reuniriam conosco pela manhã.

Para finalizar o dia do seu chamamento, a senhora nos convidou para tomarmos banho na sua casa e depois jantarmos juntos. O vírus do preconceito, que estava adormecido, novamente despertou. Olhamos uns para os outros e pensamos que, pela idade que tinha, pela aposentadoria minguada de professora, pelos gastos com remédios e médicos, a situação financeira dela não seria muito melhor que a nossa. Sua casa não comportaria a todos. Não deveria ter funcionária doméstica. Até sair esse jantar seria meia-noite.

Após fazer a oferta, a professora deu um assovio.

Perguntamos o porquê do assobio. Ela disse que estava chamando o motorista.

Dimas falou, discreto:

— Deve ser o motorista de ônibus.

O motorista não deu sinal de vida. Ela deu outro assobio, mais alto, e nada.

— "Motorista" é o nome do cachorro dela — disse Bartolomeu. Como não sabia falar baixo, Jurema escutou. Olhou a meio mastro para ele, coçou o nariz com sua bengala, mas, em vez de cutucá-lo, parece que se divertiu com sua cachorrice.

— Já pensou todo mundo lotando um fordinho que acabou de sair de um museu? — falou Edson, que era o mais espiritual, mas não dispensava mordomias.

O grupo era engraçadíssimo. Em poucos meses eu me divertia mais do que em toda a minha vida, mesmo quando "apanhávamos". O mestre nos propiciava esse clima. Mônica também se sentia numa festa. Fora muito rica, mas perdera muito dinheiro com luxos e ações de companhias que faliram.

Andando no grupo, estava conseguindo o que os mercados de capitais não ofereciam.

De repente, estacionou um carro enorme, belíssimo, de cor branca, que quase passou em cima do pé de Bartolomeu. Um motorista ricamente trajado disse:

— Desculpe-me, madame. Demorei porque tive problemas para estacionar.

Ficamos boquiabertos. Que amor de discípula!, imediatamente pensamos.

As borboletas e o casulo

Jurema era viúva de um milionário. Mas era desprendida da necessidade de mostrar sua riqueza. Às vezes dispensava carros, motorista, roupas de grife e outras benesses que sua fortuna podia lhe propiciar. Vivia com suavidade. Nós, por alguns momentos, nos fascinamos com essas benesses. Jamais havíamos andado num veículo tão luxuoso. Estávamos encantados, mas o mestre, um pedestre que parecia que nunca dirigira um carro, seguia indiferente. Pediu o endereço para a professora e disse que iria a pé. Precisava meditar. Como sempre, procurava a companhia de si mesmo.

Duas horas depois, ele chegou. A milionária já tinha passado rapidamente numa loja e comprado algumas roupas para a turma. Parecíamos civilizados novamente. Já havíamos tomado banho e estávamos petiscando deliciosos queijos e frios. A coisa era tão boa que havíamos esquecido que o sistema tem coisas maravilhosas. Boquinha de Mel estava tão faminto que usava as mãos para pegar os petiscos, em vez de palitos de aço. Salomão não conversava, só tinha tempo para comer. Engraçado que, ao observá-lo, percebi que seus tiques e manias haviam diminuído muito. Não sabia se era a fome ou uma melhora consistente.

Dimas, enquanto lotava a boca de queijo, parecia um rato observando objetos caros em cima das cristaleiras, bem como os belíssimos quadros afixados nas paredes. Acho que, se não tivesse sido fisgado pelo mestre e por seu projeto, teria feito uma limpeza na casa. Mônica comia discretamente. Estava tão feliz em participar do ninho que nada a distraía muito. Nunca imaginei que pessoas tão bonitas vivessem pesadelos tão grandes.

O mestre foi introduzido na sala central, que tinha cento e cinqüenta metros quadrados de espaço, dividida em cinco ambientes. Seus olhos não se cativaram pela luxuosa mansão da professora. Ela gostou da sua reação — estava cansada de gente que bajulava a sua casa, mas não a enxergava. Em seguida, foi tomar um agradável banho e recebeu algumas roupas novas.

Quando todos começávamos a desfrutar do saboroso jantar, o vendedor de sonhos lhe fez um pedido.

— Fale-nos um pouco da história do seu falecido marido.

Ela ficou admirada, pois as pessoas não perguntam muito sobre os mortos, não querem causar constrangimentos. Mas ela amava falar sobre ele; sempre o admirara. Relatou seus tempos de juventude, o namoro, o casamento. Depois comentou sobre sua amabilidade, audácia e intelectualidade. O mestre disse duas vezes:

— Grande homem! Foi também um vendedor de sonhos.

Em seguida, ela mencionou que seu marido fora diretor-presidente de uma das companhias do imponente grupo Megasoft, que era formado por mais de trinta empresas. Pensávamos que o mundo dos negócios não interessaria ao mestre, mas inesperadamente ele perguntou:

— Como enriqueceu?

Para contar a história financeira do marido, ela teve de relatar brevemente a história do presidente do grupo Megasoft.

Contou que um pai, proprietário de uma importante empresa, falecera e deixara uma fortuna para seu filho, um jovem de vinte e cinco anos. O jovem tinha uma mente privilegiada e era dotado de notável capacidade de empreender e liderar. Superou largamente o pai. Abriu o capital da empresa que recebera de herança e, com o dinheiro das ações, expandiu os negócios e, pouco a pouco, investiu nas mais diversas atividades do mundo corporativo. Investiu em petróleo, cadeias de lojas de roupas, meios de comunicação, indústria de informática, indústria eletrônica, hotelaria. Em quinze anos, construíra o grupo Megasoft, que se tornou uma das dez maiores corporações do mundo.

Ela comentou que, na abertura de capital, ele dera oportunidade para todos os funcionários comprarem ações. Seu marido se tornou um acionista minoritário da companhia que o jovem presidia. Com o estrondoso crescimento do grupo, ganhou muito dinheiro. Ao ouvir essa história de dona Jurema, fiz um aparte, dizendo:

— Fazendo eco ao empreendedorismo desse jovem milionário, lembrei que o maior acionista da minha universidade era justamente o grupo Megasoft. Depois que ele se tornou mantenedor da universidade, não faltaram verbas para financiar pesquisas e teses.

Em seguida, o vendedor de sonhos fez uns questionamentos para a professora Jurema.

— Você conheceu o jovem que expandiu explosivamente esse grupo? Ele era livre ou foi prisioneiro do sistema? Sua filosofia era amar mais o dinheiro que a vida ou mais a vida que o dinheiro? Quais eram suas prioridades? Que valores o moviam? Tinha ele consciência da brevidade da existência ou se posicionava como um deus?

A idosa professora, pega de surpresa, não soube responder, pois raramente vira o jovem pessoalmente. Era ocupadíssimo, cortejado por reis e presidentes, enquanto ela era uma simples professora. Mas disse que seu marido gostava muito dele.

— Segundo os comentários, penso que era uma pessoa boníssima e educada — disse aos presentes. — Mas depois que meu marido faleceu, há sete anos, tive poucas notícias dele, a não ser que havia acontecido uma desgraça em sua família. Parece que ele teve problemas mentais. Disseram que veio a falecer, mas a imprensa acobertou o assunto. Dizem que, se estivesse vivo hoje, teria desbancado antigos magnatas e seria o homem mais rico da Terra.

O mestre fitou todos nós e disse:

— Estimada Jurema, você foi generosa com esse mega-empresário. Também ouvi falar sobre sua ousadia, sua história e sua morte. Mas temos a tendência de transformar em anjos os que silenciaram sua voz; exaltar suas qualidades e esconder seus defeitos. Alguém que o conheceu intimamente me disse que ele era ambicioso e não tinha tempo para mais nada a não ser para aumentar seu capital. O que era mais importante em sua vida ele colocou no rodapé da sua história.

Consternado, mostrando um ar pesado de quem discordava do caminho traçado por esse líder, teceu alguns comentários memoráveis:

— Não lhes peço para abominar o dinheiro, nem os bens materiais. Essa é temporariamente a nossa situação, mas o futuro ninguém sabe. Hoje dormimos sob viadutos e temos o céu como cobertor, amanhã quem pode prever? Peço-lhes, sim, que entendam que o dinheiro em si mesmo não traz felicidade, mas a falta dele pode tirá-la drasticamente. O dinheiro não enlouquece, mas o amor por ele destrói a serenidade. A ausência do dinheiro nos torna pobres, mas o mau uso dele nos torna miseráveis.

Ficamos pensativos.

— Chefinho, ser um duro feliz é bom, mas com dinheiro é melhor ainda — filosofou Bartolomeu, tomando uma água de coco, enquanto nós tomávamos vinho francês e chileno.

O mestre sorriu. Era difícil filosofar para esses "filósofos" de rua.

No outro dia, passávamos pelas ruas centrais da cidade. As pessoas, ao reconhecer o mestre, queriam abraçá-lo. Havia um brilho nos olhos delas ao vê-lo. Algumas o beijavam. Ele estava se tornando pouco a pouco mais famoso que os políticos da sociedade, o que gerava uma sobrecarga de inveja.

Ao ver as pessoas se aglomerarem em torno dele na frente de um enorme *shopping*, o mestre subiu alguns degraus da escada que dava acesso à porta central e começou a fazer um dos seus fascinantes discursos. Fez uma interpretação filosófica do mais famoso discurso do Mestre dos Mestres, o Sermão da Montanha.

Ele já tinha nos dito que amava esse texto e concordava com Mahatma Gandhi que, se todos os livros sacros do mundo fossem banidos e sobrasse apenas o Sermão da Montanha, a humanidade não ficaria sem luz.

A plenos pulmões, bradou:

— Felizes os humildes de espírito, pois deles é o reino da sabedoria. Mas onde estão os verdadeiros humildes, os que se esvaziam de si mesmos? Onde se encontram os que reconhecem a sua insensatez? Em que ambiente estão os que corajosamente admitem sua pequenez e fragilidades? Onde estão os que combatem diariamente o orgulho?

Após dizer tais palavras, ele se fixou atentamente na multidão; viu rostos apreensivos, faces ansiosas. Tomou fôlego e continuou:

— Felizes os pacientes, porque herdarão a terra. Que terra é essa? A terra da tranqüilidade, os solos do encanto pela vida, o terreno do amor singelo. Mas onde estão os mansos? Onde estão os flexíveis? Em que espaços se encontram os que são amigos da tolerância? Onde estão os que lapidam a sua irritabilidade e ansiedade? Onde estão os que agem com brandura quando contrariados ou frustrados? Muitos não são dóceis nem consigo mesmos. Vivem debaixo de cobranças e autopunição.

A multidão afluía cada vez mais em torno dele. Ele elevou os olhos para o teto, abaixou-os lentamente e completou a interpretação da segunda bem-aventurança, invertendo os pensamentos clássicos de motivação:

— Parem com a necessidade neurótica de mudar os outros. Ninguém muda ninguém. Quem cobra demais dos outros que de si mesmo está apto para trabalhar numa financeira, mas não com os seres humanos.

E imediatamente prosseguiu:

— Felizes os que choram, porque serão consolados. Mas por que vivemos num mundo onde as pessoas escondem as lágrimas? Onde estão os que choram pelo egocentrismo que venda nossos olhos e nos impede de ver o que se passa na psique dos que amamos? Quantos medos ocultos nunca foram revelados? Quantos conflitos secretos nunca ganharam sonoridade? Quantas feridas nós causamos que nunca admitimos?

Enquanto ele falava, as pessoas pensavam. Faziam um mapeamento nem sempre agradável das suas relações sociais.

— Felizes os pacificadores, pois serão chamados filhos do Autor da existência. Mas onde estão os que apaziguam as águas da emoção? Onde estão os mestres em resolver conflitos interpessoais? Não somos nós peritos em julgar os outros? Onde estão os que protegem, apostam, se entregam, reconciliam, acreditam? Toda sociedade implica divisão, toda divisão implica diminuição. Pacificar não é, portanto, ensinar a matemática da soma, mas compreender a matemática da subtração. Quem não compreender essa matemática está apto a conviver com outros animais e com máquinas, mas não com seres humanos.

Fiquei pasmo com essa assertiva. Eu tinha uma cultura acadêmica admirável, mas estava pouquíssimo habilitado a conviver com seres humanos. Tinha cachorros, e não tinha problemas com eles, pelo menos não reclamavam. Mas conviver com seres humanos era uma fonte de dificuldades. Eu cobrava muito. Estava apto para trabalhar em banco. Não compreendia a matemática da subtração. As pessoas tinham liberdade de pensar, desde que pensassem como eu. Só então comecei a entender que viver bem se deve mais à arte de saber perder do que de saber ganhar. Esperar muito dos outros é um barco furado.

As pessoas se aglomeravam cada vez mais para ouvir o discurso do mestre. O trânsito parou, gerando uma grande confusão. Devido ao tumulto, logo ele teve de encerrar sua explanação. Nesse dia, o mestre escolheu mais alguns discípulos. Todos tinham características particulares. Ninguém era santo. Nenhum tinha vocação para ser perfeito.

Muitos começaram a acompanhar o vendedor de idéias por onde quer que fosse. As pessoas se comunicavam pela internet e descobriam o seu roteiro. Apesar de ser seguido por muitos, ele treinava particularmente alguns. Não porque éramos os mais qualificados, talvez porque fôssemos os mais impenetráveis, os mais resistentes.

A jornada

Três dias depois, ele marcou uma reunião especial; parecia que iria nos revelar seu maior sonho. Estava interiorizado, parecia fixo em suas mais cálidas idéias. Levou-nos para um ambiente calmo, onde a agitação social e sonora quase inexistia. Fez-nos sentar em meia-lua. Eram sete horas da manhã. O orvalho gotejava das gramíneas, os primeiros raios solares tilintavam no horizonte e batiam nas pétalas dos hibiscos, formando uma espécie de arco de ouro. Alguns pássaros festejavam o alvorecer do novo dia.

Cada vez mais pessoas se juntavam ao grupo em momentos especiais. Diferentemente de nós, o grupo mais próximo, elas tinham sua vida como qualquer consócio da sociedade. Trabalhavam, tinham família, lazer, atividades sociais. Não estavam no projeto em tempo integral. Nesse dia, éramos trinta pessoas. Entre elas, havia trabalhadores braçais, gerentes, médicos, psicólogos, assistentes sociais. Como o projeto não era religioso nem o mestre defendia uma religião, havia cristãos, budistas, islamitas e pessoas de outras religiões.

Para nossa surpresa, ao iniciar a reunião, ele disse pela primeira vez algo mais claro sobre seu misterioso passado.

— Já tive nas mãos um poder impensável que se estendia por mais de cem países. Mas houve uma época da minha existência em que o tempo parou. Perdi o chão. Chorei abundantemente, chorei inconsoladamente. Por fim me isolei numa ilha no oceano Atlântico e lá permaneci por mais de três anos. A comida era boa, mas eu não tinha fome. Só tinha fome de conhecimento. Digeria livros. Tive acesso a uma das mais espetaculares bibliotecas. Li dia e noite, como um asmático que procura o ar. Li mais de doze livros por mês e quase cento e cinqüenta por ano. Livros de filosofia, neurociência, teologia, história, sociologia, psicologia. Li comendo, sentado, em pé, andando, correndo. Minha mente parecia uma máquina que fotografava páginas e mais páginas de conhecimento. Todo esse conhecimento me ajudou a reorganizar meu passado, restaurar minhas rotas destruídas. Tornei-me assim o ser humano que vocês vêem, um pequeno e imperfeito vendedor de sonhos.

Não deu mais explicações. Suas palavras deram-me asas para que eu viajasse longamente no céu da minha psique. Enquanto o ouvia declarar algumas peças do seu passado, vi meus amigos completamente confusos. Do mesmo modo, o quebra-cabeça não se encaixava na minha mente. "Como ele pode afirmar que seu poder era grandioso? A que poder se refere? Financeiro, político, intelectual, espiritual? Parece tão frágil, tão dócil, tão pobre! Ele come com os miseráveis. Há momentos em que está tenso, mas sabe administrar sua tensão. Nada exige. Dorme em qualquer lugar. Suporta agressividade. Protege os que o contrariam. Como pode alguém que teve muito viver abaixo da linha de pobreza? Será que esse poder não foi construído no seu imaginário?" Interrompendo minhas idéias, ele teceu algumas importantes recomendações:

— O projeto de vender sonhos não confronta com sua religião, cultura, crença. Aliás, respeitem sua crença, aquilatem sua cultura, apreciem o passado de sua nação, exaltem a tradição do seu povo, mas uma mudança eu lhes peço.

E fez uma longa pausa, como se caminhasse lentamente em direção a sua meta fundamental.

— Peço-lhes que ampliem os horizontes da mente para respeitar, aquilatar e exaltar acima de tudo sua condição de seres humanos. Meu maior sonho é que possamos formar uma rede de seres humanos sem fronteiras em todas as nações, em todos os povos, em todas as religiões, em todos os meios científicos. Uma rede de seres humanos que resgate a natureza humana, o instinto de espécie que perdemos. A humanidade vive num caldeirão de tensão pela loucura da competição predatória, pelo desrespeito às regras internacionais do comércio, pelos conflitos sociais, pela devastação do meio ambiente, pela dificuldade de interiorização e de retorno às nossas origens. A Revolução Francesa ocorreu há mais de dois séculos. Falamos dela como se tivesse ocorrido ontem, mas quando olhamos para o futuro não temos nenhuma garantia de que nossa espécie sobreviverá mais um ou dois séculos.

Em seguida, falou do seu modelo. Disse que Jesus contou mais de sessenta vezes que era o filho do homem. Poucos na história entenderam o que ele queria dizer. Revelou paulatinamente que era cem por cento pela humanidade e não apenas pelos judeus. Ao insistir que era filho do homem, queria mostrar em código que era filho da humanidade, que era o primeiro ser humano completamente sem fronteiras. Sua cultura, raça, nacionalidade eram importantes, mas sua condição de ser humano era muito mais. Ele se apaixonou pela humanidade num nível que a teologia não compreende e a psicologia não alcança. Somente um ser humano sem fronteiras poderia dizer que as prostitutas precederiam ilustres teólogos fariseus. Seu amor foi um escândalo para seus dias e ainda o é para os nossos. E adicionou solenemente:

— Tenho milhares de defeitos, cometi mais erros do que vocês imaginam, mas a psicologia e a filosofia do Mestre dos Mestres é meu modelo. — E propôs fundar a sociedade dos seres humanos sem fronteiras, apoiada em apenas quatros princípios: a) acima da raça, cultura e nacionalidade, enfim, acima de sermos chineses, americanos, europeus, palestinos, judeus, negros, brancos, amarelos, devemos nos posicionar como seres humanos sem fronteiras, que têm o compromisso vital de proteger a espécie humana e o meio ambiente; b) lutar contra toda forma de discriminação e apoiar toda forma de inclusão; c) respeitar os diferentes; d) promover a interação entre povos de diferentes culturas e crenças.

O mestre sabia muito bem que algumas de suas propostas estavam nos princípios da Revolução Francesa, na Carta dos Direitos Humanos da Organização das Nações Unidas, a ONU, e na Carta Magna de muitas nações. Mas a diferença era que sonhava em extrair as páginas dessas cartas e imprimi-las nas páginas psíquicas de um ser humano sem fronteiras.

Nada mais utópico, verbalizei em voz baixa. Mas o mestre leu meus lábios.

— Você tem razão. Nada é mais utópico, imaginário, virtual, romântico. Mas retire a utopia e seremos máquinas. Retire a esperança e seremos servos. Retire os sonhos e seremos autômatos. Se os líderes empresariais e políticos pensassem como espécie, dois terços dos problemas da humanidade seriam solucionados em um mês. E isso não é utopia, um sonho virtual.

Meneei a cabeça sem medo de reconhecer que ele estava certo. Recordei-me que não poucas vezes me sentia uma máquina de ensinar para alunos que se colocavam como máquinas de aprender. Seu semblante estava compenetrado, sua voz estava mais pausada do que o normal. Era um dia especial para ele. Parecia que tinha algo ainda importante para falar. Em seguida, contou-nos a parábola do casulo.

— Duas lagartas teceram cada uma seu casulo. Naquele ambiente protegido, foram transformadas em belíssimas borboletas. Quando estavam prestes a sair e voar livremente, vieram as ponderações. Uma borboleta, sentido-se frágil, pensou consigo: "A vida lá fora tem muitos perigos. Poderei ser despedaçada e comida por um pássaro. E mesmo se um predador não me atacar, poderei sofrer com as tempestades. Um raio poderá me atingir. As chuvas poderão colabar minhas asas, levando-me a tombar no chão. Além disso, a primavera está acabando, e se faltar o néctar? Quem irá me socorrer?". Os riscos de fato eram muitos, e a pequena borboleta tinha suas razões. Amedrontada, resolveu não partir. Ficou no seu protegido casulo, mas como não tinha como sobreviver, morreu de um modo triste, desnutrida, desidratada e, pior ainda, enclausurada pelo mundo que tecera.

Após essas considerações, ele nos disse:

— A outra borboleta também ficou apreensiva; tinha medo do mundo lá fora, sabia que muitas borboletas não duravam um dia fora do casulo, mas amou a liberdade mais dos que os acidentes que viriam. E assim, partiu. Voou em direção a todos os perigos. Preferiu ser uma caminhante em busca da única coisa que determinava a sua essência.

Após contar a parábola, o mestre descortinou suas intenções.

Fez uma breve pausa para ouvir o belíssimo canto que parecia que o homenageava e fez uma serie de solicitações simples e profundas. Eram tantas que eu tinha dificuldade de fazer anotações:

— Chamei-os bem cedo porque os enviarei por dois dias para vivenciarem os princípios que fundamentam a experiência social de ser "um ser humano sem fronteiras". Vou enviá-los de dois em dois para o terreno social. Não levem bolsa, dinheiro, cheque, cartão de crédito, alimentos, nada que lhes dê suporte para sobreviverem, somente remédios e produtos de higiene pessoal. Comam o que lhes oferecerem. Durmam na cama que lhes prepararem. Não discriminem ninguém. Se alguém os rejeitar, não resistam, tratem-no com brandura. Atuem como socioterapeutas. Dêem e recebam. Não dominem as pessoas, não defendam sua crença, não imponham as suas idéias, exalem sua humanidade. Perguntem, a quem encontrarem pelo caminho, no que vocês lhes podem ser úteis. Dialoguem com as pessoas, conheçam páginas secretas, desvendem seres humanos deslumbrantes entre os anônimos. Não os enxerguem com seus olhos, mas com os olhos deles. Não invadam sua privacidade, não a controlem, vão até onde eles lhes permitam. Ouçam-nos humildemente, mesmo os que pensam em desistir da vida, e os estimulem a eles mesmos se ouvirem. Se conseguirem ouvir-se, será muito melhor do que ouvirem vocês. Lembrem-se de que o reino da sabedoria pertence aos humildes.

Depois de nos dar todas essas recomendações, mostrou um certo ar de preocupação e nos alertou:

— Vivemos no terceiro milênio. Vender o sonho de ser um ser humano sem fronteiras nessa sociedade que atingiu o apogeu do individualismo parece o absurdo dos absurdos. Ser solidário, generoso e solícito quando os outros pedem já é extraordinário, imagine quando não pedem. Vocês serão chamados de fanáticos, doentes mentais, desvairados, proselitistas. Mas se receberam a mim, também receberão vocês.

Fora isso, não deu regras sobre o modo de abordar as pessoas e a quem procurar, se ricos, pobres, cultos, iletrados, moradores do centro, da periferia. Não nos deu mapa. Seus cabelos revoavam com o vento, e nós pingávamos de suor. A sua proposta gerou incontestável apreensão. Pensei comigo: "Isso não vai dar certo. Seremos mal interpretados. Talvez escorraçados. E se eu encontrar alguns dos meus colegas professores? O que dirão de mim?". Ele complementou:

— Há muitas formas de contribuir para o bem da humanidade, mas nenhuma delas é uma passagem tranqüila, nenhuma é realizada sob constantes aplausos. A forma que proponho poderá gerar mais desconfianças. De manhã poderão ser famosos, à tarde poderão cair em desgraça. Num momento poderão ser valorizados, noutro, tratados como escória social. As conseqüências são imprevisíveis. Mas lhes garanto que, se superarem as intempéries, sairão muito mais humanos, muito mais fortes, e como sobremesa entenderão o que os livros jamais propiciaram. Entenderão um pouco o que milhões de judeus viveram nas mãos dos nazistas, os cristãos na arena do Coliseu, os mulçumanos na Palestina, bem como o que os religiosos, prostitutas, homossexuais, negros e mulheres, sofreram ao longo da história.

Pensei comigo: "Soltar Bartolomeu e Dimas para representarem o mestre sem monitorá-los poderá ser um desastre. Não é muito diferente de deixar um estudante de medicina fazer uma cirurgia sem preceptor". O que o mestre nos pedia era para fazermos um laboratório social diferente de tudo que estudei em sociologia. Não era para ir à África com suporte financeiro para fazer caridade, nem para exercer a filantropia numa instituição, nem discorrer sobre uma religião ou anunciar um partido político. Era um retorno puro às nossas origens. Não podíamos levar nada, nem mesmo nosso prestígio social.

Teríamos de ser apenas seres humanos em conexão com outros seres humanos.

Franzindo a testa, ele disse que tínhamos uma escolha.

— Encorajo-os a sair do casulo pelo menos dessa vez, mas ninguém é obrigado a fazê-lo. Os riscos são muitos, as conseqüências imprevisíveis. A escolha é de vocês, somente de vocês.

Apesar da apreensão, ninguém foi embora, nem mesmo dois jovens de dezoito anos que estavam presentes. Como a juventude é ávida por aventuras, queriam experimentar essa adrenalina.

Enviando os discípulos

Depois da reunião, ele nos enviou e estipulou o horário de regresso. Cada pessoa pegou quem estava à sua direita como par, começando por mim. Deu liberdade para que as mulheres dormissem em casa, mas elas o repreenderam. Discordaram do seu protecionismo.

— Queremos fazer o laboratório social completo. Optamos por sair do casulo nesses dois dias — disse Jurema, representando as mulheres. Entretanto, quatro pessoas pediram desculpas e desistiram, mas retornariam no dia marcado.

O resultado não poderia ser mais complexo. Fomos confundidos com ladrões e seqüestradores. Fomos rejeitados, ridicularizados, ameaçados. Várias duplas tiveram de se explicar na polícia. Mas apesar de tudo tivemos experiências espetaculares. Divertimo-nos e aprendemos intensamente. Parecia que não percorríamos a mesma sociedade, que entramos em um mundo completamente distinto, o mundo do outro. Todos a uma só voz disseram que se sentiram completamente inseguros por não dependerem de dinheiro e cartão de credito. Algumas vezes nos sentimos como os judeus na Segunda Guerra Mundial ou os palestinos no Oriente Médio, sem lar, sem pátria, sem proteção, sem saber se sobreviveriam. Éramos apenas seres humanos e nada mais. A experiência sociológica evidenciou que estamos perdendo de fato nossa humanidade. Que, de fato, a escondemos atrás de nossa ética, moralidade, títulos, *status*, poder.

Boquinha de Mel foi vender sonhos nos lugares que ele mais conhecia, nos botecos e boates da vida. Passou inúmeros apuros. Alguns jogaram vodca no seu rosto, outros o humilharam, outros o xingaram e ainda outros o enxotaram: "Vá para lá, seu bêbado!". Perdeu a paciência cinco vezes, ameaçou dar bofetadas em dois alcoólatras. Começou a perceber que não fora fácil o trabalho que deu para os outros. Dimas era seu par.

Apesar das contrariedades, ajudou a levantar alcoolizados, ouviu conversas furadas, consolou, apoiou, suportou. Não poucos lhe disseram que bebiam para não pensar nas perdas, traições, crises financeiras, mortes na família. Não tinha solução mágica, mas emprestou seus ouvidos. No fim do primeiro dia, aproximou-se de um homem de meia-idade sentado numa mesa sozinho, e educadamente disse-lhe:

— Gente fina, não quero incomodá-lo. Só gostaria de saber no que posso lhe ser útil.

A resposta foi rápida:

— Pague-me mais uma dose de uísque.

Disse que não tinha dinheiro. O alcoólatra deu-lhe um empurrão e foi grosseiro.

— Então caia fora, senão vou chamar a polícia.

Bartolomeu era um homem robusto. Pegou o alcoólatra pelos colarinhos e, quando ia lhe dar uma chacoalhada, lembrou-se das recomendações do mestre.

— Ah, se fossem outros tempos! — disse, irado. Dimas também ficou indignado.

O bêbado colocou as mãos sobre a cabeça, logo se refez. Mesmo sem um raciocínio organizado, percebeu que fora indelicado. Pediu desculpas e os convidou para sentar. Então chorou por vinte segundos sem dizer o motivo. Os alcoólatras choram fácil.

Depois se apresentou. Disse que se chamava Lucas e contou que era um médico cirurgião falido. Havia cometido um erro médico que não comprometera a vida do paciente, mas o advogado desse paciente transformou seu erro numa aberração. Processou-o e, como não tinha seguro, levou tudo o que havia construído em vinte anos de carreira. Endividado, não conseguia pagar a prestação da casa, estava para ser despejado. Não conseguiu pagar as pesadas parcelas do novo carro, que estava com ordem de busca e apreensão.

— Não chore, amigo. Você pode morar debaixo de pontes — disse Bartolomeu, angustiando mais ainda o moribundo.

Dimas entrou em ação. Para tentar consolar o médico, contou parte da sua história, uma história que Bartolomeu desconhecia. Disse que seu pai ficara preso vinte e cinco anos por assalto à mão armada. Em seguida sua mãe se envolveu com outro homem e abandonou a ele, de cinco anos, e à sua irmã, de dois. Foram para orfanatos separados. Ela foi adotada e nunca mais se viram. Dimas não foi adotado, pois ninguém queria adotar um menino de cinco anos de pele escura. Cresceu sem nada, sem pai, sem mãe, sem irmã, sem afeto, sem estudo, sem amigos.

Bartolomeu se condoeu do amigo e tentou consolá-lo:

— *My friend*, sempre pensei que você fosse um malandro, canalha, tapeador e vigarista sem causa. Não o conhecia, cara. Você é o mais normal dos malucos do grupo!

O doutor Lucas ficou emocionado com sua história. O efeito do álcool diminuiu um pouco devido ao interesse que a conversa gerou. Ficaram amigos. Conversaram por três horas. Saíram abraçados e cantando "O Lucas é um bom companheiro, o Lucas é um bom companheiro". Sentiram o prazer de uma amizade despretensiosa. Entenderam que viver fora do casulo tem seus inegáveis riscos, mas também seus irrefutáveis encantos.

Foram dormir num quarto no fundo da casa do médico. A esposa tinha ouvido falar do movimento social dos "sonhos". Preparou-lhes um suculento espaguete ao molho de tomate. No dia seguinte, ela lhes agradeceu. Fazia seis meses que não via seu marido animado a enfrentar desafios.

Dimas e Bartolomeu continuaram a jornada. No final da tarde do segundo dia, encontraram outro alcoólatra em situação lastimável, agora debruçado sobre o balcão. Bartolomeu parecia conhecê-lo. Quando ele virou o rosto, confirmou. Era Barnabé, seu melhor amigo de bares e noitadas. Tinha um metro e setenta e cinco de altura, pesava cento e dez quilos. Era quase impossível não vê-lo bêbado e mastigando alguma coisa. O álcool ainda não conseguira tirar seu apetite. Seu apelido era "Prefeito", pois adorava fazer discursos, discutir política e dar soluções mágicas para os problemas sociais. Ele e Bartolomeu eram páreo duro no quesito "a língua mais incontrolável".

— Boquinha, você aqui? — gritou Barnabé quase que em código porque não conseguia pronunciar as palavras.

— Prefeito, que bom vê-lo! — E se abraçaram.

Dimas e Bartolomeu o levaram para uma praça a cinqüenta metros do local. Ficaram longas horas juntos até diminuir o efeito do álcool no cérebro do amigo. Após Barnabé ficar um pouco mais lúcido, disse ao Bartolomeu.

— Eu o vi nos jornais. Agora você é famoso. Está traficando bebidas. Não, não, desculpa, está dando uma de Papai Noel, distribuindo presentes de graça. Legal — falou, com a voz pastosa. E completou: — Hoje você é grã-fino. Não está mais no time dos boêmios.

Bartolomeu disse que era o mesmo, só mudara um pouco a maneira de encarar os fatos. E aproveitou que estava com amigos para contar um pouco da sua história, como o fez o dr. Lucas. Como Dimas, também fora para um orfanato na infância, mas por causas distintas.

— Meu pai morreu quando eu tinha sete anos, e o câncer vitimou minha mãe dois anos depois. Fui levado ao liceu, um orfanato na periferia da cidade. Fiquei lá até os dezesseis anos, e então fugi.

Dimas olhou para Bartolomeu, surpreso, e disse:

— Cara, não vai me dizer que você é o "pé de ouro". – Esse era o apelido que Bartolomeu tinha no orfanato, pois era um craque de futebol. Bartolomeu, impressionado, olhou para o Dimas e também o reconheceu. Eles tinham a impressão de que se conheciam, mas tinham sido amigos por pouco tempo. Ficaram juntos apenas um ano, e só agora, depois de vinte anos, se reencontravam.

— Que bom! A família está reunida de novo. Só eu é que não tenho ninguém – disse Barnabé; e teve uma vertigem, apoiando o queixo com os dois punhos sobre a mesa.

Bartolomeu estava condoído pelo amigo. Olhou para o relógio e viu que estavam atrasados para a reunião com o mestre. Pediu ao Dimas que fosse na frente. Queria conversar um pouco mais com Barnabé sobre a nova família.

Eu e a professora Jurema fomos conversar com alunos numa universidade do lado oposto da minha. Eu provocava a mente deles. Estimulava-os a desenvolver o método socrático, a construir projetos existenciais e a expandir o mundo das idéias. Jurema levantava a voz e os estimulava a se aproximar. Todos ficaram impressionados com a eloqüência da velhinha. Ela tinha mais vigor e mais ímpeto que eles. Estavam cansados, abatidos, desanimados.

De repente, quando menos esperava, encontrei alguns professores apontando para mim. Fiquei rubro. Eram colegas da minha universidade que estavam dando um curso justamente no local onde estávamos. Aproximaram-se dando risadas. Eu podia ler os lábios deles dizendo uns aos outros que o autoritário coordenador do curso de sociologia perdera o juízo.

A professora Jurema me disse:

— Enfrente-os. É o desafio de sair do casulo.

Aliás, esse era o preço que eu deveria pagar por ter sido pouco tolerante. Um professor que não se reciclava, que não ministrava boas aulas e que se sentia cobrado por mim não titubeou em dizer:

— Como está a vida de maluco?

Preferi dar meia-volta e tomar outro rumo. Mas a professora Jurema pegou nos meus braços para tentar acalmar meu ânimo.

Controlei-me, fitei os olhos dele e respondi:

— Estou tentando entender a minha loucura. Quando me escondia atrás do intelectual, achava que era muito saudável, mas como hoje sou um caminhante em busca de mim mesmo, sei que sou mais doente do que imaginava.

Eles ficaram atônitos. Perceberam que eu ainda conservava meu rápido raciocínio, mas nunca me haviam visto reconhecer um erro, jamais me viram tendo gestos de humildade. Começaram a se desarmar.

Aproveitei para fazer aflorar o raciocínio, sem pretensões de que me entendessem:

— Quem vocês são na essência? Como está o seu prazer? Têm tido tempo para relaxar? Têm investido em seus projetos pessoais ou os têm soterrado? Têm se comportado como gigantes intelectuais ilhados em sua brilhante cultura ou têm sido seres humanos sem fronteiras que sabem dividir suas dores? Conhecem a matemática da subtração nas relações sociais? Têm sido máquinas de ensinar ou têm sido agentes que formam pensadores?

Sentiram que o maluco que queria se suicidar estava melhor do que quando discutia com eles nas universidades. Um deles, Marco Antônio, professor de lógica do conhecimento aplicada à sociologia, que era o mais culto de todos nós do departamento, mas cuja didática eu sempre criticara, me elogiou:

— Tenho acompanhado seus movimentos, Júlio, pelos jornais e pelos alunos. Estou deveras impressionado com sua coragem de fazer um corte em sua jornada para se reorganizar. Todo mundo, mais cedo ou mais tarde, deveria fazer tal corte no seu ativismo para se achar, repensar a sua história.

Falei sobre o projeto dos sonhos. Comentei que não era um projeto de motivação, de crescimento pessoal, de auto-ajuda, mas de formação de pensadores humanistas. Era um projeto para formar "um ser humano sem fronteiras".

Pensativo e admirado, o professor Marco Antônio relatou que estava entediado com o conformismo social e aborrecido com o pernicioso paradoxo do "isolamento psíquico *versus* a massificação do consumo". Pedi-lhe mais explicações sobre esse paradoxo, pois não estava entendendo a dimensão da sua idéia. Ele disse:

— Os seres humanos estão vivendo em ilhas em áreas que deveriam ser continentes, e em continentes em áreas que deveriam ser ilhas. Ou seja, deveriam ter participação mútua em áreas como diálogo, troca de experiências, superação de frustrações, e ser ilhas em áreas como paladar, estilo de vida, artes, cultura. Mas a comunicação televisiva, o *fast food*, a indústria da moda têm massificado nossos gostos e estilos. Perdemos a individualidade e cristalizamos o individualismo.

Pensei comigo: "Esse professor tem um pensamento muito próximo do mestre". Em seguida, ele comentou que depois que Marx lançou *O capital*, não se viam movimentos sociais novos, idealistas, utópicos, com propostas interessantes. E nos perguntou como poderia conhecer a experiência sociológica de ser um ser humano sem fronteiras. Fiquei feliz em informar-lhe.

Todas as duplas voltaram entusiasmadas. Tiveram atropelos imprevisíveis, mas vivenciaram feitos notáveis. Feitos que não expandiam a nossa conta bancária nem nosso *status* social, mas resgatavam nossas origens.

Algumas duplas trouxeram amigos e amigas que haviam feito pelo caminho. Mônica trouxe cinco amigas modelos. Estavam excitadas em desfilar nas passarelas que desconheciam. Eu e Jurema trouxemos dois professores e dois alunos. Dimas trouxe o dr. Lucas e a sua esposa. Salomão trouxe seu antigo psiquiatra, especialista em transtornos ansiosos, mas que vivia continuamente depressivo. Fora contagiado pela alegria do seu paciente. Queria tomar algumas doses desse antidepressivo social.

Cada pessoa falava sem regras e controle. Todos contavam experiências singelas. Relatavam com euforia o prazer de terem penetrado nos recônditos da psique dos anônimos. Descobriam o prazer indecifrável de contribuir para a história dos outros. Relatavam o júbilo promovido pela solidariedade anônima.

Havia ao todo trinta e oito pessoas "estranhas" no grupo. Dentre essas, dois judeus ortodoxos e dois mulçumanos, fora os que já faziam parte do time. Subitamente, percebemos a ausência da pessoa mais vibrante, Bartolomeu. Pelas informações de Dimas, ele estava com seu amigo e em breve chegaria.

O ambiente era tão comovente que improvisamos naquele local a primeira das muitas festas do projeto. Nela, ricos e pobres, intelectuais e iletrados, cristãos, mulçumano, judeus, budistas e ascéticos comiam, dançavam, cruzavam seus mundos sem preconceitos. A regra era aquinhoar cada um com um pedaço do seu ser.

Nem em seus delírios filosóficos Robespierre imaginou que os três pilares da Revolução Francesa, "a liberdade, a fraternidade e a igualdade", seriam vividos de maneira tão borbulhante por pessoas tão distintas. O mestre, vendo nossa alegria, disse-nos:

— Jamais seremos iguais em nossa essência, no tecido intrínseco de nossa personalidade, em nosso pensamento, modo de reagir, ver e interpretar os fenômenos da existência. O sonho da igualdade só cresce no terreno do respeito pelas diferenças.

Mas nem todas as duplas tiveram êxito. Meu amigo Edson enfrentou uma situação complicada. Estava com ambos os olhos roxos. Parecia ter levado dois tombos ou duas bofetadas. Estávamos curiosos para saber os fatos. Ele nos contou que, depois do sucesso de ter contagiado as pessoas com seu altruísmo e afetividade, alguém o ofendera ostensivamente. Relatou:

— Um homem de uns cinqüenta anos me perguntou se eu conhecia o Sermão da Montanha. Eu disse que sim. — Edson reteve a voz. Estava meio envergonhado. Tentando animá-lo, indaguei:

— Mas isso não é bom?

— Sim, mas o problema é que ele me pediu para recitar algumas palavras desse sermão, o que fiz com entusiasmo, pois conhecia de cor os textos. – Edson fez mais outra pausa. Começou a ficar vermelho. O seu silêncio suscitou a indagação de Dimas:

— Mas isso não é excelente?

— Sim, mas quando cheguei ao trecho em que devemos dar a outra face, ele me perguntou se eu acreditava nisso. Sem pestanejar, disse que sim. — E fez a terceira pausa. Estava constrangido. O mestre o ouvia atentamente. Diante do seu silêncio, Mônica questionou:

— Mas isso não é maravilhoso, Edson? – Edson diminuiu o tom de voz.

— Sim, quer dizer, não. Nesse momento ele abriu a palma da mão direita e me deu uma bofetada na face esquerda. Nunca senti tanta dor, nunca senti tanta raiva. Meus lábios tremiam, e eu queria esganar o sujeito. Mas agüentei.

O mestre estava apreensivo com seu heroísmo.

— Parabéns — reagiu a professora Jurema. — Esse é um verdadeiro milagre. Esse é um milagre da naturalidade. Mas nosso amigo estava com a roupa rasgada e a face arranhada.

— Qual é o motivo de o olho direito estar roxo também? — perguntou Salomão.

Foi então que Edson explicou:

— Em seguida, ele me pediu a face direita. Eu não queria dar, mas quando me dei conta ele já tinha me esbofeteado. Quis agarrar o sujeito pelo pescoço, mas me lembrei de tudo o que vivemos juntos. Lembrei do dócil mestre de Nazaré e lembrei do projeto do vendedor de sonhos. Agüentei. Não sei como, mas agüentei. E ele zombava de mim. Tinha ouvido falar do nosso projeto e me chamava de vendedor de bobagens.

As pessoas aplaudiram sua atitude. Mas Edson pediu paciência para a platéia e disse que falhara. Como assim? Finalmente ele explicou o incidente:

— Em seguida, ele me pediu novamente a face direita. Fiquei bufando de raiva. Sabia que Jesus pediu para dar a outra face, mas não para dar a mesma face duas vezes. Então olhei para o céu, pedi desculpas e o enchi de porrada. Como ele era mais forte do que eu, fui surrado também.

Não era o momento para darmos risadas, mas quem agüentou a cara do nosso amigo? O mestre estava com um sorriso contido. Não aprovava a violência, mas também não se agüentou. Em seguida nos deu uma lição inesquecível.

— Ser um ser humano sem fronteiras não é ser ingênuo nem colocar a vida em perigo desnecessariamente. Lembrem-se de que eu não os chamei para serem heróis. Não provoquem e muito menos enfrentem os ofensores. Dar a outra face não é sinônimo de fragilidade, mas de força. Não é sinônimo de estupidez, mas de lucidez.

Nesse momento deu-nos uma pausa para assimilarmos suas idéias. Em seguida continuou:

— Dar a outra face é um símbolo de maturidade e força interior. Não se refere à face física, mas à psíquica. Dar a outra face é procurar fazer o bem para quem nos decepciona, é ter elegância para elogiar quem nos difama, altruísmo para ser gentil com quem nos aborrece. É sair silenciosamente e sem estardalhaço da linha de fogo dos que nos agridem. Dar a outra face previne homicídios, traumas, cicatrizes impagáveis. Os fracos se vingam, os fortes se protegem.

Edson absorveu essas palavras como a terra seca. A partir desse episódio, deu um salto emocional, lapidou sua sabedoria, alargou as fronteiras da sua mente. Contribuiu muito para o nosso movimento.

As palavras do mestre penetraram como um raio em todos nós. Foram tão impactantes que estimularam os judeus ortodoxos a abraçarem os mulçumanos que estavam presentes. Olhei para meu amigo, o professor Marco Antônio. Recordei-me também de que enchera de porrada meus inimigos na universidade. Nunca aprendi que os que dão a outra face são muito mais felizes, mais tranqüilos e dormem muito melhor.

Jurema cochichou em meus ouvidos:

— Dei aulas por mais de trinta anos. Mas tenho de admitir que formei muitos alunos agressivos, irritadiços, vingativos, destituídos de solidariedade e sem nenhuma proteção.

Pensei comigo: "Eu muito mais. Nos meios menos suspeitos, como as universidades, formamos alguns ditadores. Só lhes falta o poder".

Enquanto eu ponderava essas coisas, o ambiente ficou tumultuado. Apareceu Bartolomeu com Barnabé. Os dois estavam completamente embriagados. Bartolomeu ficara tão eufórico com o reencontro de seu amigo que abriu a guarda. Foi tomar umas para comemorar e encheu a cara de vodca de novo.

Ambos estavam abraçados um ao outro. Trançavam as pernas ao caminhar e, para não caírem, apoiavam-se um no outro. Chegaram cantando uma canção de Nelson Gonçalves:

— "Boemia, aqui me tens de regresso, e suplicando te peço a minha nova inscrição. Voltei para rever os amigos que um dia eu deixei a chorar de alegria".

Não bastasse a bebedeira, Bartolomeu olhou para a turma e disse com vibração a frase que mais gostava de proferir:

— Ah! Eu adoro essa vida.

E todos nós reagimos em coro:

— Fecha a boca, Bartolomeu. — E caímos na gargalhada.

Mas ele não fechou. Quase caindo, teve a petulância de investir contra o projeto do mestre. Olhava para os convidados, e novamente ficou rubro. Disse que já conhecia essa bandeira.

— O seguinte, chefinho. Esse negócio do ser humano em fronteiras é antigo. Muito antigo, sabia? — Tentava estalar o dedo para mostrar essa antiguidade. E completou: — Os alcoólatras já sabiam disso há muito, muito tempo mesmo. Nenhum alcoólatra é maior que o outro. Todos eles se beijam, todos eles se abraçam, todos cantam juntos. Somos sem bandeira. Tá entendendo?

Observei lentamente o vendedor de idéias. Ele investia seu tempo em nos treinar. Tinha uma paciência de Jó, e agora, no auge do seu sonho, vinha uma frustração dessas. Ele caminhou em direção aos dois e os abraçou. E em tom de brincadeira disse:

— Algumas pessoas podem viver fora do casulo para sempre, outras de vez em quando precisam voltar para casa.

E, além de não estar decepcionado, confirmou a idéia do Boca de Mel. Incrível!

— De fato, os alcoólatras são seres humanos sem fronteiras, em especial se não forem agressivos. Por quê? Porque em determinados casos o efeito do álcool no cérebro bloqueia os arquivos da memória que contêm os preconceitos, o prejulgamento, as barreiras culturais, nacionais, sociais. Mas é melhor e mais seguro fazer essa conquista sóbrio. Por meio da difícil arte de pensar e escolher.

E, não mostrando nenhum constrangimento, começou a dançar no meio de todos. Estava animadíssimo. Sabia que ninguém muda ninguém, a não ser a própria pessoa. Sabia mais do que todos nós que fora do casulo sempre há imprevisibilidades.

Observando a fraterna atitude do mestre perante os "alunos" que fugiam completamente do padrão aceitável, me convenci de que a grandeza de um mestre está em ensinar os rebeldes e os que têm dificuldade em aprender, e não os notáveis da classe. Quantos crimes cometi! Nunca abracei um rebelde ou apostei num relapso.

Chamei a professora Jurema de lado e disse-lhe:

— Sepultei alunos nos porões do sistema educacional.

Jurema, olhando para o espelho da sua história, teve coragem de também confessar:

— Infelizmente, eu também. Em vez de incentivar a rebeldia criativa, a intuição, o raciocínio esquemático nas respostas, exigia precisão das informações. Formamos jovens estressados, tensos, com instinto de predadores, ansiosos para serem o número um, e não pacificadores, tolerantes, que se sintam dignos de ser o número nove ou dez.

Tínhamos a impressão de que depois dessa experiência saíamos da infância e entrávamos na meninice sociológica. A festa entrou madrugada adentro. Ficamos bêbados de alegria. Barnabé foi chamado para entrar para o time dos sonhos. Bartolomeu e Barnabé se tornaram a dupla mais excêntrica, atrapalhada e perigosa daqueles ares. Tínhamos dúvidas se eles se regenerariam ou se nos deixariam mais birutas do que éramos. Mas não importa, pois também estou aprendendo a adorar essa vida.

O vendedor de sonhos no templo financeiro

A fama do mestre crescia dia a dia, e começava também a resvalar na elite financeira. Os empresários e executivos tinham ouvido falar sobre esse homem incomum, e, como eram ávidos por novos métodos de liderança e novas formas de criatividade, fizeram chegar a mim um convite para que o mestre lhes desse uma conferência. Queriam conhecer a mente daquele que estava incendiando a sociedade.

Para mim, teórico do marxismo, essa elite só se interessava em primeiro lugar pelo dinheiro, em segundo lugar pela sua conta bancária e em terceiro, pelo seu capital. Quase respondi, impulsivamente, que o vendedor de idéias não aceitaria a solicitação, mas, para não atropelar sua decisão, fui comunicar-lhe.

Entretanto, me surpreendi. Depois de pensar no convite, o mestre disse que falaria com eles, mas num auditório que ele escolhesse. E me deu o endereço. Era um local de que eu jamais ouvira falar. Não sabia o tamanho do anfiteatro, se havia ar-condicionado nem poltronas confortáveis. Só sabia que esse pessoal era exigente, estava acostumado ao máximo de conforto.

Disseram-me que o público seria constituído de cerca de cem empresários e executivos, dos quais apenas cinco eram mulheres. Havia industriais, banqueiros, proprietários de grandes construtoras, donos de redes de supermercados, de cadeias de lojas e outros ramos. Representavam a maior parte da riqueza da grande megalópole e também do estado.

A elite financeira ficara excitada com a aceitação do convite, mas como sempre fui crítico desse povo, dei-lhes um banho de água fria. Disse que o homem que eles ouviriam era intrépido, capaz de fazer até socialistas como Lênin fungar. Minha espetada causou mal-estar nos participantes. E depois disso, fiz uma brincadeira realmente maldosa. Disse que o vendedor de sonhos poderia chamá-los de raça de víboras da sociedade capitalista, de casta de burgueses exploradores. Eles não gostaram da brincadeira. Ficaram muito apreensivos. Mas mesmo assim queriam garimpar as idéias desse fascinante homem.

Pegaram o endereço e definiram o horário da reunião. Alguns líderes acharam estranhos que desconhecessem o local, pois estavam acostumados a organizar eventos nos melhores lugares da cidade. Na noite do encontro, o mestre saiu na nossa frente. Parecia que fora meditar. "Será que estava afinando sua artilharia?", pensei. "Será que estava pedindo ao seu Deus sabedoria para puxar o tapete da classe dominante? É sua oportunidade de ouro para quebrar a espinha dorsal da elite financeira", continuei refletindo. Mal eu poderia prever o que aconteceria. Eu ficaria atônito, e eles, perplexos.

Como também não sabíamos o endereço, fomos pedindo informações. Estávamos próximo da numeração da rua, mas não encontrávamos o local do evento. O lugar era estranho, mal-iluminado. Logo vimos um grupo de pessoas também perdido. Eram os empresários e executivos. Achavam que o endereço que eu dera estava errado. Mas afirmei que era esse o endereço que tinha. Contudo, pensei que eles poderiam ter razão. O mestre, por ser um desprivilegiado, poderia desconhecer os anfiteatros da cidade. Dera-nos informação errada.

Os líderes empresariais estavam decepcionados. Resolvemos seguir juntos na rua e procurar um pouco mais adiante. De repente, demos num grandioso e lúgubre cemitério. Era o famoso Cemitério da Recoleta. Perturbado, verificamos que o número batia com o que tínhamos. Pensei comigo: "Se o mestre já tem fama de desvairado, agora ela se cristalizou na mente desse povo". Provavelmente, ele deve estar do outro lado da cidade.

Salomão disse:

— Eu enfrento os fantasmas na minha mente, mas detesto me aproximar de um cemitério, ainda mais à noite. Vamos embora.

Sem muita segurança, segurei no seu braço. Pedi calma. Os participantes começavam a chegar com seus carros luxuosos e a se aglomerar. Todos estavam confusos. Pela primeira vez me rebaixei perante essa turma. Pedia freqüentemente desculpas pelo equívoco do endereço.

De repente, quando ameaçávamos ir embora, as portas do grande cemitério se abriram, rangendo as dobradiças. Imediatamente Boquinha de Mel abraçou Mão de Anjo e começou a tremer.

— Só entortado pela vodca eu entro nesse lugar.

Tão logo Bartolomeu fez essa observação, apareceu uma figura estranha, amedrontadora. Estava irreconhecível devido à iluminação deficiente da entrada, se bem que no interior do cemitério a iluminação fosse melhor. O personagem fazia gestos para entrarmos. Era simplesmente o conferencista da noite, o mestre. Ficamos sem voz ao constatarmos que o endereço estava certo.

Todos nós, discípulos e empresários, começamos a nos mover lenta e apreensivamente para o singular anfiteatro. Cada um olhava sutilmente para o outro e devia pensar a mesma coisa: "O que estou fazendo aqui!". Era a primeira vez que se tinha notícia de que uma conferência sobre criatividade e liderança ocorreria num cemitério. Era a primeira vez que se falaria sobre o pungente mundo dos vivos no palco dos "mortos".

Enquanto nos aproximávamos do local da sua fala, o mestre usava a voz grave e vibrante e saudava de forma excepcional os participantes:

— Bem-vindos os futuros personagens mais ricos do cemitério. Sintam-se em casa.

As pernas dos empresários bambearam. Estavam acostumados a grandes embates, a batalhas competitivas, a riscos fenomenais, mas não a esse desafio. Foram nocauteados no primeiro *round* por um anônimo. Eu não sabia o que falar nem como reagir, e as pessoas ao meu redor estavam igualmente atarantadas. O Cemitério da Recoleta é imponente. É um cemitério dos abastados. Seus mausoléus são suntuosos, verdadeiras obras de arte.

Vendo-nos introspectivos, o mestre continuou a deixar fluir suas idéias.

— Os notáveis homens e mulheres da sociedade aqui jazem. Sonhos, pesadelos, sentimentos secretos, emoções visíveis, golpes de ansiedade, momentos de raro prazer constituíram a vida de cada ser humano que aqui repousou. Suas histórias estão adormecidas. E raramente alguém se preocupa com elas, a não ser seus íntimos.

Não sabíamos aonde o mestre queria chegar, nem mesmo sabíamos se a conferência havia começado ou se haveria conferência. Só sabíamos que suas palavras nos conduziam a um passeio pela nossa própria história. O passado dos falecidos revelava as vielas do nosso futuro. Sua fala, que parecia instigadora do medo, começou a ter uma doçura inexplicável. Em seguida, ele fez um pedido a todos os participantes:

— Leiam durante dez minutos as amáveis mensagens afixadas na cabeceira dos mausoléus.

Eu nunca havia feito essa experiência sociológica. Apesar de a luminosidade não ser excelente, começamos a percorrer as ruas do cemitério e a ler as mensagens cravadas em metal, que celebravam a existência das pessoas que partiram. Quantas saudades! Quantas marcas! Quantas palavras carregadas de nobres significados! Algumas mensagens diziam: "Ao meu gentil e dócil marido, com saudades da sua amada esposa. Que Deus o tenha em paz"; "Ao querido papai — O tempo furtou sua presença, mas jamais furtará o amor que sentimos por você"; "Papai, você é inesquecível. Todos os dias o amarei"; "Ao amigo insubstituível — Obrigado por ter existido e ter participado de nossa vida".

Não sei o que aconteceu comigo ao ler essas placas, mas me envolvi numa atmosfera de afetividade. Comecei a relembrar as pessoas que perdera. Nunca escrevi uma placa para meu pai. Nem ao menos lhe agradeci por ter me dado a vida. O seu suicídio bloqueou meus sentimentos. Nem para minha valente mãe escrevi uma mensagem, a não ser aquela que trago silenciosamente na mente: "Eu a amo. Obrigado por ter suportado minha rebeldia".

Olhei para o lado e vi todos os meus amigos e os empresários emocionados. Viajaram no tempo. Abriram as portas do inconsciente e depararam com a mais crua fragilidade. Eram homens que dirigiam empresas com milhares de pessoas, mas agora se sentiam simplesmente mortais.

Nesse momento, senti que o mestre criara propositadamente um clima. Tirara-lhes completamente a segurança, os mecanismos de defesa, a proteção do *status* financeiro, para torpedeá-los com suas palavras. Quando abriu a boca, perguntou algo que todo empresário detesta ouvir:

— Onde estão e quem são os proletários da atualidade?

Pensei comigo: "Essas pessoas vão debandar. Embora estejam atordoadas pela viagem ao passado, não agüentarão o tranco das críticas do vendedor de idéias". Ninguém respondeu nada. A resposta, que parecia óbvia, não era. Nesse momento, o mestre extraiu meu sangue sem injetar a agulha. Invertendo a teoria marxista, disse:

— Vocês são os proletários da atualidade, pelo menos uma casta importante deles.

Eu pensei: "Que afirmação é essa? Será que ele não sabe quem é o público que está presente?". Tive vontade de sair correndo porque parecia que o mestre não entendia nada do que estava falando, nem para quem estava falando. Mas em seguida ele me fez derrapar nas curvas dos meus pensamentos. E começou a explicar.

Disse que o filósofo Karl Marx (1818-1883) deixara sua terra natal e fora para Paris, onde conhecera Friedrich Engels (1820-1895). Os dois afinaram suas idéias, tornaram-se membros de grupos socialistas e iniciaram uma colaboração que durou a vida toda. Para eles, os fatores econômicos e tecnológicos, expressos pelo modo como os bens são produzidos e as riquezas distribuídas, seriam as forças que desenvolvem a história e alicerçam a política, a lei, a moral, a filosofia, enfim, toda a cultura. Marx acreditava que a história humana era governada pelas leis da ciência e rejeitava todas as interpretações religiosas da natureza e da história. Por meio dessas leis, as pessoas, em especial a classe trabalhadora, teriam liberdade de construir a própria história.

Mas comentou que essa tão sonhada liberdade não se materializara. Quando alguns socialistas tomaram o poder tornaram-se implacáveis, destruíram milhares de supostos opositores, silenciaram vozes, tolheram direitos, esmagaram, enfim, a liberdade que discursavam. A classe trabalhadora não construiu sua própria história, mas a história que a cúpula determinou. A antiga religião fora substituída pelo culto à personalidade desses líderes.

— A revolução deles era externa – relatou, e adicionou: — Diferentemente deles, meu sonho não é destruir o sistema político vigente para reconstruí-lo. Não creio em mudanças de fora para dentro. Creio numa mudança pacífica de dentro para fora, uma mudança na capacidade de pensar, se enxergar, criticar, interpretar os fenômenos sociais, e, em especial, na capacidade de resgatar o prazer. Meu sonho está dentro do ser humano.

Após essa breve explanação, que revelava que ele sabia o que estava dizendo, começou a falar que, quando Marx lançou suas idéias, a classe dominante não distribuía renda, usava o poder político e financeiro para oprimir a classe trabalhadora. Uma pequena minoria vivia nababescamente diante da miséria de uma imensa maioria. A diferença de classes ainda existia, as injustiças sociais ainda não haviam sido erradicadas, mas no terceiro milênio o sistema, com o advento da globalização, gerara uma nova classe de pessoas exploradas.

— Vocês! — enfatizou novamente.

Ao ouvir sua afirmação, pensei outra vez: "Mas não são eles os privilegiados? Não vivem no luxo e na mordomia? Como é possível classificá-los como uma classe explorada, como os proletários deste milênio?"

Mas, para começar a fundamentar suas idéias, ele começou a jogar por terra um ditado popular que muitos de nós conhecíamos:

— Nos séculos passados, antes de o sistema se desenvolver, uma fortuna demorava três gerações para se acabar. Por isso, o velho ditado tinha fundamento: avô rico, filho nobre, neto pobre. Mas nos dias atuais raramente esse pensamento tem validade. Uma empresa sólida pode desaparecer em cinco anos. Uma indústria importante pode estar fora do mercado em pouco tempo. Enfim, a quantidade de anos de uma geração pode ser suficiente para destruir três, quatro, cinco ou mais fortunas.

Meu castelo de cartas começava a desmoronar. Os empresários, depois do susto inicial, ficaram pensativos e começaram a concordar com esse provocador misterioso.

— Para suas empresas sobreviverem, vocês têm de competir num processo sem fim. Para suas empresas não serem devoradas por concorrentes, têm de se redescobrir a cada ano, se superar a cada mês e se reinventar a cada semana.

E fez uma pergunta básica, cuja resposta todos erraram:

— O sistema esmaga as empresas que caem na insignificância ou na ineficiência?

Todos a uma só voz responderam que sim. Mas ele disse que não.

— Ele não esmaga as empresas. Esmaga seus líderes.

Também nos disse que médicos, advogados, engenheiros, jornalistas e tanto outros profissionais estavam no mesmo processo de esmagamento. Os donos do dinheiro começaram a entender que não eram tão ricos como pensavam. Os proprietários do poder começaram a perceber que não eram tão fortes como imaginavam. Durante essa exposição inicial, algumas pessoas estavam ainda céticas. O mestre amava os céticos, pois podia pegá-los na astúcia das suas idéias. Para não deixar dúvidas, fez o diagnóstico e mostrou o resultado:

— Senhoras e senhores, o tempo da escravidão não foi extirpado das páginas da história, apenas mudou de forma. Vou lhes fazer algumas perguntas e lhes peço plena honestidade, transparência cristalina. Saibam que quem não é transparente tem uma dívida impagável com sua saúde psíquica. Respondam-me: quem tem dores de cabeça?

As pessoas ficaram um pouco constrangidas, mas, um após o outro, começaram a levantar a mão. Verifiquei que quase todos levantaram a mão.

— Quem tem dores musculares? – Novamente a grande maioria levantou a mão, estava mais desinibida.

Depois ele começou a fazer inúmeras outras indagações:

— Quem acorda fatigado? Quem tem queda de cabelo? Quem sente que sua mente é agitada? Quem sofre por problemas que ainda não aconteceram? Quem tem a sensação de estar por um fio? Quem se irrita por pequenos problemas? Quem tem emoção flutuante — num momento é tranqüilo e noutro, quando contrariado, tem reações explosivas? Quem tem medo do futuro?

A maioria dos presentes nem se dava ao luxo de abaixar a mão. Tinha todos os sintomas. Eu não acreditava no que via. Esfregava os olhos com as duas mãos e me questionava: "Não são eles a elite da sociedade? Como podem ter péssima qualidade de vida? Não são eles que tomam os melhores vinhos e champanhes? Não freqüentam os melhores restaurantes? Por que então estão gravemente estressados?" Fiquei abalado.

Minha mente não parava de refletir sobre os fundamentos socialistas. Eles precisavam ser corrigidos. Os burgueses andavam com carros de luxo, mas estavam paralisados por suas tensões. Iam à casa de praia, mas suas emoções não surfavam nas ondas do prazer. Dormiam em colchões macios, mas faltava-lhes conforto psíquico, o sono não era agradável. Trajavam ternos impecáveis, mas estavam quase nus, sem proteção contra suas tensões e preocupações.

"Que loucura!", pensei intimamente. "Onde está a felicidade que o sistema prometeu para os que atingem o pódio do capitalismo? Onde está a tranqüilidade para aqueles que acumularam riquezas? Onde está o prêmio pela competência? Eles fazem seguro de casa, de vida, empresarial, previdenciário e até seguro contra seqüestro, mas por que têm uma rica sintomatologia, que denuncia uma dramática insegurança?" O sistema esmagava seus líderes.

Abalando alguns pilares da teoria marxista

O questionamento do mestre no Cemitério da Recoleta colocou nossos neurônios em estado de choque. Eu atacara a elite empresarial durante anos e anos em sala de aula, mas precisava rever alguns conceitos. Comecei a entender que o sistema traía a todos, em especial aos que mais o alimentavam. Atingia inclusive as celebridades, não apenas pela invasão de privacidade e pela contração da sensibilidade, mas porque o sucesso era freqüentemente fugaz. Era muito fácil cair na insignificância.

Em nome da competitividade, o sistema sugava-lhes até a última gota de energia cerebral. Eles gastavam mais energia que muitos braçais, viviam fadigados devido ao excesso de pensamentos. Eram vencedores, mas não levavam o prêmio, pelo menos não para o território psíquico.

Na produção industrial, em especial, o estresse se multiplicava, pois havia uma verdadeira guerra de preços baixos, distorcida por subsídios governamentais que contaminavam o valor dos produtos, capaz de desbancar empresas do outro lado do mundo. Acrescentavam-se a esse caldeirão as diferenças de impostos inseridas nos produtos e as diferenças salariais pagas pelos trabalhadores de cada país, bem como o fenômeno *dumping* (empresas que colocam seus preços abaixo dos custos de produção para conquistar o mercado). Sobreviver era uma arte infernal.

A situação dos participantes não poderia ser pior. Trinta e cinco por cento deles tinham problemas cardíacos ou eram hipertensos. Quinze por cento tinham câncer, alguns dos quais não virariam o ano com vida. Trinta por cento tinham crises depressivas. Dez por cento tinham síndrome do pânico. Sessenta por cento tinham conflitos conjugais. Noventa e cinco por cento tinham três ou mais sintomas psíquicos ou psicossomáticos, sessenta e cinco por cento dos quais atingiam a incrível marca de dez sintomas.

A exploração dos proletários ainda existia em diversas nações. Mas nas sociedades desenvolvidas e nas emergentes, onde as leis trabalhistas eram justas e os direitos humanos respeitados, os grandes explorados eram os que tinham um trabalho intelectual intenso, como gerentes, diretores, empresários, profissionais liberais, professores, jornalistas.

O rolo compressor era tão avassalador que muitos executivos tinham a fleuma de levar seus problemas para casa e até para as suas férias. Os trabalhadores que tinham salários satisfatórios, mas sem posição de liderança ou gerenciamento nas empresas, tinham tempo para os amigos, para sentir o perfume dos alimentos, relaxar nos finais de semana, dormir e despertar sem ser asfixiados com preocupações. Enquanto para os líderes empresariais, essas experiências eram artigo de luxo. No bom sentido da palavra, "os vassalos viviam pela primeira vez melhor que o feudo".

Foi então que entendi com clareza por que o mestre insistia em dizer que o sucesso é mais difícil de trabalhar que o fracasso:

o risco do sucesso é ser uma máquina de atividades. Marx e Engels se contorceriam no túmulo se soubessem que o desenvolvimento último do capitalismo atingiria o sonho do socialismo: seria o "caos" da elite empresárial e o oásis dos trabalhadores. Embora houvesse exceções. O problema da classe trabalhadora era o consumismo, a compulsão pelo crédito e o gasto acima da renda. Excetuando esses fenômenos, o topo do capitalismo produziria o reino dos trabalhadores e a exploração mental de grande parte dos que exerciam posição de liderança.

O que era interessante é que nenhuma estatística abordava a nova casta de explorados. Parecia que eram fortes, autosuficientes, semideuses, não precisavam de apoio e muito menos de sonhos. Não eram seres humanos sem fronteiras, eram seres humanos entrincheirados. Excetuando alguns poucos cursos e consultas médicas esporádicas, quase nada se fazia por eles. Depois dessa abordagem, ficou patente que o mestre sabia muito bem o que estava falando e para quem estava falando. Só não sabíamos como ele sabia de tudo isso. Como pode um maltrapilho deter todas essas informações? Que homem é esse que transita entre os miseráveis e os milionários com inigualável desenvoltura? De onde procede?

Bartolomeu, ao ver os participantes da excepcional conferência reconhecerem que estavam fragilizados, não suportou ficar quieto. Levantou a mão direita e interpelou o mestre:

— Chefinho, esses caras estão mal das pernas! Vamos fazer uma vaquinha para ajudá-los. — Provavelmente achou que os participantes estavam bem-trajados porque iam a algum baile de fantasia.

Foi a primeira vez na civilização moderna que um miserável chamou os membros da elite financeira de paupérrimos. Foi a primeira vez que um proletário se sentiu mais rico que os milionários da sua sociedade. Sua fala foi tão espontânea que o que era trágico tornou-se cômico. Os participantes olharam uns para os outros e sorriram ininterruptamente. Não desrespeitaram os mortos com suas gargalhadas, riram da própria miserabilidade. Precisavam comprar muitos sonhos se quisessem ter o mínimo de saúde psíquica.

Não bastassem as surpresas da noite, aconteceu outra que nos deixou literalmente de cabelo em pé. Subitamente saiu de dentro de uma tumba, localizada quatro metros à frente da primeira fila dos presentes, uma figura assustadora, com um paletó branco velho na cabeça. E deu um grito horripilante:

— Eu sou a morte! Vim pegá-los!

Essa cena não estava no *script* do mestre, que também levou um susto. O tumulto foi tão grande que pela primeira vez acreditei em fantasmas. Meu coração, e penso que também o dos demais presentes, queria sair pela boca. O que era aquilo? Saímos da esfera da razão para o terreno da fobia. Alguns começaram a sair correndo, mas o fantasma deu algumas risadas e nos acalmou.

— Calma, gente. Calma! Por que estão desesperados? Logo dormiremos num lugar como este.

A figura tirou o paletó da cabeça. Era o infeliz do Barnabé. Bartolomeu e Barnabé, a dupla incontrolável, tinham de dar seu *show*, não importava onde estivessem. Bom senso nem para remédio.

Toda vez que estávamos no auge da sobriedade, caíamos nos patamares mais inóspitos da doidice. Eles estragavam tudo. Se no passado fossem meus alunos, certamente eu os expulsaria. Mas felizmente encontraram outro mestre que apostava tudo o que tinha em quem pouquíssimo tivesse. Não conseguia entender como conseguia amar esses baderneiros incorrigíveis.

Percebendo que a platéia ainda estava tensa, Barnabé tirou um chocolate do bolso e começou a comê-lo. Durante a mastigação, resolveu contar um pouco da sua história. Comoveu a todos:

— Vim muitas vezes embriagado e deprimido a este cemitério para fazer terapia. Como os vivos raramente conversavam comigo por me tacharem de alcoólatra, maluco, irresponsável, e os poucos que conversavam logo vinham dando bronca e conselhos baratos, eu adentrava este cemitério e conversava com os mortos. Aqui chorei pelos meus erros. Aqui disse que era um frustrado, alguém que queria começar tudo de novo, mas falhava continuamente. Aqui confessei que me sentia um lixo humano. Aqui pedi desculpas a Deus pelas bebedeiras que tive, pelas saideiras que me faziam dormir nas praças, por ter abandonado minha família. Nunca um morto reclamou das minhas bobagens.

Os empresários ficaram emocionados com a sinceridade e a facilidade de Barnabé para dividir seus sentimentos, características que raramente existiam no meio deles. Tinham necessidade vital de se abrir, mas não podiam demonstrar fragilidade, não podiam ser humanos.

Ao ver o Barnabé confessar suas mazelas, entrou Bartolomeu novamente no palco. Abraçou-o e tentou consolá-lo da pior forma possível.

— Não chore, Prefeito. Minhas dívidas são maiores que as suas. Eu sou imoral.

— Não, as minhas são piores. Eu sou um pervertido — afirmou mais alto Barnabé.

— Não, meus erros são incontáveis. Eu sou um crápula — disse Bartolomeu num tom mais alto ainda.

— Não, você não me conhece direito. Eu sou um depravado.

E, para assombro geral da platéia, começaram a disputar quem deles era o pior. Os empresários nunca tinham visto isso. Só conheciam a acirrada disputa para ver quem era o melhor. Nós queríamos acabar com a disputa bizarra, mas temíamos dar um escândalo maior. E para mostrar que era o mais devasso dos homens, Bartolomeu perdeu a paciência. Disse:

— Sou corrompido, desonesto, mentiroso, não cumpro minhas promessas, não pago minhas contas, cobiço a mulher do próximo. Além disso, já furtei seu dinheiro quando estava bêbado...

Interrompendo a lista enorme de erros de Bartolomeu, Barnabé expressou, magoado:

— Pare, pare, pare! Reconheço que de fato você é o maior cafajeste da face da terra.

— Não exagere, Barnabé! – reagiu Bartolomeu, sem gostar do título.

Ao ouvir esse embate, eu, que não sei fazer oração, como não podia falar nada para silenciá-los, olhei para as estrelas e disse baixinho: "Deus tenha piedade desses miseráveis. Cale sua boca!". Mas os empresários os acharam divertidíssimos. Queriam possuir a autenticidade e o desprendimento flagrantemente expressos pelos dois. Trabalhavam por anos ou décadas com seus colegas, mas eram túmulos tão fechados como os do anfiteatro que pisavam. No mundo profissional, viviam fora do casulo, no mundo psíquico eram cofres, ilhas intocáveis. Não sabiam sequer dar um ombro para chorar, disfarçavam seus sentimentos.

O mestre, em vez de repreendê-los severamente, para nossa surpresa, os elogiou:

— Parabéns, vocês me fizeram recordar minhas imperfeições.

— Conte comigo, chefinho — disse Boquinha olhando para mim, tentando me provocar e balbuciando: "Alô, superego. Aprenda comigo". Meu sangue ferveu num lugar como aquele, dos mais impróprios para ficar nervoso. "Ah, como também sou imperfeito!", pensei.

Em seguida o homem que seguíamos contou mais uma de suas histórias. Comentou que muitas espécies tinham mais vantagens físicas e perceptivas que a humana. Elas viam melhor, ouviam com incrível acuidade, corriam mais, saltavam com grande envergadura, percebiam odores mais sutis e mais distantes, mordiam com mais força. Mas, apesar disso, a espécie humana tinha um cérebro muito mais sofisticado, com mais de cem bilhões de células. E argumentou que um cérebro tão sofisticado deveria nos privilegiar com as asas da independência. Entretanto, indagou aos presentes:

— Por que nosso cérebro nos fez uma massa de seres dependentes, em especial na infância? Raramente uma criança de quatro anos sobreviveria sozinha, enquanto com essa idade muitos mamíferos ou répteis não têm mais nenhum contato com os pais. Alguns já estão em plena fase reprodutiva, enquanto outros com quatro anos já são idosos. Por que somos mais dependentes que as demais espécies, apesar de amarmos a independência e termos atração pelo individualismo? — disse ele, querendo dar uma descarga de lucidez em seus discípulos e na elite empresarial.

As pessoas ficaram emudecidas. Não sabiam aonde o mestre queria chegar, mas sem perceber estavam penetrando no mercado das suas idéias, no armazém dos seus sonhos.

Um idoso empresário, que tinha mais de setenta anos de idade e aparentemente era um dos mais ricos da platéia, puxou-me de lado e me disse baixinho:

— Eu conheço esse homem. Onde ele mora?

— O senhor nem imagina. — E completei: — Acho que o senhor está enganado.

— Não! Eu conheço essa extraordinária mente de algum lugar.

Em seguida, outro empresário, que tinha ao redor de cinqüenta anos, que falira três vezes e sempre investira no social, respondeu com uma só palavra à pergunta do mestre:

— Educação.

O mestre o exaltou:

— Magnífico. Educação é a chave! O cérebro nos tornou completamente dependentes na infância devido à necessidade vital de incorporação de experiências existenciais acumuladas ao longo das gerações. Elas devem ser aprendidas e assimiladas por meio da educação. Não são transmitidas geneticamente. A educação é insubstituível. — Após isso, abalou os participantes alertando-os das conseqüências da exploração mental a que eram submetidos, e que possivelmente estavam transferindo para seus filhos.

Discorreu que muitos pais pressionam seus filhos para competir, estudar desvairadamente, fazer cursos, preparar-se para sobreviver no futuro, sem saber que a pressão excessiva aniquila a ingenuidade da infância, debela os valores existenciais, bloqueia o aprendizado das experiências, esfacela a humanidade deles. Depois de uma pausa para respirar e metralhou-os como fez comigo quando me conhecera:

— Seus filhos conhecem os acidentes que tiveram pelo caminho? Sabem como os superaram? Conhecem seus medos e suas incoerências? Descobriram seus golpes de ousadia? Exploraram seus mais importantes ideais? Conhecem sua filosofia de vida, sua capacidade de intuir, analisar, refletir? E suas lágrimas, foram contempladas por eles? Desculpem-me, mas se não conhecem, vocês estão formando máquinas para serem usadas pelo sistema e não seres humanos para transformá-lo. Se não conhecem, vocês estão desprezando os motivos fundamentais pelos quais nosso cérebro nos fez dependentes.

E fez uma pergunta que tirou o sono de alguns:

— Durante trinta segundos coloquem-se no lugar dos seus filhos e pensem nas mensagens que eles escreveriam para serem afixadas um dia em seus mausoléus.

Essa sugestão causou um turbilhão psíquico nos ouvintes. Não gostaria de ler o que meu filho escreveria sobre mim. Ele nunca me conheceu. Sempre me escondi. "Como pode alguém que aparentemente vive à margem da sociedade valorizar tanto a educação? O que o move? Que segredos esconde?", pensei.

Depois de todo esse questionamento, ele calibrou seu pensamento e apontou para seu grande alvo:

— O sistema capitalista trouxe e tem trazido conquistas inimagináveis para a sociedade, mas corre sério risco de implosão em menos de um século, talvez em algumas décadas. Todavia, não mais como Marx previa, por disputas de classes sociais, mas por um problema que está no seu cerne: ele produz a liberdade de possuir e se expressar, mas não a liberdade de ser. O desenvolvimento do capitalismo depende da ansiedade pelo desejado e não pelo necessário. Depende da insatisfação crônica para empurrar o consumo. Se num determinado período a humanidade fosse formada de poetas, filosóficos, artistas plásticos, educadores, líderes espirituais, haveria um colapso do PIB (Produto Interno Bruto) mundial, pois em tese essas pessoas são mais satisfeitas e consomem mais o necessário. Talvez o PIB caísse 30% ou 40% repentinamente. Haveria centenas de milhões de desempregados no mundo. Seria a maior recessão da história, haveria guerras e disputas intermináveis.

Depois desses argumentos, ele viu a platéia boquiaberta. Os homens de negócios não tinham pensado nisso. Mas o mestre não quis mais entrar em detalhes sobre o tripé: a educação, o consumismo e a insatisfação. Procurou desconversar. Em seguida, transformou a situação tensa num ambiente ameno. Começou a vender o sonho do relaxamento.

— Retornando aos sintomas que lhes perguntei, vou fazer mais uma pergunta, e se me responderem coletivamente eu os convidarei para abrirem um hospital psiquiátrico.

A platéia de fato relaxou.

— Quem anda esquecido? Quem tem déficit de memória?

Era incrível, mas quase todos levantaram a mão. Esqueciam compromissos, informações corriqueiras, números telefônicos, locais onde haviam colocado objetos, nomes de pessoas.

Descontraído, ele comentou:

— Alguns são tão esquecidos que colocam a chave do carro dentro da geladeira e a procuram na casa toda. — As pessoas riram. E ele adicionou: — Mais engraçados são os que procuram os óculos sem perceber que estão na sua face. Outros chegam a esquecer os nomes de colegas com quem trabalharam por anos. Os mais espertos, para não dar gafe, perguntam a eles: "Qual seu nome todo mesmo?". Na verdade, querem saber o primeiro nome.

Alguns empresários já usavam essa técnica. Desconfio que até meu mestre também a usava.

— Senhores, para esse déficit corriqueiro de memória, não procurem o médico. E por quê? — indagou.

— Porque ele também está esquecido! — respondeu um senhor de terno azul e gravata cinza com listras creme.

Todos zombaram da própria existência estressante. Começaram a entender que o déficit de memória na maioria dos casos era uma tentativa desesperada do cérebro para diminuir a avalanche de preocupações.

Bartolomeu havia levantado as duas mãos, indicando que estava superesquecido.

— Chefinho, por que eu sempre esquecia o nome das minhas sogras?

A turma não agüentou sua petulância. Barnabé, que o conhecia de longa data, dessa vez não livrou a sua barra, entregou sua ficha:

— Também, o Boquinha casou três vezes e se juntou umas sete. Não dava tempo de assimilar o nome das sogras.

Boca de Mel olhou para a platéia e abriu as mãos, pedindo compreensão. Queria dizer: "Nunca disse que sou santo!". De fato, não era flor que se cheirasse. Ele bem que tentava, mas não conseguia fingir que era normal.

O mestre tentou poupá-lo.

— Não o escolhi por causa dos seus erros ou acertos. Mas por quem você é, por causa do seu coração. Não o coração físico, mas o psíquico.

E para mudar o foco que o constrangia, agiu mais uma vez com ternura.

— Também sou esquecido, Bartolomeu. Algumas pessoas me dizem: "Mestre, a minha memória está ruim". Eu lhes digo: "Não se preocupem, a minha está péssima".

As reações e as palavras que ouvi mais uma vez tiraram a venda dos meus olhos. Eu também era esquecido, mas jamais admitira que meus alunos esquecessem. Era um carrasco na correção das provas. Lembro-me de Jônatas, um brilhante debatedor de idéias, que no entanto não sabia registrar as informações num papel. Foi reprovado continuamente por mim e por outros colegas doutores. Nós o reputávamos como um alienado e irresponsável, mas talvez fosse um gênio incompreendido. Foi jubilado pelo sistema. Nós éramos a voz do sistema. Atiramos no esgoto da educação possíveis pensadores sem ter sentimento de culpa. Somente agora, que aprendia a comprar sonhos de uma mente livre, eu descobria que, se tivesse ampliado o leque para avaliar a mente dos meus alunos, poderia ter dado nota máxima para quem errara todos os dados.

Eu estava inconsolado com toda essa análise. Fui intolerante até com meu filho. João Marcos tinha uma leve dislexia, não conseguia acompanhar direito sua turma. Mas eu exigia, pressionava, queria extrair dele o que não podia dar. Queria que fosse um exímio aluno para que no fundo minha imagem de pai e professor pudesse se destacar. De fato, a mensagem que meu filho e meus alunos deixariam em meu túmulo não seria carregada de elogios e de saudades.

Jurema parece que entendia o que eu estava pensando. Tocou meus ombros e me disse em voz baixa:

— Como disse Alexander Graham Bell, "se andarmos pelos caminhos que outros já percorreram, chegaremos no máximo aos lugares que eles atingiram". Se não vendermos novas idéias para que os alunos andem por novos caminhos, eles no máximo conseguirão construir a história desses empresários, que arrebentaram com sua saúde e seus sonhos.

Os empresários saíram um a um, observando atentamente os mausoléus pelos quais passavam. Durante a travessia, alguns lembraram que, do século XVI ao XIX, o inumano sistema comprara seres humanos de pele negra como se fossem animais e os encerrara nos porões funestos e fétidos dos navios, transportando-os como escravos para lugares distantes, como a

Europa e as Américas. Atrás deles ficaram os amigos, os filhos, a esposa, a liberdade. À frente deles estava o futuro amedrontador, a dor, o trabalho forçado e uma saudade incontrolável.

Nos tempos atuais, o sistema parece ter fabricado novos escravos, só que lhes paga salários altos e dá-lhes uma série de benefícios. Atrás deles têm ficado os filhos, a esposa, os amigos, os sonhos. À frente deles está um futuro incerto, volátil, competitivo, apreensivo e um trabalho mental forçado. Como nos tem dito o vendedor de idéias: a história é cíclica.

A casa do terror

As últimas conferências dadas pelo mestre, em especial no Cemitério da Recoleta, ganharam um destaque maior ainda na grande mídia. A sociedade local ficou impressionada pelo fato de até empresários terem sidos magnetizados pelo enigmático homem. Indagações que inquietavam a minha mente inundavam também a mente das pessoas.

Algumas diziam que ele era o maior impostor de que se tinha notícia, outras, um pensador muito à frente do seu tempo. Algumas comentavam que era o maior destruidor da tranqüilidade social, outras, ao contrário, o maior promotor dela. Algumas comentavam que era um grande ateu, outras, o portador de uma incompreensível espiritualidade. Algumas diziam que era de outro mundo, outras, que era uma das raras pessoas que não perdera a essência humana. Talvez fosse uma mistura de tudo isso ou nada disso, pensavam determinadas pessoas. Discorrer sobre sua identidade tornou-se, assim, uma das conversas mais excitantes nos bares, restaurantes, nas salas de café das empresas e até em escolas. As discussões eram apaixonadas.

Quanto mais sua fama crescia, mais suas dificuldades aumentavam. Não dava entrevistas nem anunciava o roteiro do dia seguinte, mas mesmo assim era noticiado, pois sempre discursava em público. Quando ficávamos aborrecidos com as reportagens que distorciam as suas idéias, ele nos acalmava, afirmando: "Não existe uma sociedade livre sem uma imprensa livre. A imprensa comete erros, mas silencie a imprensa, que a sociedade viverá uma noite sem luz, terá uma mente sem voz".

Devido ao assédio social, não conseguia transitar pela sociedade sem ser fotografado. O mestre não apreciava ser uma celebridade. Estava estudando a possibilidade de mudar de metrópole ou de país. Pensava em vender sonhos no Oriente Médio, na Ásia ou em qualquer lugar em que as pessoas o vissem apenas como um simples mortal.

Já não era mais possível fazer debates em lugares pequenos. Ele era um pólo de atração social. Freqüentemente centenas de pessoas se reuniam espontaneamente para ouvi-lo. Tinha que elevar o tom de voz, e mesmo assim as camadas mais externas da multidão não conseguiam discernir suas palavras. Seu ensinamento era passado oralmente, de boca em boca. Não gostava de fazer debates em anfiteatros fechados nem de usar recursos multimídia; amava falar ao ar livre. Um dos motivos era para que os que não apreciassem suas idéias tivessem liberdade de sair de cena mais facilmente.

Observando o movimento em torno do mestre, algumas empresas queriam associar a imagem delas à dele. Queriam fazer o *marketing* de que eram inovadoras, ousadas, inexplicáveis. Mas ele tinha calafrios diante dessa possibilidade. Depois de recusar inúmeros presentes e ofertas de dinheiro pelo uso de sua imagem, algo incomum aconteceu. Algumas pessoas muito bem-trajadas do poderoso grupo Megasoft procuraram-nos separadamente, sem a presença do mestre, e fizeram-nos uma proposta aparentemente muito interessante.

O primeiro contato foi comigo, com Salomão e com Dimas. Em primeiro lugar, elogiaram intensamente o trabalho social que o mestre estava fazendo. A sociedade tornara-se mais solidária, mais afetiva e mais humana depois que ele aparecera por esses ares, disseram-nos. E acrescentaram:

— Sabemos que ele pauta sua vida pela humildade, que não ama a fama, mas queremos lhe fazer uma grande surpresa, uma homenagem por tudo o que ele tem feito pela sociedade. A homenagem não é lhe dar bens materiais, pois sabemos que não aceitaria, mas mostrar nosso reconhecimento oferecendo o maior estádio coberto da cidade, que pertence a uma das empresas do grupo, para que ele dê uma conferência para mais de cinqüenta mil pessoas. Essa conferência seria televisionada e, depois, retransmitida como um programa especial, num horário nobre, para todo o país. Milhões de pessoas iriam ouvi-lo.

Ficamos animados e, ao mesmo tempo, pensativos com a oferta. Mas os líderes do grupo empresarial pareciam dotados de uma intenção pura. Para nos seduzir ainda mais, nos disseram:

— Por favor, não nos privem nem privem a sociedade desse privilégio. Todos querem e precisam ouvir esse sábio vendedor de sonhos. Há inúmeras pessoas se deprimindo, se angustiando, pensando em suicídio, se drogando, vivendo ansiosamente, e que poderiam ser ajudadas pelas suas palavras. Fazemos questão de lhe prestar essa homenagem e de dar esse presente para a população. A única coisa que pedimos é que ele não fique sabendo. Reiteramos que queremos lhe fazer uma grande surpresa.

Como o assunto era delicado, conversamos com todo o grupo. Depois de refletir sobre a proposta e analisar o benefício que a sociedade teria, achamos que poderia ser bom. Afinal de conta, milhões seriam atingidos. Também pensamos que já era tempo de o mestre receber publicamente uma homenagem. Boquinha de Mel e Barnabé ficaram excitadíssimos com a proposta. Jurema foi a única pessoa que não gostou muito da idéia, justamente ela, que tinha ações do grupo Megasoft. Mas, por fim, cedeu.

Tínhamos que armar um esquema para levar disfarçadamente o mestre para o estádio. Organizamo-nos, e na data marcada o conduzimos ao grandioso estádio. Logo que nos aproximamos do local, vimos o trânsito congestionado e inúmeras pessoas entrando pela porta central. Quando chegamos perto da entrada privativa, o mestre achou estranho. Questionou:

— Por que devemos entrar nesse local? — E mostrou desconforto.

Como não podíamos revelar a homenagem, pedimos que acatasse em silêncio nossa solicitação. Falamos que iríamos a um *show*. Como continuava nos questionando, nós o colocamos contra a parede.

— Ao longo da caminhada, você nos fez inúmeros pedidos e nós o ouvimos. Será que não pode acatar o que lhe pedimos?

Foi uma chantagem dizer isso, pois sabíamos que o mestre muitas vezes nos ouvia e nos suportava. Pressionado, ele nos seguiu silenciosamente.

Quando íamos entrar na sala *vip*, ele indagou apreensivamente:

— Quem preparou o evento?

— Algumas pessoas que gostam muito de você. Espere e verá — dissemos, sem lhe dar maior explicação.

Os executivos do grupo Megasoft estavam numa sala especial, preparando o evento. Na sala em que nos encontrávamos, havia uma rica mesa de frutas, frios e sucos. O mestre não comeu. Estava compenetrado, introvertido, reflexivo. Começamos a comer como esfomeados.

Barnabé pegou um grande cacho de uvas sem semente e, socando vários bagos na boca ao mesmo tempo, expressou quase incompreensivelmente:

— Essa turma é gente fina.

Bartolomeu, com três fatias de salame na boca e duas de presunto, balbuciou:

— Estou gostando desses empresários. — Em seguida começou a cantarolar para despistar o que falara.

Fizemos um sinal para que comessem quietos. O mestre percebeu alguma coisa no ar. Inquieto, olhava para o alto, como se se desligasse do ambiente para meditar. Passados longos vinte minutos, chegou o momento da conferência. Três moças muitíssimo bem-trajadas nos conduziram até o palco. O mestre caminhava lentamente pelos corredores, diferentemente do seu andar corriqueiro.

Antes de nos dirigirmos para os nossos assentos, os organizadores do evento, trajando ternos impecáveis, vieram ao nosso encontro e nos cumprimentaram. Por último, cumprimentaram o mestre. Eram cinco executivos. O último deles parecia ser o líder, talvez o diretor-presidente de uma das empresas do grupo. Ao cumprimentá-lo, apertou sua mão e lhe disse em tom de brincadeira:

— Bem-vindo a este estádio. Obrigado por seus delírios. Grandes homens têm grandes sonhos.

O mestre, sempre bem-humorado, nunca se importara que dissessem que seus sonhos fossem delírios, mas, aparentemente incomodado com o ambiente, fitou o executivo e dessa vez não lhe agradeceu pelas palavras, apenas penetrou profundamente nos olhos dele. O líder ficou desconcertado. Até então o mestre talvez realmente pensasse que assistiria a um *show*. Após os cumprimentos, os organizadores foram se sentar em frente ao palco, do lado direito, e nós fomos nos sentar do lado esquerdo.

Na parte alta do palco, havia um enorme telão de oito metros de altura por dezesseis de largura. Outros telões estavam espalhados pelo estádio. Subitamente apareceu o apresentador do evento no palco, trajando um terno preto. Não citou o nome dos executivos nem da empresa patrocinadora. Fez tudo com simplicidade, como deveria ser. Com uma voz vibrante, começou diretamente a apresentar o vendedor de sonhos. A imensa platéia silenciou.

— Senhoras e senhores, temos a enorme satisfação de apresentar-lhes a pessoa mais complexa e inovadora que surgiu nesta sociedade nas últimas décadas. Um homem que, sem cartão de crédito, sem uma equipe de *marketing*, sem dinheiro, sem revelar sua origem e sua cultura acadêmica, e sem títulos sociais, contagiou a sociedade com sua sensibilidade e altruísmo. Conseguiu conquistar um prestígio que muitos políticos, com toda a máquina pública, não conquistaram. Conseguiu uma fama invejada por celebridades. Ele é um fenômeno social!

Nesse momento, fazendo eco às suas palavras, as pessoas interromperam a apresentação para aplaudir o homenageado. Olhamos para o mestre e percebemos que não estava feliz. Ele, que sempre se sentira bem em qualquer lugar, que tinha uma exímia capacidade de se adaptar aos mais diversos ambientes, parecia incomodado com os elogios. Mas era indubitável que era um fenômeno social. Nós o seguíamos porque era uma pessoa excepcional. O apresentador continuou:

— Grandes e pequenos o seguem. Anônimos e ícones sociais o ouvem. Esse homem tem deixado a esquerda política atônita e a direita pasma. Não conhecemos sua identidade. Estamos há meses perplexos. A imprensa, as autoridades e até as pessoas perguntam: de onde ele veio? O que viveu? Quais foram os capítulos mais importantes de sua história? Por que procura abalar os pilares da sociedade? Qual o seu objetivo? Não sabemos. Ele se diz apenas um vendedor de sonhos, um mercador de idéias numa sociedade que deixou de sonhar.

Após definir o indefinível homem que seguíamos, ele chamou o mestre até o palco, fazendo uma espécie de brincadeira que levou a platéia a sorrir:

— Com vocês, o vendedor de pesadelos!

Disse que estávamos ali para homenageá-lo. Constrangido, ele se levantou e se dirigiu até o centro do palco. Foi então que começou a perceber o que estava acontecendo. Foi comovente ver as pessoas aplaudi-lo prolongadamente. Nós, seus discípulos, em sintonia com a platéia, também o aplaudimos emocionadamente. Por sua vez, enquanto caminhava, ele mexia os lábios, e parecia dizer para si mesmo continuamente: "Eu não mereço. Eu não mereço". Rapidamente lhe colocaram um microfone de lapela, ainda sob o som dos aplausos.

Parecia incrível que um homem vestindo um velho paletó preto com dois remendos brancos, um na frente, outro nas costas, camisa amarela sem engomar, cabelos semilongos levemente despenteados e barba por fazer, que fazia debates em público mas amava o anonimato, fosse tão querido. Após os aplausos, as pessoas aguardavam suas palavras.

No palco, olhou para os líderes do evento e não os felicitou pelo acontecimento. Em seguida, deu alguns passos e, fitando a multidão, iniciou sua fala com estas palavras:

— Muitos se dobram diante de reis devido ao seu poder. Outros se curvam diante de milionários devido ao seu dinheiro.

Outros ainda se prostram diante de celebridades devido a sua fama, mas eu, com muita humildade, me curvo diante de todos vocês. Não mereço essa homenagem.

A multidão que estava no estádio foi ao delírio. As pessoas se levantaram novamente e o aplaudiram. Nunca haviam visto um homenageado homenagear solenemente a platéia que lhe assistia. Silenciosamente, esperou que as pessoas diminuíssem os aplausos para continuar suas palavras. Quando ia iniciá-las, o apresentador o interrompeu. Não entendemos o motivo da interrupção, pois parecia que a apresentação tinha sido completa, mas ele nos surpreendeu dizendo:

— Senhores e senhoras, antes que esse misterioso e inteligente homem nos brinde com suas magníficas palavras, gostaria de lhe fazer um tributo por tudo o que ele tem feito pelo sistema social.

Em seguida, olhou para o mestre e pediu gentilmente que continuasse no centro do palco, e apenas se virasse para assistir a um inusitado filme que passaria no enorme telão do estádio. Nesse momento, desligaram seu microfone.

Começaram a passar um filme. Esperávamos campos, flores, vales e montanhas para homenagear o mestre. Mas o filme não mostrava a primavera, e sim o rigor do inverno; mas não um inverno físico, e sim um dramático inverno psíquico. Mostrava a entrada principal de um grande e envelhecido hospital. Não era um hospital geral, era um hospital psiquiátrico, um dos poucos que sobrara naquela região. As paredes externas tinham cor marrom-escura, com manchas desbotadas. Havia diversas rachaduras em forma de estrias horizontais. O edifício tinha três andares, e sua arquitetura era retilínea, contrastando com as formas da psique, que não eram retilíneas, previsíveis nem lógicas. A imagem não encantava os olhos.

Em seguida, o olho da câmera adentrou pelos espaços do hospital e começou a mostrar alguns pacientes psicóticos conversando sozinhos, outros tremulando as mãos, esses impregnados com medicamentos. O olho da câmera penetrou nos corredores e revelou outros pacientes sentados em bancos desconfortáveis, com o olhar fixo no infinito ou com a cabeça entre as pernas. Nenhuma das imagens tinha som, nem fundo musical.

Achamos estranhíssimo aquilo. Pensávamos que se tratasse de um filme de ficção, mas não era bem filmado. O cinegrafista tremia a câmera, parecia amador. De vez em quando se interrompia rapidamente o filme, e a câmera do estádio colocava a face do mestre na tela. Ele meneava a cabeça, parecia estar descontente. Não sabíamos o que se passava na sua mente, se estava mais confuso do que nós ou se estava entendendo a homenagem por um ângulo que não conseguíamos enxergar, ou se estava condoído dos pacientes exibidos na tela. Talvez mais adiante o filme o mostrasse irrigando aquele lugar com seus sonhos, afeto e solidariedade.

De repente, como num filme de terror, o som começou a aparecer. Todo o estádio levou um susto ao ouvir alguém gritando no interior de um quarto, dizendo:

— Não! Não! Vá embora!

Era um paciente psiquiátrico desesperado. A câmera direcionou seu foco para a porta desse quarto. Ela se abriu lentamente e mostrou um paciente agoniado no fundo do quarto, sentado na cama com as mãos tampando o rosto. Não parava de gritar: "Vá embora! Saia da minha vida!". Estava muito aflito, num estado de ansiedade incontrolável, e tentava afugentar os monstros que assombravam a sua mente. Suas mãos continuavam sobre o rosto. Flexionava o corpo sem parar, como algumas crianças autistas. Vestia uma camiseta branca amarrotada, cujos botões estavam presos nas posições erradas. Seu cabelo estava desgrenhado, revelando descuido consigo mesmo, um marcante auto-abandono.

A pessoa que o filmava perguntou-lhe:

— Que imagem o está deprimindo?

O som não estava perfeito, mas era possível ouvir:

— Tenho medo! Tenho medo! Socorro! Meus filhos vão morrer! Ajudem-me a tirá-los desse lugar! — bradava ofegante, dominado por um pânico indecifrável. Quem o filmava insistia na pergunta:

— Estou aqui para ajudá-lo. Calma. O que o angustia?

Abalado, disse:

— Estou dentro de uma casa que está desabando. A casa está lutando contra si mesma. — Em seguida, alucinando, o paciente falou com os personagens que só ele via e ouvia. — Não! Não se destruam! Vou ser soterrado! Não me deixem sem ar!

As pessoas do estádio ficaram mudas. Algumas começaram se sentir asfixiadas. Nós também sentimos a garganta apertar. O paciente começou a dizer que as estruturas da casa começavam a lutar vorazmente entre si. Estávamos confusos com o filme. Ninguém entedia nada. Nunca ouvíramos falar das partes de uma casa digladiando uma com a outra. Era o ápice da loucura. Nem mesmo entendíamos por que o cineasta filmara o caos psíquico desse paciente. Não sabíamos nem se era um profissional de saúde mental que usaria o filme para futura análise e tratamento do paciente. Será que o mestre vai aparecer e resgatar esse paciente?, pensei.

— Fale-me sobre suas visões — solicitou o câmera.

Sem tirar as mãos do rosto, o paciente, com a voz trêmula, expressou:

— O teto está gritando: "Eu sou a parte mais importante dessa casa! Eu a protejo. Eu, somente eu, suporto o sol e as tormentas".

O cineasta, tentando extrair mais dados sobre as alucinações do paciente, insistiu:

— Fale mais. Quanto mais falar, mais se aliviará.

O paciente, contorcendo-se de medo, bradou:

— As obras de arte estão me deixando surdo. Protestam, protestam sem parar!

— O que elas dizem?

— Somos únicas nessa casa. Somos as mais caras. Todos os que entram pela porta principal nos observam. Admiram-nos em primeiro lugar! — Suando frio, o paciente tentou expelir a voz que o ensurdecia: — Saia da minha mente! Deixe-me em paz!

Nesse momento, lembrei-me de mim mesmo no alto do Edifício San Pablo. Não perdi a racionalidade, nao fui seqüestrado por alucinações, não me senti um moribundo enclausurado numa masmorra fantasmagórica junto com meus filhos. Se eu vivera um drama indizível, imagine a dor desse homem, que penetrara em todas as fronteiras da loucura. Sua aflição causava arrepios em mim e em toda a platéia.

Mônica, que também já tinha experimentado os vales profundos da miséria emocional, falou de maneira assustada e quase inaudível:

— Como pode a mente humana entrar em colapso e desespero a esse nível?

O sofrimento exposto na tela era tão grande e cativava tanto nossa atenção que por instantes esquecemos o que estávamos fazendo naquele ambiente. O mestre continuava no centro do palco, de costas para nós, com o olhar fixo na tela. Não era possível definir seus sentimentos. Devia estar condoído da miséria expressa solenemente na tela.

O paciente psiquiátrico disse, com a cabeça voltada para a parede:

— Ninguém me entende! Só me dão remédios! — Em seguida relatou que a mobília queria praticar canibalismo contra as outras partes dessa casa. Bradou: — A mobília sob ataque de raiva quer engolir as obras de arte. Grita contra elas: Eu sou a única parte digna dessa casa. Eu dou conforto! Eu decoro!

De repente, olhei para os executivos do grupo Megasoft e os vi sorrindo. Pensei comigo: não é possível uma reação dessas diante de tanta dor. Esses caras sabem que o final será suave, regado a felicidade. Certamente não são psicopatas. Como pode alguém sorrir diante da desgraça dos outros?

E para completar a macabra filmagem, o paciente assombrara-se com outra parte da casa. Dessa surgiu uma voz mais orgulhosa, mais imponente e mais dominadora. O câmera, interessado em captar os mínimos detalhes da sua mazela psíquica, perguntou mais uma vez:

— Quem o está inquietando?

O paciente deu as costas para a câmera, tirou as mãos do rosto e colocou-as contra a parede. Seus pulmões procuravam desesperadamente o ar. A flutuação da camisa denunciava que estava ofegante. O câmera insistiu, sem brandura:

— Fale sobre esses fantasmas! É sua chance de vomitar seus monstros.

O paciente retomou suas reações iniciais. Gritou:

— Tenho medo! Tenho medo! O cofre ameaça destruir tudo. Ameaça devorar toda a estrutura. Brada com voz de trovão: Eu financio tudo. Eu comprei vocês. Eu os trouxe à existência. Curvem-se diante do meu poder. Eu sou o deus dessa casa!

A respiração do paciente parecia a de um asmático. Jamais eu vira alguém tão fragilizado. Jamais vira alguém tão necessitado. Estava preste a ter um enfarto. Nesse momento, tentando sair do calabouço, o paciente virou o rosto para a câmera e começou a gritar desesperadamente:

— Vamos morrer soterrados. Tenho medo! Tenho medo! Socorro! Tudo vai desabar.

Como pela primeira vez sua face ficou descoberta, o cineasta deu um *zoom* e a captou num *close* único. Seu rosto em pânico ficou nas dimensões gigantescas do telão. Ao contemplarmos sua face, não foi a sua casa que desabou, foi nosso mundo. Perdemos o chão. Ficamos trêmulos. Perdemos a voz. Ficamos paralisados. A cena era inacreditável, surreal. O paciente do filme era o mestre...

Não tive reação exterior, mas interiormente minha mente foi invadida por uma enorme tempestade. Em pânico, eu gritava dentro de mim: "Não é possível! Seguimos um doente mental, um psicótico. Não é possível!". A experiência sociológica implodiu. Fomos enganados. O ímpeto revolucionário revestiu-se da mais plena fragilidade. Eu não sabia se tinha raiva de quem eu estava seguindo ou compaixão por sua miséria. Não sabia se me punia ou se me cobria de vergonha.

A platéia estava atônita. Assim como eu, as pessoas não conseguiam acreditar que o personagem do palco fosse o mesmo do filme, pois, apesar da semelhança, aquele que nós reputávamos como mestre tinha barba um pouco mais comprida. Meus amigos apertavam os braços uns dos outros, querendo ser acordados de um sono que jamais queriam ter dormido.

O apresentador, para não deixar dúvidas, fez um gesto para ligar o microfone do vendedor de sonhos. E como se estivesse num tribunal de inquisição, perguntou:

— O senhor poderia confirmar se o personagem do filme é o senhor?

Todos fizeram silêncio. Torcíamos muito, mas muito mesmo, para que ele dissesse que não. Que havia um engano, que era seu sósia ou quem sabe um irmão gêmeo. Mas, fiel à sua consciência, ele se virou para a multidão, depois fixou os olhos no seu grupo de amigos, e, deixando escapar algumas lágrimas, disse sem meias palavras:

— Sou eu. Sim, sou eu.

Em seguida, cortaram o som do seu microfone. Não precisava, pois ele não ensaiou se defender.

O locutor fez um ar de deboche e disse em tom menor:

— Um doente mental — e mexeu a cabeça com ar de satisfação. Logo após, elevou o tom de voz, voltou-se para uma câmera de TV que filmava o evento e disse assoberbadamente:

— Senhoras e senhores, descobrimos a identidade do homem que amotinava esta grande metrópole. Descobrimos as origens daquele que incendiava a mente de milhares de pessoas. De fato, ele é um grande fenômeno social. — E, apontando o dedo indicador direito para ele, enfatizou com sarcasmo: — Eis aí o maior impostor de todos os tempos. O maior espertalhão da sociedade. O maior golpista, o maior ilusionista e o maior herege deste século. E, para mostrar nossa gratidão, lhe entregamos o título de honra de maior vendedor de loucura, pesadelo, lixo, falsidade, estupidez que esta sociedade já produziu.

Nesse momento, fotos e mais fotos foram tiradas pelos jornalistas convidados. Uma belíssima modelo saiu ao seu encontrou e lhe entregou o diploma. Os organizadores tinham planejado tudo nos mínimos detalhes. Por incrível que pareça, ele não o recusou. Delicadamente o recebeu. Os discípulos estavam perplexos, a platéia estava paralisada, não se ouvia nenhuma conversa paralela.

Os músculos da minha face não se mexiam, meu raciocínio estava aprisionado. Minha mente borbulhava perguntas: Todas as idéias que ouvimos e que nos arrebataram saíram da mente de um psicótico? Como é possível? O que fiz da minha vida? Mergulhei num mar de sonhos ou de pesadelos? Saí de um suicídio físico e entrei num suicídio intelectual?

Psicótico ou sábio?

Após a revelação de que o paciente do filme era o homem que seguíamos, os organizadores do evento dirigiram o rosto prazerosamente para nós, querendo nos dizer que éramos o mais excelente bando de trouxas, o maior grupo de otários que a sociedade conhecera. Pareciam querer se vingar. Mas do quê? O que estava por detrás dessa armadilha? Por que arrasar um homem publicamente? Qual o motivo de tanta raiva contra um ser humano aparentemente inofensivo?

Só mais tarde ficamos sabendo que, por "culpa" de um dos ousados discursos do mestre, ocorrera um desastre no valor das ações da gigante internacional da moda La Femme, pertencente ao grupo Megasoft. O desabamento do valor das ações se deu logo após o mestre ter enfaticamente recomendado, no "templo da moda", que nas etiquetas das grifes e no interior das lojas de roupas deveria haver tarjas orientando que a beleza não pode ser padronizada, que toda mulher tem sua beleza particular e que elas jamais deveriam se identificar com modelos que representavam a exceção genética na espécie humana.

O grande problema era que o diretor-presidente da gigante da moda, que fora um dos organizadores do evento no estádio, escrevera uma nota na imprensa dizendo que a proposta era um absurdo, coisa de maluco. Não bastasse isso, cometera o erro de colocar em destaque nessa nota uma frase infeliz de um brilhante poeta, frase essa que cultivava o desastre da síndrome de Barbie. Dizia: "Que me desculpem as feias, mas beleza é fundamental". A nota havia corrido o mundo não apenas por meio da imprensa escrita, mas também da internet, gerando debates acalorados na mídia e produzindo uma reação de repúdio em cadeia à empresa. Milhares de pessoas tinham enviado mensagens para as inúmeras lojas do grupo La Femme espalhadas pelo mundo, contrapondo-se à sua filosofia.

O resultado foi que as ações da empresa caíram trinta por cento em dois meses, gerando perdas de mais um bilhão e quinhentos milhões de dólares. Foi um acidente econômico. O fenômeno da vingança, que só existe na espécie humana, mostrou suas garras. Desmascarar o homem que causara tanto dano virou questão de honra para os líderes dessa companhia, uma questão de sobrevivência. Queriam um desmascaramento público para reconquistar a credibilidade perdida.

Não sabíamos onde enfiar a cara no estádio. Perdemos a coragem, o *glamour* e o entusiasmo. Eu, particularmente, aprendera a amar esse homem, mas minhas energias se esgotaram. Agora entendia a dor contida na simplista e impactante frase de John Lennon, quando se dissolveram os Beatles: *o sonho acabou*. "Nosso movimento também se diluirá inevitavelmente", pensei. Mas quando imaginava que fosse esse o sentimento de todo o grupo, me surpreendi com as mulheres, Mônica e Jurema. Eram elas mais fortes que os homens? Não sei, mas sei que mostraram um romantismo irracional. Disseram:

— Não importa se o mestre foi ou é psicótico. Estivemos com ele nos aplausos, também estaremos nas vaias.

Dois homens também mostram um afeto ilógico:

— Sou mais louco que o chefinho. Pra onde vou? — expressou Bartolomeu, completamente perdido.

Barnabé não ficou para trás. Enfatizou:

— Se ele é doido não sei, mas sei que me fez sentir-me gente. Não o abandonarei. Também sou mais maluco que ele. — E, espetando Bartolomeu, disse: — Mas menos maluco que você, Boquinha.

— *Thank you*, amigo — respondeu, sentindo-se elogiado.

O mestre se preparou para sair. Deu as costas e tomou a direção da entrada. A multidão ficou alvoroçada. Pensávamos que queriam linchá-lo. De repente, ouvimos as pessoas gritarem em coro:

— Fale! Fale! Fale!

O estádio parecia que viria abaixo. Os executivos ficaram preocupadíssimos. Para não provocarem um gravíssimo acidente com tumultos e pisoteios e macularem ainda mais a imagem da empresa, ligaram novamente o microfone dele e fizeram um gesto para que retornasse e falasse. Certamente pensaram que ele sujaria as próprias mãos dando explicações superficiais, argumentos sem fundamentos. Desprezavam, assim, o doente mental que tinham difamado. Verdadeiramente, não o conheciam.

Fitando a platéia e depois o grupo que o seguia, ele alçou suavemente a voz e, sem medo de si mesmo e da imagem que fariam dele, dissecou sua história como um microcirurgião disseca pequeníssimas artérias e nervos.

Delicadamente nos contou uma história, a mais dramática que já ouvi. Só que dessa vez não era uma parábola, mas a sua história real, crua, desnuda. O homem que eu seguira mostrava pela primeira vez as entranhas do seu ser. Fiquei cônscio de que eu também verdadeiramente não o conhecia.

— Sim, fui doente mental, ou ainda sou. Os psiquiatras e psicólogos, bem como vocês, é que devem me julgar. Internaram-me porque tive uma depressão gravíssima acompanhada por confusão mental e alucinações. Minha crise depressiva foi regada com o mais contundente sentimento de culpa. Uma culpa pelos erros indecifráveis que cometi com pessoas que amava muitíssimo.

Nesse momento, fez uma pausa para respirar. Parecia que queria reunir seu ser despedaçado, organizar o pensamento para contar sua história dilacerada. "Que erros o vendedor de sonhos cometeu que o desequilibraram?", refleti. "Não era ele forte e generoso? Não viveu o ápice da solidariedade e tolerância?" Para nossa surpresa, ele declarou:

— Fui um homem rico, muito rico, e também poderoso. Ultrapassei a todos os da minha geração. Jovens e idosos vinham se aconselhar comigo. Onde eu colocava as mãos, meus negócios prosperavam. Chamavam-me de Midas. Era criativo, ousado, visionário, intuitivo, não tinha medo de caminhar por terrenos inexplorados. Minha capacidade de me adaptar às intempéries e reagir com mais vigor quando derrotado deixava a todos pasmos. Mas, aos poucos, o sucesso que sempre achei que eu controlava passou a me controlar, me envenenou, penetrou nos espaços íntimos da minha mente. Assim, sem que me desse conta, perdi minha simplicidade e me tornei um deus, um falso deus.

Estávamos pasmos com suas palavras. Ponderei: "Será que ele foi mesmo rico? Que poder era esse que ele teve? Será que não está delirando de novo? Não andava com vestes rasgadas? Não dependíamos da benevolência dos outros para sobreviver?". Ao ouvir a declaração do mestre, o humor de Bartolomeu voltou como um raio:

— Esse é meu chefinho. Não dou tiro errado. Sabia que era milionário. — Em seguida caiu em si, coçou a cabeça e perguntou, inconformado: — Mas por que vivíamos na dureza?

Não havia explicação. "Talvez tivesse falido, como tantos empresários", pensei. "Mas pode uma falência financeira desencadear uma grave doença psíquica? Pode ela levar ao rompimento da sanidade e imergir nos terrenos da loucura?" Interrompendo meus pensamentos, ele continuou seu relato. Teve a coragem de confessar:

— Progredir, competir, ser o primeiro, ser o melhor, ainda que dentro dos limites da ética, era meu alvo. Não queria ser mais um, queria ser único. Tornei-me uma das mais excelentes máquinas de trabalhar e fazer dinheiro. O problema não é quando possuímos dinheiro, ainda que muito, o problema é quando o dinheiro nos possui. Quando isso ocorreu na minha história foi que entendi que o dinheiro pode empobrecer. Tornei-me o mais miserável dos homens.

Enquanto o ouvia, fiquei embasbacado diante de um homem supostamente poderoso, mas que tirara a maquiagem, despira as máscaras e honestamente se tornara crítico de si mesmo. Procurei me lembrar dos grandes políticos da história, e não me veio à mente ninguém com tal coragem. Olhei para mim e percebi que também não tinha tal ousadia. Suas palavras audaciosas começaram a me trazer alento. Comecei novamente a admirar o homem que seguíamos. Em seguida nos relatou que ele, sua esposa, seu casal de filhos e mais dois casais de amigos iriam fazer um ecoturismo, uma excitante viagem de férias para conhecer uma das grandes florestas do planeta que ainda estava preservada.

Mas tempo para ele era um escasso artigo, nos falou. Por isso programou a viagem meses antes na sua concorrida agenda.

Estava tudo certo, mas, como sempre, mais um grande compromisso surgiu: teve de fazer às pressas uma videoconferência internacional para investidores. Envolvia somas enormes de dinheiro. Sua família e o grupo de amigos adiaram a viagem por um dia para esperá-lo. No dia seguinte, teve de resolver às pressas um negócio que já vinha se arrastando: tinha de realizar a compra de outra grande empresa, caso contrário poderia perdê-la para os concorrentes. Centenas de milhões de dólares estavam em jogo. Adiaram outra vez a viagem. No dia em que viajariam, os diretores de sua companhia de petróleo apresentaram uma nova problemática. Decisões fundamentais teriam de ser tomadas. Após essa exposição, ele comentou, inconsolado, para a platéia do estádio:

— Para não adiar a viagem mais uma vez, pedi mil desculpas e solicitei que meus filhos, esposa e amigos fossem na frente, que depois iria encontrá-los num vôo particular. Minha querida esposa estava incoformada. Julieta, minha querida filha de sete anos, apesar de estar entristecida, me beijou e me disse: "Papai, você é o melhor pai do mundo". Fernando, meu amável filho de nove anos, também me beijou e me disse: "Você é o melhor pai do mundo, mas o mais ocupado também". Respondi: "Obrigado, meu filhos, mas um dia o papai terá mais tempo para os melhores filhos do mundo". — E mudando o semblante do rosto, deu um grande suspiro e disse: — Mas não deu tempo... — Fez uma pausa e começou a chorar. Com a voz embargada, falou para a multidão comovida:

— Enquanto eu estava na reunião de trabalho, horas depois que pegaram o vôo, fui interrompido pela minha secretaria, que disse que um grande avião havia caído. Meu coração começou a palpitar. Atento aos noticiários televisivos, entrei em desespero, pois noticiavam que um avião caíra numa densa floresta e não sabiam se havia sobreviventes. Era o avião em que eles estavam. Meu corpo desfaleceu. Chorava inconsoladamente. Perdi tudo o que tinha. Não tinha ar para respirar, solo para caminhar e razão para viver. Entre lágrimas e dor, reuni equipes de resgate, mas não encontraram os corpos deles; o avião tinha se incendiado. Nem ao menos pude me despedir das pessoas mais importantes da minha vida, olhar nos olhos deles e tocar na sua pele. Parece que não se foram.

Do dia para a noite, o homem invejado tornou-se objeto de penúria, o homem imbatível tornou-se o mais frágil dos seres. E como sobremesa da sua indecifrável dor, tinha que lidar diariamente com pensamentos que o torturavam de sentimento de culpa.

— Os psicólogos que me assistiram queriam eliminar minha culpabilidade. Tentaram me dizer que não tive responsabilidade nessa perda. Direta não, mas indireta sim. Tentaram me proteger em vez de me fazer enfrentar o monstro da culpa, assumi-lo, trabalhá-lo, usá-lo, domesticá-lo. Fiz também alguns tratamentos psiquiátricos. Os medicamentos entravam em meu cérebro, mas não no território da culpa. Não aliviavam minha autopunição. Eram bons profissionais, mas eu era resistente. Enclausurei-me em meu mundo.

Em seguida, continuou a penetrar nos capítulos insólitos do seu passado. E começou a se questionar:

— O que construí? Por que não dei prioridade ao que mais amava? Por que nunca tive coragem de fazer uma cirurgia em minha agenda? Quando é tempo de desacelerar? O que é mais inadiável do que a própria vida? O que adianta ganhar todo o ouro do mundo e perdê-la?

Que perdas! Que peso emocional! Que dor insuportável! Enquanto o ouvia, comecei a entender que todos nós, por mais sucesso que tenhamos, perdemos. Ninguém voa para sempre num céu de brigadeiro, ninguém navega eternamente numa lagoa plácida. Uns perdem mais, outros menos, uns sofrem perdas evitáveis, outros inevitáveis. Uns perdem no teatro social, outros no teatro psíquico. E se alguém conseguir passar ileso pela vida, uma coisa perderá: a juventude. Fui um homem de perdas e seguia um mestre em perdas. Mas, de repente, rememorando os últimos meses em que estivéramos juntos, fiquei pasmo. Esse homem está mutilado diante de uma imensa platéia. Mas como conseguia dançar? Por que era o mais alegre dos caminhantes? Por que seu humor nos contagiava? Como conseguia ser tolerante se a vida lhe fora intolerante? Como vivia suavemente, se carregava pesos insuportáveis?

Enquanto fazia esses questionamentos, subitamente olhei para os organizadores do evento e os vi abaladíssimos; parece que eles desconheciam quem era o homem que tinham desmascarado. Não sabiam a verdadeira identidade do psicótico de quem eles tinham debochado. Olhei para a multidão e vi pessoas chorando, seja porque tinham se condoído dele, seja porque tivessem viajado também pelo território das suas perdas. Nesse ínterim, a professora Jurema segurou minhas mãos e, apertando-as, me perturbou ainda mais. Disse-me:

— Mas eu conheço essa história. É ele!

Sua voz se sufocou, e minha mente contraiu-se. Indaguei aos seus ouvidos:

— O que você está me dizendo, professora?

— É ele! Os pequenos sargentos prepararam uma emboscada para o seu grande general. Como isso é possível? — falou em código, indignada. Jurema estava tão emocionada que não conseguia expandir seu raciocínio.

— Não estou entendendo! Quem é o mestre? — indaguei novamente.

Ela olhou fixamente para os líderes que tinham organizado o evento e disse algo que me abalou.

— É incrível. Ele está pisando no palco que lhe pertence. — Depois disso não conseguiu dizer mais nada.

A minha mente entrou em parafuso, como pipas que sofrem queda livre quando rompem as linhas que as sustentam no ar. Ao repetir a última frase: "Ele está pisando num palco que é seu", comecei a entender o que a professora queria dizer. "Inacreditável! Ele é o proprietário do poderoso grupo Megasoft? Os sargentos prepararam uma armadilha para seu próprio general, pensando que fosse um soldado raso? Não é isto um absurdo? Mas ele está morto? Ou esteve ilhado?", pensei. "Mas o mestre não criticara drasticamente o líder desse grupo no jantar na casa de dona Jurema? Não é possível! Estamos delirando", ponderei.

Um filme começou a rodar em minha mente. Veio-me à memória que o mestre se envolvera em muitos eventos ligados a essa corporação. Ele me resgatara no San Pablo, um edifício do grupo Megasoft. E misteriosamente fora quase baleado nesse edifício. Fora espancado no templo da informática aparentemente a pedido de um executivo do mesmo grupo e se calara. Fora caluniado por um jornalista do sistema de comunicação desse grupo e silenciara. Agora era humilhado por líderes da mesma corporação e não se rebelara. O que estava acontecendo? O que tudo isso significava?

Respirei profundamente, tentando ordenar o turbilhão de idéias. Coloquei as mãos no rosto e disse para mim: "Isso não pode ser verdade! Ou é? Não, não pode ser! Somos especialistas em inventar fatos quando estamos estressados!" Peguei no braço direito da professora Jurema e indaguei:

278

— Como pode um dos homens mais poderosos do planeta dormir debaixo de pontes? Como pode um bilionário comer sobras de alimentos? Isso é o supra-sumo da ilógica! — A professora movimentou a cabeça, revelando que estava tão perturbada e confusa quanto eu.

E antes que eu me aventurasse a me perder mais ainda no carretel das minhas indagações, o homem que seguíamos cruzou as avenidas dos nossos pensamentos e nos disse que, devido às suas dramáticas perdas, suas crises se tornaram tão intensas que começou a perder a racionalidade. Comentou que suas idéias não conseguiam se organizar. Recusava-se a se alimentar, corria risco de vida e, por fim, fora internado num hospital psiquiátrico. No hospital, começara a ter a visão fantasmagórica que o filme mostrara. Seu cérebro parecia que iria implodir.

Num tom mais seguro, retomou a história que os organizadores tinham usado para destruí-lo publicamente. Contou a segunda parte, que certamente desconheciam.

— Depois do teto, do cofre e de outras estruturas que disputavam agressivamente entre si para mostrar sua supremacia, ouvi outra área da casa se manifestando, mas dessa vez era uma voz suave, meiga, singela. Era uma voz que sussurrava debaixo da terra e não me aterrorizava.

E olhando para a platéia, o mestre afirmou:

— Era a voz do alicerce. Diferentemente de todas as demais estruturas dessa grande casa, o alicerce não queria ser a maior, a melhor nem a mais importante. Queria ser apenas reconhecido como parte do conjunto.

Eu esforçava-me para entender o que o misterioso homem que eu seguira queria revelar, mas era difícil. Começando a clarear nosso intelecto, acrescentou:

— Todavia, ao ouvir a voz do alicerce, todas as partes o condenaram veementemente. O cofre foi o primeiro. Saturado de orgulho, disse: "Você nos envergonha, pois é a parte mais suja desta casa". O teto, embriagado de soberba, o desprezou dizendo: "Jamais alguém que entrou nesta casa perguntou sobre o alicerce. Você não merece destaque". As obras de arte declararam arrogantemente: "Você é indigno de reivindicar seu valor, assuma sua posição inferior". A mobília foi taxativa: "Você é insignificante. Olhe para onde está localizado". E assim o alicerce foi rejeitado por todas as demais estruturas dessa casa. Humilhado, rechaçado e sem espaço para continuar fazendo parte daquela construção, resolveu deixá-la. Qual o resultado? — perguntou à multidão.

Todos disseram coletivamente, até os adolescentes que estavam presentes no estádio:

— A casa desabou!.

— Sim, a casa desmoronou. A minha casa, que representa a minha personalidade, desmoronou porque desprezei o meu alicerce. Quando desabou, eu briguei com Deus. Gritei: "Quem é você, que silencia diante do meu caos? Você não intervém porque não existe? Ou existe e não se importa com a humanidade?". Briguei com os psiquiatras e psicólogos. Briguei com as teorias psicológicas e com os medicamentos. Briguei com a vida. Achei-a injusta comigo, um poço de incertezas. Briguei com meus bens. Briguei com o tempo. Enfim, com tudo e com todos. Mas quando o alicerce se manifestou, fui iluminado, tive um grande *insight*, compreendi que estava profundamente errado. Antes de tudo, havia brigado com meu alicerce. Havia atirado no lixo os meus principais valores, as minhas prioridades.

Diante dessa explanação, começávamos a entender um pouco alguns dos segredos desse fascinante vendedor de sonhos. Sem meias palavras, ele começou a interpretar a sua visão alucinatória. Disse que valorizara muitíssimo o poder financeiro, representado pelo cofre. Dera importância fenomenal à sua capacidade intelectual para suportar os desafios, representada pelo teto. Exaltara o prestígio social e a fama, representados pelas obras de arte. Regalara-se no conforto e nos prazeres da vida, representados pela mobília. E afirmou:

— Mas traí e neguei meus alicerces. Coloquei o amor dos meus filhos e de minha esposa debaixo do tapete das minhas atividades e preocupações. Dei tudo para eles, mas esqueci de dar o que para mim era um detalhe, mas para eles era fundamental: a mim mesmo. Meus amigos ficaram em terceiro plano, meus sonhos em último. Como é possível ser um bom pai, um bom amante e um bom amigo, se as pessoas que amamos estão fora da nossa agenda? Só um hipócrita acreditaria nisso. Fui um hipócrita, um notável hipócrita que muitos admiravam e em quem se espelhavam.

Disse com intrepidez que escondia seus erros, suas falhas, suas atitudes estúpidas, que representavam a parte suja do seu alicerce, mas que eram fundamentais para a estrutura da sua personalidade. Agora entendo o que ele queria dizer com o pensamento: "Quem não reconhece suas mazelas tem uma dívida impagável consigo mesmo. Esfacela a sua humanidade".

Ao ouvir suas cortantes palavras, comecei a compreender o homem que me arrebatara. Não podia ser um homem comum. Tinha de ser mais do que um pensador, mais do que uma mente brilhante, uma cultura incomum. Pois um homem com tais características poderia ter minha admiração, mas não me cativaria, não aplainaria meu ego infectado de orgulho. Tinha de ser alguém que visitara os vales escabrosos do medo, que se atolara no charco dos conflitos psíquicos e sociais, que fora dilacerado pelos predadores da mente e se perdera nos labirintos

281

da loucura. E depois de tudo isso se reconstruíra com uma força incomum e escrevera um romance com a própria existência. Sim, tal homem é que eu seguira.

Suas idéias eram penetrantes como as de um filósofo, e seu humor, vibrante como o de um palhaço. Suas reações eram paradoxais, flutuavam entre os extremos. Era procurado por ícones da sociedade, mas não fazia diferença entre uma prostituta e um puritano, entre um intelectual e um doente mental. Sua sensibilidade chocava-nos.

Toda vez que eu via alguém preso pela polícia diante das câmeras de TV, ele escondia o rosto, queria proteger sua imagem. O homem que estava à minha frente não se escondia. Lembro-me do que dissera ao psiquiatra, no edifício em que nos conhecemos, que havia dois tipos de loucura — e ousara dizer que a dele era visível. Agora, quando lhe haviam preparado, com a nossa ajuda, a mais desumana emboscada, ele, sem vergonha do seu passado, novamente declarara suas chagas diante de mais de cinqüenta mil pessoas. Sua honestidade era cristalina.

Quando o ouvi confessar que traíra seu alicerce, minha mente foi invadida por fenômenos sociológicos. Quem não é traidor? Que puritano não é em alguns momentos um crápula consigo mesmo? Que religioso não trai a Deus com sua soberba e suas intenções subjacentes? Que idealista não fere seus ideais políticos em nome de interesses subterrâneos? Que ser humano não trai sua saúde por algumas horas trabalhadas a mais? Quem não trai seu sono por transformar a cama em um leito de tensões? Quem não trai os filhos por suas ambições, com argumentos de que trabalha para eles? Quem não trai o amor do homem ou da mulher de sua vida com seus prejulgamentos ou pela escassez de diálogo e tolerância?

Traímos a ciência com nossas verdades absolutas, traímos nossos alunos com nossa incapacidade de ouvi-los, traímos a natureza com nosso desenvolvimento. Como o mestre nos alertou, traímos a humanidade quando hasteamos a bandeira de que somos judeus, palestinos, americanos, europeus, chineses, brancos, negros, cristãos, mulçumanos. Somos todos traidores que precisam desesperadamente comprar sonhos. Temos todos um "Judas" alojado em nossa psique. Especialista em esconder seu alicerce debaixo do tapete do ativismo, da ética, da moralidade, da justiça social.

Parecia que ele lia meus pensamentos. Percebendo minha introspecção, ele fitou meus olhos e depois elevou os dele para a platéia, abordando-a:

— A interpretação da visão — que não importa que alguns chamem de alucinação — me fez reconhecer que meu adoecimento psíquico era muito anterior às minhas perdas. — E indicando que era um ser humano que saiu das cinzas, resgatou o bom humor e brincou com a multidão: — Cuidado, senhoras e senhores, quem lhes fala é um desvairado de longa data.

A platéia saiu do estado de comoção para o sorriso. Era uma cena difícil de descrever.

— Depois que tive ciência de que havia traído meus alicerces, eu precisava encontrar os fundamentos da minha personalidade. Foi então que saí do hospital sozinho e me isolei por um longo período para procurar por mim mesmo. Foi uma longa trajetória. Perdi-me muitas vezes durante o percurso. Após esse tempo, saí do meu casulo e me tornei uma pequena andorinha que plana sobre as ruas e avenidas, estimulando as pessoas a procurarem seu próprio ser. — E novamente expressou bom humor dizendo: — Cuidado, amigos, essa loucura é contagiante.

As pessoas sorriram novamente e irromperam em aplausos, como se aspirassem a esse contágio, tal qual eu, Bartolomeu,

Barnabé, Jurema, Mônica, Dimas e tantos outros. Recordo como se fosse hoje o dia em que, querendo eu desistir de tudo, ele me bombardeou com uma poesia cujos pensamentos me fizeram reconciliar-me com meus alicerces. Até hoje alguns desses pensamentos ecoam em minha mente:

> *Seja anulado no parêntese do tempo o dia em que este homem nasceu!*
> *Que na manhã desse dia sejam dissipados os orvalhos que umedeciam a relva!*
> *Que a noite em que este homem foi concebido seja usurpada pela angústia!*
> *Resgate-se dessa noite o brilho das estrelas que pontilhavam o céu!*
> *Recolham-se da sua infância seus sorrisos e seus medos!*
> *Anulem-se da sua meninice suas peripécias e suas aventuras!*
> *Risquem-se da sua maturidade seus sonhos e pesadelos, sua lucidez e suas loucuras.*

Fomos contagiados por um vendedor de idéias que nos ensinou a não negar o que somos. Antes desse contágio, éramos todos "normais", estávamos todos doentes. Queríamos de alguma forma ser deuses, sem saber que ser deus é andar sobrecarregado, tenso, pesado, com o compromisso neurótico de ser perfeito, de se preocupar com a imagem social, de dar importância vital para a opinião alheia, de se cobrar, se punir, exigir. Perdemos a leveza do ser. Parecíamos zumbis engessados pelos nossos pensamentos estreitos. Fomos educados para trabalhar, crescer, progredir e infelizmente também para ser especialistas em trair a nossa essência no diminuto parêntese do tempo em que existimos. Em que fábrica de loucura vivemos?

Se eu pudesse retornar no tempo

Após revelar e interpretar a história da grande casa, o mestre, sob forte inspiração, proferiu suas últimas idéias. Mais uma vez não exaltou sua grandeza, mas sua pequenez. Mais uma vez fez poesia no deserto, quando seus lábios ainda estavam sedentos. Olhou para o vazio, como se estivesse em outra esfera, e confundiu nossa mente. Demonstrou um relacionamento informal diante de um Deus desconhecido para mim. Esquecendo que estava perante o grande estádio, bradou:

— Deus, quem és tu? Por que esconde sua face atrás do lençol do tempo e não acusa as minhas insanidades? Falta-me sabedoria, e tu o sabes muito bem. Com os pés, piso na superfície do solo, mas com a mente caminho na superfície do conhecimento. Estou mortalmente abatido pela soberba, achando que sei alguma coisa. Até quando digo que não sei, manifesto minha soberba de que sei que não sei.

Depois dessas palavras, abaixou os olhos, observou rapidamente os líderes que o odiavam e depois a platéia, e fez um discurso filosófico que penetrou sorrateiramente nos recônditos do nosso ser.

— A vida é longuíssima para se errar, mas assombrosamente curta para se viver. A consciência da brevidade da vida perturba a vaidade dos meus neurônios e me faz ver que sou um caminhante que cintila nas curvas da existência e se dissipa aos primeiros raios do tempo. Nesse breve intervalo entre cintilar e dissipar, ando à procura de quem sou. Procurei-me em muitos lugares, mas me achei num lugar anônimo, no único lugar onde as vaias e os aplausos são a mesma coisa, o único lugar onde ninguém pode entrar sem permitirmos, nem nós mesmos.

"Ah! Se eu pudesse retornar no tempo! Conquistaria menos poder e teria mais poder de conquistar. Beberia algumas doses de irresponsabilidade, me colocaria menos como aparelho de resolver problemas e me permitiria relaxar, pensar no abstrato, refletir sobre os mistérios que me cercam.

"Se eu pudesse retornar no tempo, procuraria meus amigos da juventude. Onde estão? Quem está vivo? Eu os procuraria e reviveria as experiências singelas colhidas no jardim da simplicidade, onde não havia as ervas daninhas do *status* nem a sedução do poder financeiro.

"Se eu pudesse retornar, daria mais telefonemas para a mulher da minha vida nos intervalos das reuniões. Procuraria ser um profissional mais estúpido e um amante mais intenso. Seria mais bem-humorado e menos pragmático, menos lógico e mais romântico. Escreveria poesias tolas de amor. Diria mais vezes 'eu te amo!'. Reconheceria sem medo: 'Perdoe-me por trocá-la pelas reuniões de trabalho! Não desista de mim'.

"Ah, se eu pudesse retornar nas asas do tempo! Beijaria mais meus filhos, brincaria muito mais, curtiria sua infância como a terra seca absorve a água. Sairia na chuva com eles, andaria descalço na terra, subiria em árvores. Teria menos medo que se ferissem e se gripassem, e mais medo de que se contaminassem com o sistema social. Seria mais livre no presente e menos escravo do futuro. Trabalharia menos para lhes dar o mundo e me esforçaria muito mais para lhes dar o meu mundo."

E observando atentamente o esplendoroso estádio, suas colunas, teto, assento, completou, intensamente comovido:

— Se eu pudesse retornar no tempo, daria todo o meu dinheiro para ter mais um dia com eles e faria desse dia um momento eterno. Mas eles se foram; as únicas vozes que ouço são as que ficaram ocultas nos escombros da minha memória: "Papai, você é o melhor pai do mundo, mas o mais ocupado também".

Após declamar essa poesia, lágrimas escorriam volumosamente pela sua face, ratificando que os grandes homens também choram. E finalizou com estas palavras:

— O passado é meu algoz, não me permite o retorno, mas o presente levanta generosamente meu semblante descaído e me faz enxergar que não posso mudar o que fui, mas posso construir o que serei. Podem me chamar de louco, psicótico, maluco, não importa. O que importa é que, como todo mortal, um dia terminarei o *show* da existência no pequeno palco de um túmulo, diante de uma platéia em lágrimas.

Esse último pensamento tocou as raízes da minha mente. Respirando profundamente, finalizou suas palavras:

— Nesse dia, não quero que digam: "Eis que nesse túmulo repousa um homem rico, famoso e poderoso, cujos feitos estão nos anais da história". E nem que digam: "Eis que jaz nele um homem ético e justo". Pois isso é mera obrigação. Mas espero que digam: "Eis que nesse túmulo repousa um simples caminhante que entendeu um pouco o que é ser um ser humano, que aprendeu um pouco a ser apaixonado pela humanidade e conseguiu um pouco vender sonhos para outros passantes...".

Nesse momento, deu as costas para a platéia e saiu sem se despedir. A multidão presente no estádio rompeu o silêncio, levantou-se e começou a aplaudi-lo ininterruptamente. Seus discípulos não suportaram, verteram lágrimas. Estávamos aprendendo também a perder o medo de nos emocionar em público. Os seus supostos inimigos também se levantaram. Dois deles o aplaudiram. O diretor-presidente ficou inerte, não sabia onde enfiar a cara.

De repente, um garoto rompeu o esquema de segurança, subiu no palco e correu atrás dele. Deu-lhe um abraço afetivo e prolongado. Era Antônio, o jovem de doze anos que estivera desesperado no velório do seu pai, velório esse que o vendedor de sonhos havia transformado num ato solene de homenagem. Depois do abraço, ele disse:

— Perdi meu pai, mas você me ensinou a não perder a fé na vida. Muito obrigado.

O mestre olhou para o jovem e, comovido, o surpreendeu.

— Perdi meus filhos, mas você também me ensinou a não perder a fé na vida. Muito obrigado.

— Deixe-me segui-lo — pediu o jovem.

— Há quanto tempo a escola está em você?

— Estou na sexta série.

— Você não entendeu a pergunta. Não disse em que ano você está na escola, mas há quanto tempo a escola está em você.

Eu, um professor que havia feito da arte de ensinar meu mundo, nunca vi alguém formular essa pergunta, ainda mais a um jovem. O garoto ficou perdido.

— Não entendo a pergunta.

Suspirando e fitando-o, o mercador de idéias disse-lhe:

— Pois o dia em que entender, você se tornará um vendedor de sonhos tal como eu, e nas horas disponíveis poderá me seguir.

O jovem saiu pensativo e confuso do palco. Mas, enquanto caminhava, um fenômeno aconteceu. Sua mente foi iluminada. A câmera do estádio o filmava. Ela captou a mudança de seu semblante. Estava irradiante de alegria. Em vez de ir para seu lugar, ele se juntou a nós. Todos queríamos entender o que ocorrera, mas não entendemos naquele momento.

O mestre continuou a sair. Partiu sem direção, sem agenda, vivendo cada dia sem pressa, sem mapa, como o vento que sopra e ninguém sabe de onde vem, nem para onde vai. Dessa vez saiu sem nos convidar a segui-lo. Ficamos profundamente entristecidos.

Será que nos separaremos para sempre? Será que o sonho de vender sonhos acabou? O que faremos? Para onde vamos? Escreverei outras histórias? Não sabemos. Só sabemos que somos meninos brincando no anfiteatro do tempo e que entendem muito pouco os mistérios da existência.

Quem realmente é o mestre? De onde procede? Qual a sua formação acadêmica? É ele um dos homens mais poderosos do mundo ou um miserável com uma inteligência incomum? Também continuamos sem saber até este momento. Mas não importa. O que importa é que rompemos o cárcere da rotina, também saímos do casulo e nos tornamos pequenos caminhantes.

Bartolomeu e Barnabé tocaram em meus ombros. Não sei se haviam entendido tudo o que ocorrera no estádio ou se não entenderam nada. Honestos, disseram para mim:

— Não nos siga. Estamos perdidos.

Abracei-os calorosamente. Aprendi a amar homens de um modo não previsto nos textos de psicologia e sociologia. Apesar das incertezas em relação ao nosso futuro, olhamos uns para os outros e dissemos:

— Ah! Eu adoro esta vida!

Os demais membros do grupo se juntaram ao abraço. Talvez estivéssemos nos despedindo ali para sempre. Todavia, no último passo antes de sair do palco, o mestre se virou e olhou para nós. Nossos olhares se cruzaram lenta e intensamente. Nossas retinas entraram em êxtase diante dessa imagem. Imediatamente nosso sonho se reacendeu. Entramos no palco e saímos em seu encalço, sabendo que imprevisíveis aventuras estariam à nossa frente e vendáveis inesperados também. Saímos cantando euforicamente nossa canção:

Sou apenas um caminhante
Que perdeu o medo de se perder
Estou seguro de que sou imperfeito
Podem me chamar de louco
Podem zombar das minhas idéias
Não importa!
O que importa é que sou um caminhante
Que vende sonhos para os passantes
Não tenho bússola nem agenda
Não tenho nada, mas tenho tudo
Sou apenas um caminhante
À procura de mim mesmo.

FIM
(do primeiro volume)

Agradecimentos e homenagens

Encontrei inúmeros vendedores de sonhos pelo caminho. Através de sua inteligência e seus gestos generosos, eles me inspiraram, me ensinaram e me fizeram ver minha pequenez. Interromperam sua trajetória em algumas curvas da existência para pensar nos outros e se doar sem pedir nada em troca. Fizeram dos seus sonhos projetos de vida e não desejos que se esfacelam no calor das tormentas.

Dedico este livro ao meu querido Geraldo Pereira. Filho de José Olympio, grande editor. Não faz muito tempo que Geraldo fechou os olhos para a vida. Ele foi um poeta da existência, um excelente vendedor de sonhos no universo da literatura e também no teatro social. Foi meu amigo e conselheiro. Rendo-lhe as mais notáveis homenagens.

Dedico este livro à estimada amiga e leitora Maria de Lurdes Abadia, ex-governadora de Brasília. Ela vendeu muitos sonhos na capital brasileira, dos quais destaco os sonhos para os desprivilegiados que viviam do lixo e no lixo da cidade. Devolveu-lhes algo fundamental para a saúde psíquica: a dignidade.

Ao meu estimado amigo Guilherme Hannud, um empresário dotado de nobre sensibilidade e sedento de ajudar os outros.

Por meio dos seus projetos sociais, deu oportunidade de trabalho a centenas de ex-presidiários para que tivessem força de sair do charco da rejeição e conquistassem, em detrimento das cicatrizes do passado, o *status* inalienável de seres humanos.

Ao querido amigo Henrique Prata e à notável equipe de médicos do Hospital Pio XII, dos quais destaco a dra. Silas e o dr. Paulo Prata (*in memoriam*), e meu amigo, o dr. Edmundo Mauad. Como vendedor de sonhos compulsivos, esse time de pessoas transformou o pequeno Hospital do Câncer de Barretos num dos maiores e melhores das Américas, oferecendo um tratamento gratuito de altíssimo nível para pacientes pobres que jamais teriam condições de pagá-lo. Eles provaram que os sonhos prolongam a vida e aliviam a dor.

À querida leitora Marina Silva, que na infância foi castigada pelas intempéries da existência, mas cujos sonhos de transformar o mundo nutriram sua coragem e intelecto e a levaram a ser senadora e, depois, uma extraordinária ministra do Meio Ambiente. Marina almeja ansiosamente preservar a natureza para as futuras gerações. Por meio dela gostaria de dedicar esta obra a todos os cientistas do IPCC (Intergovernmental Panel on Climate Change), que batalham muitíssimo para iluminar a mente de líderes políticos para que tomem atitudes urgentes a fim de amenizar o desastre do efeito estufa. Infelizmente, muitos desses líderes deitam-se no leito do egocentrismo e resistem a "comprar" sonhos.

Aos queridos amigos e líderes católicos, dos quais cito, como representantes, os padres Jonas Abibe, Oscar Clemente e Salvador Renna. Neles, o amor ao próximo e a tolerância deixaram de ser teoria e ganharam as páginas da realidade. Com exímio afeto, têm semeados sonhos de uma sociedade saturada de fraternidade e altruísmo. Aos queridos amigos e líderes protestantes, dos quais cito, como representantes, Marcelo Gualberto, Aguiar Valvassora e Márcio Valadão. O prazer em se doar encontrou neles um solo fértil. Por onde passam têm exalado o perfume do amor e da grandeza d'alma. Aos meus inumeráveis amigos budistas, islamitas, espíritas. Eles me encantaram com seus sonhos. Aos meus amigos ateus e agnósticos. Eu fiz parte desse grupo e sei que muitos deles são notáveis seres humanos, diletos sonhadores.

Dedico este romance em especial aos maiores vendedores de sonhos da sociedade, os educadores. Mesmo com baixos salários, eles teimam em vender sonhos no microcosmo da sala de aula para que os alunos alarguem as fronteiras de seu intelecto e se tornem agentes modificadores do mundo, pelo menos do seu mundo. Tenho inúmeros amigos professores de todas as esferas. Para representá-los, cito Silas Barbosa Dias, o professor dr. José Fernando Macedo, presidente da Associação Médica do Paraná, não apenas um excelente professor de cirurgia vascular, mas um vendedor de humanismo na medicina, e o dr. Paulo Francischini. O dr. Paulo tem usado com notáveis resultados um dos meus programas para gerenciar pensamentos e proteger a emoção em sua disciplina nos cursos de mestrado e doutorado, visando à formação de pensadores.

A Jesus Badenes, Laura Falcó e Francisco Solé, executivos brilhantes de uma das maiores editoras do mundo, a Planeta. Eles mais do que editam livros, vendem sonhos para irrigar a criatividade e a arte de pensar dos seus leitores. Aos diletos amigos César, Denis, Débora e todos os demais membros da equipe Planeta Brasil. Eles ficaram tão animados com o livro *O vendedor de sonhos* que me estimularam a escrever a continuação desta obra. Agradeço especialmente ao meu amigo e editor Pascoal Soto pela inteligência e serenidade. Suas opinões foram valiosíssimas nesta obra.

Ao meu instigante pai, Salomão, que desde criança eu vi vendendo sonhos ao levar pessoas carentes e doentes para os hospitais pelo simples prazer de ajudar. Ele sempre foi um excelente contador de histórias e um notável ser humano. Ao meu culto sogro, Georges Farhate. Por incrível que pareça, entre muitos sonhos que vendeu, ele nos ensinou que vale a pena acreditar na vida ao se candidatar, com noventa anos de idade, a mais um pleito democrático, enquanto muitos jovens de vinte ou trinta anos sentem-se envelhecidos e alienados. Às queridas Dirce e Áurea Cabrera pelo carinho para com minhas obras.

A minha amável esposa Suleima e às minhas filhas Camila, Carolina e Cláudia. Elas me fascinam com sua argúcia, inteligência e generosidade. Desejo que jamais amem o culto à celebridade, vivam a arte da autenticidade e entendam que os mais belos sonhos nascem no terreno da humildade e crescem no solo do inconformismo. Almejo que não apenas estejam dentro da escola, mas a escola esteja dentro delas, e se tornem vendedoras de sonhos até o ultimo fôlego de vida.

Aos meus queridos pacientes. Não apenas ensinei, mas aprendi muito com eles. Aprendi muito mais com seus delírios, crises depressivas, ataques de pânico e transtornos obsessivos do que com o pequeno universo dos tratados científicos. A todos eles, a minha eterna gratidão. Encontrei diamantes nos solos dos seres humanos que sofrem. Quem não reconhece seus conflitos jamais será saudável, e quem não se deixa ensinar pelos conflitos dos outros jamais será um sábio.

Moro dentro de uma mata há cerca de vinte anos, numa pequena e bela cidade onde não há livraria. Nesse ambiente inusitado, desenvolvi as idéias psicológicas, sociológicas e filosóficas contidas em meus livros. Não esperava que um dia fosse lido por milhões de pessoas, fosse publicado em muitos países e lido e utilizado em diversas universidades. Meus sonhos me levaram a lugares inimagináveis.

Este livro foi composto em
Minion Pro para a Editora
Academia de Inteligência em
junho de 2008